A APOSTA DO CORAÇÃO

DANIELLE PARKER

A APOSTA DO CORAÇÃO

Tradução
Carolina Cândido

Copyright © 2023 by Danielle Parker
Copyright da tradução © 2024 by Editora Globo S.A.

Os direitos morais do autor foram assegurados. Todos os direitos reservados. Nenhuma parte desta edição pode ser utilizada ou reproduzida — em qualquer meio ou forma, seja mecânico ou eletrônico, fotocópia, gravação etc. — nem apropriada ou estocada em sistema de banco de dados sem a expressa autorização da editora.

Título original: *You Bet Your Heart*

Editora responsável **Paula Drummond**
Editora de produção **Agatha Machado**
Assistentes editoriais **Giselle Brito e Mariana Gonçalves**
Preparação de texto **Júlia Ribeiro**
Revisão **Mariana Oliveira**
Diagramação e design de capa **Carolinne de Oliveira**
Projeto gráfico original **Laboratório Secreto**
Ilustração de capa **Mayumi Takahashi**

Texto fixado conforme as regras do Acordo Ortográfico da Língua Portuguesa (Decreto Legislativo nº 54, de 1995)

CIP-BRASIL. CATALOGAÇÃO NA PUBLICAÇÃO
SINDICATO NACIONAL DOS EDITORES DE LIVROS, RJ

P262a

    Parker, Danielle
        A aposta do coração / Danielle Parker ; tradução Carolina Cândido. - 1. ed. - Rio de Janeiro : Alt, 2024.

    Tradução de: You bet your heart
    ISBN 978-65-85348-37-9

    1. Ficção americana. I. Cândido, Carolina. II. Título.

23-87609   CDD: 813
                                                               CDU: 82-3(73)

Gabriela Faray Ferreira Lopes - Bibliotecária - CRB-7/6643

1ª edição, 2024

Direitos de edição em língua portuguesa para o Brasil adquiridos por Editora Globo S.A.
R. Marquês de Pombal, 25
20.230-240 – Rio de Janeiro – RJ – Brasil
www.globolivros.com.br

Para Betty K. Parker

CAPÍTULO 1

Fui convocada.

Todo estudante do Colégio Skyline conhece o cartão de chamada do diretor — aquele maldito pedaço de papel verde-claro do tamanho de uma carteira. Então quando Marcus Scott, que se acha o próprio Hermes, o mensageiro da escola, aparece na minha aula de inglês avançado como se estivesse em um palco da Broadway, não dou confiança para ele. Na verdade, endireito a postura na cadeira, erguendo a mão bem alto.

— Ah, Sasha, sim, pode falar — diz a sra. Gregg.

O olhar dela vai de Marcus até mim. Ela assente para que eu continue e nós duas sorrimos. Temos interagido dessa forma durante o último ano. Ela faz perguntas difíceis e, enquanto todos os outros alunos estão pensando, eu já estou pronta para responder. Tipo agora, que a ponta dos meus dedos flutuam no ar enquanto espero para responder à pergunta sobre Shakespeare e sua influência na mídia moderna.

Mas esse momento nunca chega, porque Marcus vai até a sra. Gregg, entrega o bilhete da convocação e aponta para mim. Só percebo o que está acontecendo quando Marcus sai e a sra. Gregg desliza o papel fino pela minha carteira. Todos olham para mim, e meu corpo enrijece. Sei o que estão pensando, porque estou pensando o mesmo: que merda é essa?

Só fui chamada à sala do diretor uma vez, e foi porque precisava retirar meu certificado de participação perfeita. Sem fazer grande alarde, pego a mochila e coloco meus lápis, canetas e marcadores de texto em seus respectivos estojos — sim, cada um deles tem a própria casa. Então, seguro o restante das minhas coisas e saio. Rápido. Tentando não pensar demais em como a palavra *agora* está circulada três vezes com caneta preta.

Na secretaria, o sininho em cima da porta toca, anunciando minha presença. Dou mais um passo e sinto um misto de familiaridade — estudo no Skyline desde meu primeiro ano, e a escola é como uma segunda casa para mim — e novidade, porque não costumo ir até a secretaria. As paredes são decoradas com fotos de alunos das últimas três décadas, com uma estrela do mar, uma lontra, um leão-marinho e, o meu favorito, ondas ao fundo (porque, sabe como é, estamos tirando onda ao sermos a segunda melhor escola pública em Monterey). Quando se estuda em uma escola tão próxima ao oceano Pacífico, os temas sempre vão ser náuticos. Sra. Brown, a secretária mais legal do mundo, se endireita.

— Olha só, nossa aluna número um — diz ela de trás do balcão. — Sasha, querida, que bom ver você. Tá fazendo o que aqui?

Dou um passo na direção dela e ergo o bilhete para que veja que fui *chamada* para a sala do diretor — não estou à toa, vagabundeando, matando aula. Até parece que faço esse tipo de coisa. Ela olha para o papel e depois para mim antes de abrir um sorriso caloroso como o sol. Juro por Deus, se todo colégio nos Estados Unidos tivesse uma sra. Brown, a produtividade dos estudantes ia aumentar, tipo, muito. As pessoas seriam muito melhores.

— Pode sentar, querida. O diretor Newton está terminando uma reunião e já vem falar com você. — Ela se inclina no balcão, diminuindo o espaço entre nós. Assim de perto, sua pele negra brilha. O cabelo preto e liso está cortado curtinho, sua marca registrada, e a franja com uma mecha grisalha a faz parecer bem fodona, como imagino que a Tempestade seria aos cinquenta e poucos. Ou quarenta, ou trinta? Quem sabe? A sra. B é uma daquelas mulheres com pele perfeita e personalidade brincalhona que parecem desafiar o tempo.

Tento retribuir a gentileza com um sorriso.

— Conhecendo você, aposto que é algo bom... excepcional, eu diria. — Então ela pisca para mim.

Não posso deixar de me sentir... empolgada. Ser tirada da aula para ir à sala do diretor. Andei na linha durante todo o último ano — não, calma, durante todo o colegial —, e talvez seja esse o motivo desta reunião.

Pelo menos a secretaria está vazia, então me sento o mais perto possível da porta do diretor Newton. Fecho os olhos e aproveito a paz. O silêncio. Uma pequena folga para minha mente, se preferir. Mas assim que começo a relaxar, o sino toca.

— Olha ela aí. Oi, sra. B... O *b* é de *bonita*. — Uma voz grave acaba com a minha paz. O momento se foi. Abro os olhos e viro a cabeça.

A sra. B apoia os cotovelos na bancada.

— Lá vem — diz, o sorriso contagiante ainda no rosto. — Ezra, querido, mandaram você vir até aqui? Não vá me dizer que se meteu em encrenca.

Ele não consegue me ver de onde estou sentada, mas eu o vejo bem. Está com uma camiseta branca justa e uma calça de sarja da mesma cor, o que realça a pele negra dele. O cabelo preto e cacheado está preso em um rabinho de cavalo no topo da cabeça, e ele usa uma corrente dourada de tamanho médio no pescoço que desce até a gola da camiseta. Um brinco pequeno brilha em uma das orelhas, e sua câmera preta está pendurada, atravessando seu peito como a bainha de uma espada. Dou uma última olhada e noto o contorno de seu rosto, o nariz e o maxilar proeminentes. Ele é tão alto e tem a postura tão ereta que os ossos das minhas costas decidem imitá-lo. Preciso muito melhorar minha postura.

Ezra.

Talvez ele sinta que estou encarando, porque se vira um pouco e nossos olhares se encontram como ímãs. Pisco, nervosa, e desvio o olhar.

Ele se vira e continua falando.

— Esperava que você fosse me explicar. Sabe do que se trata, sra. B? — pergunta, a voz ainda mais grave do que me lembrava.

— Não faço ideia, querido. Mas pode se sentar com a Sasha. Não deve demorar muito. — Ela gesticula para que Ezra se sente em uma das duas cadeiras vazias perto de mim. Ele olha rápido para elas, mas decide não se sentar. Em vez disso, fica ali parado, todo esquisito, fazendo nada perto da porta.

Se agora Ezra é o sr. Fashionista, eu sou o exato oposto. Sinto uma vontade doida de me afundar na cadeira e me camuflar no tecido de lã. Hoje estou de tênis Nike preto — mas não aqueles moderninhos tipo Air Max ou Jordan; estou com o tipo mais comum, que homens velhos usam para correr, com cadarços gastos e apertados demais. Meus dreads compridos estão presos em um coque bagunçado, dando aquela vibe de fim-de-dia-escolar. Não tive tempo de fazer nada de especial com meu cabelo hoje de manhã. Tá, eu nunca faço. Quem tem todo esse tempo livre? Fico ocupada demais com a escola. Tipo, aqui não é a Fashion Week de Nova York, né? Quem vai ligar se eu estiver sem maquiagem? Bufo e sinto um leve cheiro de... espera... eu passei desodorante?

Estou usando minha calça jeans favorita, largona, azul e rasgada, e uma blusinha preta por baixo da camisa de flanela soltinha e esburacada, verde e vermelha, com as mangas dobradas. Analiso minha roupa rapidinho e... o que estou fazendo? Me vesti para trabalhar no trilho dos trens? Ou isso seria tipo... um lenhador chique? Não que eu me importe com o que Ezra pensa, mas sei que tenho roupas melhores do que essa. Olho para meus braços, a pele negra um pouco — tudo bem, bastante — seca, com floquinhos brancos salpicados pelos braços. Será que passei creme? Por força do hábito, arrumo as laterais do meu cabelo. *Tá tudo bem, eu estou bem.*

Olho de novo para Ezra, que coloca os dedões nos bolsos da frente.

Ele estava me encarando esse tempo todo?

Ele ergue as sobrancelhas e diz, a voz suave e grave:

— E aí?

CAPÍTULO 2

Sinto um aperto no peito. Queria estar com meus fones de ouvido, assim poderia fingir que estou escutando a estação de notícias e evitar qualquer tipo de interação com ele. Antes que eu possa responder, dois alunos do primeiro ano saem da sala do diretor Newton com o rosto banhado em lágrimas.

— Vamos lá, então. Quem é o próximo? — A voz do diretor ecoa pelas paredes.

Ele tem um jeito cheio de energia, como o coelho da Duracell, mas com óculos escuros e um sorriso maior. O Colégio Skyline é tipo a Disneylândia dele, o lugar mais feliz do mundo. Mas acho que para trabalhar com adolescentes, é preciso ser assim. Ele aparece, abre a porta e faz um gesto exagerado com a outra mão, como quem diz "vem". Eu pisco para sair do transe e me levanto. Ezra dá um passo para trás e eu passo por ele.

— Ah, você também, Ezra. Podem entrar os dois. Sentem-se, por favor — diz o diretor Newton.

Como é que é?

Nós dois?

Entramos na sala dele, que consiste em quatro cadeiras enormes e pretas, uma luminária de chão e uma mesa que vive bagunçada, com muitas pilhas de papéis, canetas e livros desorganizados. Não consigo lidar com essa energia caótica. Se me dessem cinco minutos lá dentro, com algumas pastas coloridas e uma impressora de etiquetas, eu conseguiria organizar tudo. Fazer essa sala brilhar. Cantar. Mas não é por isso que estou aqui, então me jogo em uma das cadeiras e ignoro a bagunça.

— Sasha, esse é o Ezra. Ezra, essa é a Sasha, outra aluna do último ano. Vocês já se conheciam? — pergunta o diretor.

— Não.

— Sim.

Falamos ao mesmo tempo.

— Não — Repito, com mais autoridade na voz.

Isso não é bem verdade. Acho que se for para entrarmos em detalhes, Ezra e eu já nos conhecíamos. Nós *éramos* amigos — melhores amigos, na verdade —, mas há muitos anos. Eu não o conheço agora. Eu o *conhecia*. No passado.

— Tá, tudo bem. Já nos conhecíamos — digo, tentando ignorar a encarada de Ezra.

Ele se senta a uma cadeira de distância de mim. O diretor Newton ajeita a gravata-borboleta verde e esfrega a careca. Ele sorri e se endireita em sua enorme cadeira de escritório. Depois pigarreia, e as bochechas ficam um pouco rosadas.

— É isso que vocês jovens chamam de "rolo"? É esse o status do relacionamento de vocês? Tem selo de verificado? Está marcado como feito? — A voz ressoa conforme ele ri da própria piada e nos convida a fazer o mesmo.

Espero que Ezra responda, mas ele não diz nada. Então, decido não responder também. Ao menos nós dois podemos concordar com o silêncio.

— Tá bom, então — diz o diretor, e então tosse, um pouco incomodado pela nossa falta de entusiasmo após as piadinhas. Depois, olha para a tela do computador enquanto digita devagar, usando os dedos indicadores. Quando encontra o que precisa, bate palmas e seu olhar se ilumina. — Vamos entender por que chamei vocês dois aqui.

Ele ergue os olhos azuis da tela, olhando de mim para Ezra. O único som na sala vem das lâmpadas fluorescentes acima das nossas cabeças, crepitando como se tivessem insetos fritando lá dentro.

— Como vocês sabem, estamos no fim de abril e o último ano de escola está terminando. Tenho muitas coisas em mente, é lógico. — O diretor Newton faz uma longa pausa. Ao que tudo indica, ele domina a arte do suspense muito bem. — Professores e administradores estão começando a se preparar para as atividades de fim de ano e tudo mais. Vocês dois sabem que tem muitas coisas acontecendo ao mesmo tempo durante o último ano, né?

Ele se endireita na cadeira, esperando por uma resposta. Preciso de todas as minhas forças para não gritar, então fico quieta. Não sou muito fã de surpresas. Ezra balança a cabeça como se não fizesse ideia, como se de fato estivesse interessado em saber onde isso vai chegar.

— Pois é, muitas coisas acontecendo, muitos planos. O baile, a Noite do Legado, e, é óbvio, a formatura. Esse é um momento bem importante para os veteranos, há tanto em jogo, tantas coisas boas pela frente. Mas estou divagando. Isso tudo era para dizer que, a partir de hoje, temos duas pessoas concorrendo para serem oradores e ganharem uma bolsa.

Certo, agora estou prestando atenção.

A bolsa. Trinta mil dólares.

— Isso tudo é muito novo para o Colégio Skyline e para mim. Nunca vi um desempenho acadêmico tão primoroso. As mesmas aulas, as mesmas notas, duas pessoas diferentes.

— Sr. Newton aponta para mim e para Ezra. — Um, dois.

— É o quê?! — O grito sai mais alto do que eu gostaria, mas aquelas palavras fizeram tudo que tinha dentro de mim despertar.

Nunca faltei na escola, nunca entreguei um trabalho atrasado e tratei de dar tudo e mais um pouco de mim.

Antes que qualquer um de nós possa dizer outra palavra, o diretor Newton continua, a voz assumindo um tom mais sério, como se estivesse prestes a fazer um discurso... ou um louvor.

— É lógico que isso é raro, e muita coisa ainda pode acontecer até junho, mas quis avisar vocês porque...

Ezra se remexe na cadeira, agitado.

— Espera aí. Tem certeza?

— Total. Eu queria falar disso com vocês dois hoje para que a gente possa... — Mas antes que o diretor Newton termine de falar, estou de pé, a mochila caindo no chão.

— Tem que ser eu! — As palavras escapam da minha boca.

— Como é que é? — O diretor Newton se afasta, a cadeira rangendo.

— Com todo o respeito, diretor Newton — digo, abaixando o tom de voz e me sentando de novo —, mas eu tenho que ser a oradora. Me esforcei demais nos últimos quatro anos e... e... quando foi a última vez que a escola teve uma oradora que, além de mulher, é negra e coreana? Eu acho que...

Ezra entra na conversa e me corta.

— Ei, ei. Calma aí. Tá dizendo que *você* deveria ser a oradora por causa do seu gênero e etnia? — Ele dá uma risada forçada, o espaço entre nós diminuindo. Nossos olhos castanhos se encontram. — Nesse caso, acho que *eu* mereço mais. Sou negro e judeu, e posso dizer que quase não sou representado, tanto em...

— Meu Deus do céu, você não tá falando sério — retruco.

Ezra arregala os olhos, e é difícil ignorar o ceticismo em seu rosto.

— Falando sério sobre minha identidade? Eu tô, sim. É exatamente o que você fez três segundos atrás — retruca ele.

— Tá, mas é diferente...

— Diferente como?

— Já chega — interrompe o diretor Newton. A sala é dominada por um silêncio doloroso. — A última coisa que eu quero é que qualquer um de vocês fique chateado ou irritado com o que *poderia ter sido*. Estamos trabalhando com muitas hipóteses. Então, por favor, me deixem continuar. — Ele faz uma pausa e seu tom fica mais brando. — Tenho muito orgulho de vocês dois. O que vocês construíram é incrível, de verdade. As suas notas são a prova da dedicação de vocês. É extraordinário. Historicamente, a pessoa que tem a maior média ponderada é escolhida como oradora, e a que tem a segunda maior média é o segundo orador. As duas posições são, repito, impressionantes, e as duas pessoas vão poder discursar na formatura. — O clima na sala está carregado. — Mas, infelizmente, de acordo com as regras do prêmio, só um pode ganhar a bolsa — acrescenta.

A bolsa. A coisa mais importante para mim.

Sinto um abalo no meu sistema nervoso central e agarro os braços da cadeira. De repente estou meio tonta, preocupada. Essa não era a boa notícia que eu esperava. Isso com certeza não é algo bom. Só pode ser um castigo divino. Empatada? Com Ezra? De todos os 2.500 alunos no Skyline, fiquei empatada com *ele*? Mordo meu lábio com tanta força que tenho certeza de que sangrou um pouco.

O diretor Newton olha para mim.

— Sasha, sei que essa não era bem a notícia que você estava esperando.

Pisco para afastar as lágrimas que começam a brotar. Tudo que consigo ver é a bolsa.

Não é uma bolsa qualquer; ela é simbólica para mim e para a minha jornada. Serei a primeira pessoa na família a subir em um palco e receber um diploma. Serei a primeira pessoa na família a ir para a faculdade. Ralei muito nos últimos quatro anos para ser a primeira da turma no ensino médio e ganhar esse prêmio. Quero ver meu rosto no jornal local, e quero fazer um discurso no palco da formatura. Então não, não podemos estar empatados assim, tão perto do dia de nos formarmos. Isso só pode ser um pesadelo. Preciso acordar. Preciso sair daqui.

Por um momento, ficamos todos sentados em silêncio. Um silêncio desconfortável, incômodo. Respiro devagar, como um computador no modo de descanso. Fico à espera de que meu cérebro, que costuma ser tão afiado, rápido, esperto, me diga alguma coisa, faça alguma coisa, mas não consigo pensar em nada.

Por sorte, após alguns instantes, estou alerta.

— Diretor Newton, o Ezra não estudou aqui todos os quatro anos! As aulas da outra escola contam? Isso não faz nenhuma diferença? *Deveria* fazer. Além disso, ele sempre chega atrasado. A presença não conta pra nada? Ele nem leva lápis para as aulas! — exclamo, revirando meu cérebro a procura de qualquer coisa que pareça favorável para mim.

Antes que o sr. Newton possa responder, Ezra protesta.

— É sério isso, sj? É assim que você vai jogar agora? — pergunta ele com deboche.

Dou de ombros quando ele me encara, esperando minha resposta. Mas não vou responder. Eu estava falando sério.

Ezra respira fundo e pigarreia.

— Já que você quer entrar em detalhes, estudei na Escola Preparatória Forest Grove, que é particular. E se vamos citar fatos, essa é uma das melhores escolas de Nova York, talvez até do país. Pensando bem, Forest Grove deve ser ainda mais rigorosa e está acima do Skyline no ranqueamento das escolas. — Ele se vira para o diretor. — Com todo o respeito, sr. Newton. — Então, ele se vira de novo para mim. — Há quem ache que as *minhas* notas na Forest Grove tenham mais peso do que as *suas* no Skyline, o que faz de mim o mais qualificado para ser orador principal e ganhar a bolsa. — Ezra sorri, deixando à mostra o espacinho entre os dois dentes superiores da frente. — E, ah, obrigado por mencionar minha vida pessoal.

Estou chocada demais para responder. Não tinha a intenção de cutucar as feridas de Ezra ao falar do passado dele, incluindo o divórcio dos pais. Mas é um fato. Ele não estudou a vida toda no Skyline. Seus pais se separaram quando estava na oitava série, e de repente ele se viu dentro avião, indo morar em Nova York com o pai.

Ele voltou para a Califórnia no segundo ano do ensino médio e começou a estudar no Skyline, e nós dois seguimos nossas vidas sob o acordo tácito de que continuaríamos de onde paramos, como ex-melhores amigos. Eu fugia dele nos corredores, e ele fingia não perceber minha existência nas aulas. Nosso passado estava enterrado. Até agora.

— Já chega, vocês dois. Se acalmem. Não era assim que eu achava que essa reunião ia acontecer. Acho que estamos ignorando o lado positivo...

Ezra resmunga. Eu cruzo os braços.

E qual é o lado positivo? Preciso reunir todas as minhas forças para não perguntar, então franzo os lábios. Agora não é hora de ser questionadora, Sasha.

Todas as noites acordada até tarde estudando, todas as festas que deixei de ir, sem contar tudo de que meus pais tiveram que abrir mão. Esse título e a bolsa... não são só por mim. Minha mãe teve que desistir de muita coisa para que eu chegasse até aqui. Todo aquele estresse volta e se aloja na minha barriga e na minha garganta. Quero vomitar.

O sino toca, anunciando a hora de ir embora, o conhecido som que libera a horda de estudantes. Um walkie-talkie pequeno na mesa do diretor começa a piscar e tocar, fazendo os papéis embaixo dele estremecerem. Ele pega o objeto e abaixa o volume enquanto se levanta.

O diretor espera nós dois entendermos a indireta, e então nos levantamos também.

Mas a reunião não pode acabar assim!, eu quero gritar, porém minha mente está lenta. Ou tudo à minha volta está se movendo rápido demais. Não sei o que dizer. Que merda!

— O sino tocou e eu preciso ir. Vamos pausar essa conversa. Vou me informar sobre a situação e sei que vai dar tudo certo.

Eu assinto, os ombros caídos. Ezra não diz nada, mas estreita os olhos.

Saímos do escritório do sr. Newton em silêncio. Quando chegamos no saguão principal, ele sai depressa, deixando Ezra e eu para trás.

Ezra Philip Davis-Goldberg está oficialmente tentando destruir minha vida.

E eu não vou deixar.

CAPÍTULO 3

Mas antes de mais nada, preciso de um minuto para me recuperar. Ou de um copo d'água. Droga, talvez precise até de um lanchinho ou de óleos essenciais.

Tudo a meu redor fica embaçado quando esfrego os olhos cansados; de repente, toda a minha carreira escolar parece estar por um fio.

— Foram 186 dias de aula por ano nos últimos quatro anos... — murmuro.

— Dá 744 dias de ensino médio sancionados pelo Estado — acrescenta Ezra no mesmo instante.

— Vezes oito horas por dia? Isso sem contar todas as atividades extracurriculares, as de final de semana e... — Minha voz falha. Os cálculos estão ficando um pouco... caóticos.

— Calma, vai devagar. Sou bom nisso, mas preciso entender. Setecentos...

Eu pisco algumas vezes para voltar à realidade.

— Espera, o quê?

Ezra dá de ombros.

— Estou te ajudando. Você estava contando as horas que passou estudando? Cada momento que levou a esse...

Ergo a mão para fazê-lo parar de falar. Ezra está atrapalhando minha linha de raciocínio. Mesmo que esteja certo.

— Não preciso da sua ajuda — falo, mais atrapalhada do que gostaria.

Ezra revira os olhos. Ele ainda está aqui.

— Oi, Ezra. Bom ver você também, Ezra. Quanto tempo, Ezra. E agora estamos juntos nessa, Ezra? Que loucura, você não acha, Ezra? — diz.

Eu bufo e as palavras saem.

— Loucura? Não, não acho. Que ódio! Não quero empatar com você.

Ele fica sério. O brilho em seu olhar desaparece.

—Ai. Caramba, sj. Para com isso. Não é tão ruim assim, é?

Engulo em seco, irritada por estar tão perto dele. E frustrada por ele se sentir confortável em me chamar de sj — ninguém me chama mais assim, não desde que meu pai se foi. Por onde eu começo? Um empate parece ainda pior do que ficar em segundo lugar. Como posso dizer, sem ofender, que ele é um babaca, que não somos amigos e que estar empatada com ele é como ser empurrada de um penhasco bem, bem alto? Tá, tudo bem, acho que é impossível. Mas então me lembro de que não me importo com os sentimentos dele. Já me importei, mas prometi que nunca mais faria isso.

Dou um suspiro dramático, fazendo beicinho.

— Pra mim, é bem ruim. Eu não quero estar empatada com você... nem com ninguém, na verdade. — Talvez ele consiga entender isso.

Ezra bufa.

— Acho que isso explica por que você falou dos meus atrasos para o diretor. E falar que eu "nem levo lápis para as aulas"? — provoca ele, fazendo aspas no ar.

A persistente comparação entre nós, duas pessoas diferentes que atingiram o mesmo marco, me faz sentir um aperto no estômago.

— E estou errada? É meio desrespeitoso com quem sempre chega na hora. Você sempre atrapalha as aulas pra pedir emprestado o material que deveria ter. É quase sua marca registrada, sei lá.

Ezra fica boquiaberto.

— Pra ser sincero, fico surpreso por você notar essas coisas. Você fica tipo assim — ele coloca a palma da mão próximo à ponta do nariz e aperta os olhos, então balança a mão em frente ao rosto —, com a cara grudada na porcaria do quadro...

Eu arfo.

— Ei! Eu *escolho* sentar na frente. Eu *gosto* de sentar na frente. É assim que tiro notas boas — falo rápido, as mãos na cintura.

Ezra balança a cabeça.

— Você deve estar morrendo de raiva agora, vendo que a pessoa que também está na posição que você tanto queria nem traz lápis para a escola, né? Que eu posso sentar no fundão e ainda assim tirar as mesmas notas que você. Parece que seu estojo da Hello Kitty cheio de post-its e os marca-textos com cheiro não são a combinação perfeita que você achava que era...

Fico boquiaberta, incrédula. Ezra pausa, o rosto iluminado, e um sorriso surge enquanto ele saboreia minha reação.

Ele acabou de atacar meu material escolar? Meus marcadores que, por acaso, têm cheiro de frutas tropicais?!

— Tá, isso foi longe demais. Agora você está sendo grosso! — reclamo com um gritinho.

— Eu? E você? Será que não consegue se ouvir? — Ele abre e fecha a boca.

— Você não pode voltar pra cá assim pra tentar arruinar minha vida — murmuro alto o bastante para que ele possa ouvir.

— Voltar pra cá pra arruinar sua vida? — Um turbilhão de emoções passa pelo rosto de Ezra antes que ele me olhe feio. — Tá bom, então, estrela de Hollywood. Que dramalhão é esse?!

— *Eu* sou dramática? Isso vindo do garoto que passou um ano inteiro comendo só comidas vermelhas?

— É assim que você quer jogar? — retruca Ezra, linhas de expressão surgindo em volta de seus olhos e na testa.

Tecnicamente, nós demos o mindinho e eu prometi que nunca falaria da obsessão dele por comidas vermelhas. Ele me fez jurar pela Hello Kitty. Acho que Ezra sentia vergonha por, aos onze anos, ainda ter uma fixação tão estranha pela cor das comidas que ingeria.

Sei que não devo responder. Podemos passar dias pagando na mesma moeda — nosso histórico é grande demais. E vou passar o dia tentando relembrar mais histórias.

— Eu... eu vou acabar com você — disparo.

Não penso antes de falar, porque certamente nunca pensei em acabar com ninguém e, se o fizesse, não diria em voz alta — me parece o tipo de coisa que a gente guarda em segredo ou conta apenas para o diário. Mas Ezra precisa sair do meu caminho.

Ficamos em silêncio. Faço o melhor que posso para sustentar o olhar dele, para tentar ler sua expressão.

Após uma longa pausa, ele responde:

A APOSTA DO CORAÇÃO 23

— Não era bem o que eu esperava ouvir na nossa primeira conversa de verdade em, tipo, quatro anos, mas acho que poderia ter sido pior. Se é assim que você se sente, então... quero ver você tentar. — Então ri, travesso, e depois se afasta de mim.

Ezra gira rápido nos calcanhares, e ao olhar para ele, a expressão em sua boca carnuda, fico um pouco balançada. Ele sempre teve aquele sorriso capaz de fazer alguém esquecer por que está triste ou no que estava pensando, traços calorosos o suficiente para iluminar uma sala. E eu odeio isso.

— Te vejo na sala de aula, sj — diz Ezra enquanto me dá tchau.

Agora, nesse exato instante, seria a hora de fazer um comentário sarcástico como acontece nos filmes, mas não consigo pensar em nada.

A sra. Brown espia pela lateral da porta da secretaria.

— Que barulho todo é esse no meu corredor?

Abro um sorriso forçado e suavizo meu tom de voz.

— Desculpa, sra. Brown. Já acabou. — Mas não me parece verdade. Por sorte, ela assente e volta para a sala.

Fico ali parada por tanto tempo que quase começo a criar raízes. Hunf. Ezra. *Esse moleque.*

Houve um momento em minha vida, depois de nossa grande desavença, em que eu me perguntava sobre Ezra. O que estaria fazendo? Como andava a vida dele? Passamos tanto tempo juntos quando crianças que era natural pensar nele, mesmo que nossa amizade tivesse acabado. Eu costumava especular sobre sua vida e o tipo de pessoa que ele tinha se tornado. Acho que agora sei a resposta.

Algumas pessoas melhoram com o tempo, e outras só pioram. Agora sei em que categoria Ezra se encaixa.

CAPÍTULO 4

Meu celular vibra na mochila, me trazendo de volta à realidade.

GRUPO DA TRILOGIA

> **Chance** 15h25:
> Não se esqueçam que a aula de reforço dessa semana mudou de horário: começa agora!

> **Priscilla** 15h25:
> Chego em 2 min.

Leio as mensagens, respondo e, após alguns instantes, a memória muscular entra em ação e me obriga a me mexer. Tenho coisas a fazer. Do lado de fora, a energia do pós-aula é fervilhante, contagiosa até. Os alunos já trocaram as roupas que usavam (estilosas, na moda, divertidas) pelos uniformes esportivos (com muito verde e dourado). Abro caminho entre as diversas paisagens, indo da longa fila de carros impacientes que apressam o grupo de alunos até a entrada principal, onde ônibus de um tom de amarelo intenso esperam para levá-los para casa. Somos como formigas, marchando em linha até nosso próximo destino. Eu me espremo pelo caos da entrada principal, que parece o de uma autoestrada às cinco da tarde de uma sexta-feira.

Fujo dessa confusão, um peixe nadando contra a maré.

Enquanto caminho, as palavras do diretor Newton ecoam em minha cabeça. Mas uma delas se destaca.

Empatados. Empatados. Empatados.

Ezra e eu estamos *empatados.*

Espero alguns segundos para me recompor antes de entrar na sala de aula da srta. T, nossa professora de estudos étnicos. Os alunos já estão lá dentro, livros abertos em cima das carteiras.

— Você está atrasada, srta. Sasha — comenta Ben, falando alto. Sempre posso contar com a sinceridade dos alunos do fundamental II.

— Foi mal, foi mal. Tive que resolver uma coisa. — *Uma palhaçada,* quero acrescentar, mas não posso. Não é a plateia certa.

Vou para a frente da sala, onde Priscilla, minha melhor amiga, já está sentada em seu lugar. Hoje, seu cabelo castanho e cheio está preso em um rabo de cavalo alto, e ela usa um batom vermelho vivo. Priscilla se senta ao lado de Chance, o último membro do nosso trio de melhores-amigos-para-todo-o-sempre. Chance, com 1,88 metro e cem quilos, se esforça para encontrar uma posição confortável nas cadeiras minúsculas. Ele se vira de um lado para o outro como se estivesse em um labirinto ou coisa do tipo. Sua pele é marrom e reluzente, e seus olhos castanhos quase mel combinam com ela. É um cara grande, com certeza, porém o mais impressionante de tudo é sua inteligência. Quase posso ouvi-lo me relembrar: "isso que eu tenho se chama memória eidética". Mais popularmente conhecida como memória fotográfica. É a única pessoa que conheço que consegue decorar praticamente tudo. Nem pergunte quantas casas decimais do pi ele sabe, porque ele vai passar pelo menos três minutos recitando e, quando começa, não consegue parar. É empolgante e assustador.

— Base — diz Priscilla, apontando para o vidro de esmalte vermelho enquanto o passa nas unhas.

Chance cobre o nariz para não sentir o cheiro. Eu me jogo na carteira ao lado da dela.

Nossas aulas de reforço não são nada oficiais, meio que aconteceram e passamos a fazer sempre. No meu segundo ano de escola, eu ficava na sala da srta. T depois das aulas para fazer a lição de casa enquanto Priscilla participava das reuniões do conselho estudantil. Certa tarde, quando entrei, vi lá dentro alguns alunos da escola de ensino fundamental que ficava no fim da rua. Pelo que disseram, estavam esperando que os irmãos mais velhos que estudavam no Skyline terminassem os treinos ou ensaios e acabaram encontrando a sala da srta. T.

Naquele dia, três alunos do sétimo ano estavam fazendo nada em suas carteiras, só mexendo nos celulares. A srta. T entrava e saía da sala, e uma menina chamada Khadijah, frustrada com os exercícios de matemática, bateu o lápis com tudo na mesa.

Não pude deixar de notar.

— Posso dar uma olhada? — perguntei. Ela empurrou o papel na minha direção, relutante.

A APOSTA DO CORAÇÃO 27

Não demorou até eu ir parar na lousa branca, apagador em mãos, ensinando os conceitos básicos de álgebra. Os dois outros alunos, Marquese e Juan, também começaram a fazer anotações e perguntas. E assim as aulas de reforço acabaram virando algo frequente. Começamos a nos encontrar todas as quintas para ajudar uns aos outros. Além disso, posso colocar essa informação nos formulários de candidatura das faculdades, e todos tiram notas muito boas. Eles podem até ser mais novos, mas entendem bem as piadas e sempre topam dançar nos meus vídeos do WeTalk. Às vezes, quando estamos com sorte, a srta. T traz uns lanchinhos. Também tem vezes em que não estudamos nada, só tagarelamos e damos risada. Mas, seja lá o que estivermos fazendo, deve estar funcionando, porque, apesar de o nono ano ser desafiador, Khadijah é a melhor aluna de sua turma, e Juan vem logo atrás.

De todas as coisas que já fiz no Skyline, que, confesso, não vão muito além dos meus trabalhos escolares, essa é a que me dá mais orgulho. De que serve tanto conhecimento e aprendizado se não forem compartilhados com outras pessoas? Sim, minhas notas são absurdas de boas e tenho muito orgulho de tudo que já conquistei, mas ver adolescentes como eu progredirem, ainda mais aqueles que são deixados de lado pelas escolas, me dá uma paz de espírito inigualável. Não vou sentir falta das aulas, dos livros desatualizados ou das carteiras desconfortáveis, mas vou sentir muita falta das aulas de reforço. Sério mesmo.

— Salgadinho picante? — Khadija estende a mão com o maravilhoso pacote vermelho, me tirando de meus devaneios.

É tentador, sempre é, mas recuso. Com a tarde agitada que minha barriga teve, não sei se consigo aguentar mais pimenta. Khadijah faz uma expressão como quem diz "o azar é seu" e agarra dois salgadinhos como se fosse um caranguejo.

Priscilla assopra as unhas e o cheiro forte de esmalte invade minhas narinas. Faço uma careta.

— Você tá bem? — pergunta ela, uma pequena ruga de preocupação surgindo em sua testa.

Faço que sim, com um sorriso falso que exige muito esforço. Juan escreve alguma coisa no papel e então olha do caderno para nós.

— A gente precisa entrevistar um aluno do ensino médio para se preparar para nossa grande transição no outono que vem. Que conselhos vocês têm pra dar?

— Ah, boa, Juan. Também não comecei essa tarefa ainda — Khadija se junta a ele. — Digam tudo que a gente precisa saber, falando sério. O que funciona? O que não funciona?

Priscilla está doida para falar.

— Não se apaixonem. Não fiquem com ninguém da escola. Bem, podem ficar, mas sem compromisso. Não sejam emocionados, se é que me entendem.

Chance revira os olhos.

— Acho que ela quer dizer que vocês devem encontrar um equilíbrio saudável entre a escola e a vida amorosa. — Chance olha para Priscilla em busca de aprovação e ela assente. — Mas, sério, não sejam emocionados.

— Eu sei bem disso. Podem acreditar — responde Juan. — Já comecei e terminei dois namoros esse mês, e ainda sou amigo das duas.

Khadijah ergue os olhos do papel, as sobrancelhas arqueadas e o pescoço curvado, com um olhar que diz que não acredita no que ele diz.

Também não sei se acredito, mas não vou pressionar.

A APOSTA DO CORAÇÃO 29

Todos ficam em silêncio por alguns instantes, então decido falar.

— Eu diria que é bom manter o foco. Fazer perguntas. Pedir conselhos. Não tenham medo de pedir ajuda quando for preciso. Afinal, todo mundo precisa. É bom se lembrar sempre de quem você é e de onde veio. A escola é importante, mas você também é. Se cuide, se desafie, mas também lembre-se de se amar durante esse processo — discurso enquanto olho em volta para ver se todos concordam. Bem brega, eu sei, mas é verdade. Queria que alguém tivesse me dito tudo isso quando comecei a estudar aqui.

—Ah, e mais algumas dicas boas — acrescenta Chance, se inclinando para a frente. —A maioria dos livros que vocês precisam comprar está disponível online, de graça. Use o SparkNotes pra ajudar você a *entender* o que está escrito, não para escrever a redação. Nada de plágio, porque isso é coisa de gente burra e preguiçosa, e vocês vão acabar tendo trabalho duplo ou até triplo. E é quase certeza de que vão ser pegos. Se o sr. McDaniel for professor de vocês, peçam pra mudar de turma. Na mesma hora.

Os estudantes anotam o que dissemos.

— Da hora, valeu. Vou tirar nota dez nesse projeto — diz Juan, fechando o caderno.

Khadijah inclina a cabeça, as tranças curtas emoldurando o rosto.

— O que a gente vai fazer ano que vem sem vocês?

Priscilla se reclina enquanto fecha o potinho de esmalte.

— Vão seguir em frente. Vocês precisam continuar, não importa o que aconteça.

Não importa o que aconteça.

Fecho os olhos e minha mente viaja até o meu primeiro ano, quando o sr. McDaniel me fez ir até a frente da sala com muitos outros alunos, na maioria brancos, para ensinar sobre ações afirmativas, me usando de exemplo. Ainda sinto o constrangimento daquele dia em cada parte do meu corpo. Gostaria de poder dizer que aquela foi a primeira vez que um professor me pediu para fazer algo ridículo e detestável na frente da turma, mas não foi. Esse é mais um dos motivos que me leva a querer ser a melhor da escola. Todos já olharam para mim e através de mim. Como uma das únicas alunas negras nas aulas para alunos avançados, sempre tive que estabelecer os padrões e ser uma porta-voz e, ao mesmo tempo, ser uma adolescente tentando descobrir o sentido da vida.

Tipo no primeiro ano do ensino médio, quando Jake Longfellow foi para a escola com um chapéu com a bandeira dos estados confederados porque... bem, por que não, né? Precisei de toda a minha coragem e de semanas de ansiedade para perguntar por que ele estava usando aquilo. Quando perguntei, ele respondeu alguma coisa sobre orgulho sulista. Lógico. Apontei para o mar, o oceano Pacífico, aquele que vemos e cujo cheiro sentimos de todas as janelas da nossa escola.

Ou no segundo ano, quando nosso professor de inglês avançado, sr. Remington, insinuou que eu tinha cometido plágio na minha redação. Como se eu não pudesse ser genial daquele jeito. Tirei nota máxima na prova de literatura avançada só para irritá-lo — bem, e para me lembrar de quem sou e do que sou capaz.

— Aliááááááás, por falar nisso, a gente podia fazer um torneio de Super Smash Bros! — Chance grita, os controladores portáteis vermelhos brilhantes já nas mesas.

Há uma pequena explosão de palmas e risadinhas. Eu concordo — não que o grupo precise da minha aprovação. Todos se amontoam na frente da sala ao mesmo tempo, prontos para jogar. É óbvio, pelas risadas e pela descontração, que neste momento o grupo está feliz.

Nem tudo foi ruim no Skyline. Tenho o exemplo perfeito bem à minha frente.

CAPÍTULO 5

Assim que a aula de reforço acaba e os alunos não estão mais por perto, Chance guarda o Nintendo Switch e me olha desconfiado.

— Desembucha, Johnson-Sun. Dá pra ver na sua cara a tensão e a fúria adolescente.

Eu hesito.

— Rolou alguma coisa com você. Dá pra sentir. Tem a ver com algum garoto, não tem? — Chance olha para Priscilla em busca de uma resposta. Não que ela saiba de algo que ele não saiba. Sempre conto tudo para os dois.

Priscilla dá de ombros.

— Quando ela tá assim, toda abatida e cabisbaixa, sempre é por causa de algum garoto. Falando sério, não sei por que vocês perdem tempo com eles. — Priscilla se remexe em sua cadeira, e os dois me lançam olhares penetrantes.

Não sabia que minha fisionomia me dedurava tanto. Sim, ainda estou me sentindo esquisita, e se tem alguém que poderia perceber, são esses dois.

Chance ergue a sobrancelha para Priscilla.

— Hm, cuidado com o que fala. O que Luka Dupont ia achar disso?

Priscilla mostra a língua, sua marca registrada.

— Luka e eu... foi só uma noite de... curtição, sabe? Além disso, aquilo foi na minha era pré-Gina. Não sei se conta de verdade.

— Luka conta, sim — me intrometo. — Se sua energia combina com a de alguém, por que simplesmente esquecer essa pessoa? Isso sem falar que você ficou toda alegrinha depois do Luka. Acho que o amor é sempre bom, né? Mesmo que não dure muito.

— Aff, você tá certa. Passei um mês toda encantada. Luka e eu temos uma conexão cósmica ou coisa do tipo. Nosso romance estava escrito. Breve, doce, mas escrito nas estrelas. Dá vontade, né, Romeu e Julieta?

Caímos na gargalhada, porque Priscilla e Luka tiveram uma paixão selvagem que durou quarenta e oito horas em um final de semana de curso intensivo de teatro nas montanhas de Santa Cruz. Priscilla estava diferente quando voltou, vamos colocar assim. Depois de um momento, ficamos em silêncio e meu rosto se entristece outra vez.

— Anda, Sasha. O que tá acontecendo? — pergunta Priscilla.

Franzo a testa.

— Ezra Philip Davis-Goldberg. — É tudo que consigo dizer, torcendo para que o nome dele soe ameaçador. Quando penso nele, meu coração acelera e meu corpo fica tenso de novo.

— O quê? Por quê? Você tá a fim do Ezra? — Ela prolonga a última sílaba do nome dele como uma bala puxa-puxa. Chance se endireita.

— Não, nem um pouco. Não gosto dele. Não acho ele bonito. — Cruzo os braços.

Não que Priscilla tenha perguntado se acho ele bonito ou não, porque ele não é, mas ainda assim é melhor explicar, né? Tudo bem, talvez Ezra tenha ficado mais bonito com o tempo. E parece que finalmente aprendeu a arrumar o cabelo. Mas nada disso importa. Só tem uma coisa que importa para mim, e não são as maçãs do rosto dele.

Priscilla pisca sem parar, com aqueles cílios longos. Acho que ela não acreditou em mim.

— Tive aula de química com ele no segundo ano. Ele é tranquilão. Tem uma vibe meio de artista. Um desleixado gostosinho. Dá pra entender por que as pessoas poderiam se sentir atraídas. É bem seu tipo — comenta ela.

Chance ri, debochado.

— E o que é um *desleixado gostosinho*?

Não sei nem por onde ou como começar a responder, então só jogo a informação mais importante no ar.

— Ei! A gente empatou como orador da turma!

— Ah, não. Não, não, não — murmura Priscilla. Chance coça o queixo.

Eu continuo:

— É ridículo, né? Eu sabia que teria competição, mas não esperava que fosse ele. Ele nem se importa com a posição ou com a bolsa. E cá estamos nós... empatados. — Eu poderia explodir. — Além do mais, ele só vem para as aulas entregar trabalhos, isso quando vem, né? — Paro de falar e encaro Chance.

Ele dá de ombros.

— Que foi? Eu entendo isso.

Priscilla e eu resmungamos ao mesmo tempo.

A APOSTA DO CORAÇÃO 35

Dentre todos os alunos no Skyline, Chance deveria estar na disputa para ser orador. Ele é mais inteligente do que eu — mais inteligente do que qualquer pessoa (incluindo os professores) —, mas não tem "ambição", como o pessoal da administração gosta de dizer. Chance entra e sai das aulas quando quer, como se a escola fosse opcional, não obrigatória. Priscilla e eu já tentamos falar para ele, tipo, não faltar a tantas aulas, entrar na dança. Mas, de acordo com Chance, sua frequência não está aberta para debate.

Faltam meses para a formatura e meus amigos sabem tudo a respeito da bolsa. *Minha bolsa.* Aquela que tenho feito de tudo para conseguir. Meu tributo àqueles que se sacrificaram para que eu existisse. Meu legado.

Chance se remexe na cadeira e pergunta, a voz calma:

— O que você vai fazer?

— Esse é o problema. Fiquei tão irritada que nem consegui pensar. Ele não se importa com nada disso. Não como eu. Acreditem em mim, conheço bem ele.

— Conhece? — pergunta Priscilla. — Como? Você nunca nem tocou no nome dele. Amigos não têm segredos.

Reviro os olhos. É mais forte do que eu.

— Porque não vale a pena falar dele. — Eles não ficam satisfeitos com essa resposta. Bufo de novo antes de rebobinar meu cérebro. — Estudamos juntos no fundamental. Nos aproximamos na terceira série porque nós dois temos sobrenomes grandes e com hifens e somos birraciais... e ele gostava de alguns livros que eu também curtia e tal. Vocês acham que eu leio muito? Tinham que ver o Ezra. Ele é um nerdola, daqueles que lê um livro em um dia e participa de fóruns na internet. Quando a gente era mais novo, não sei... rolou uma conexão, viramos amigos e essas coisas, blá-blá-blá.

36 DANIELLE PARKER

Priscilla bate palmas, animada.

— Ah, meu Deus, tá falando sério? Que fofo.

— Priscilla, não! A gente tinha, tipo, oito anos. Quem liga? Juro que é melhor manter ele afastado.

— Tá bom. Mas acho fofinho que você tivesse um amigo assim quando era pequena. Só fui ter um melhor amigo de verdade no sétimo ano, e a amizade meio que acabou no oitavo, então sabe como é — diz Priscilla. Ela se inclina na minha direção, ficando pálida de repente. — Espera aí... ele não vai virar seu melhor amigo e substituir a gente, vai?

— Você não ouviu o que eu disse? Odeio o Ezra. Nós *éramos* amigos. Tipo, em outra vida, milhares de anos atrás, Sasha versão 1.0, quando eu não tinha noção das coisas. Nós não podemos nem vamos ser amigos de novo, nunca mais. — Faço uma pausa enquanto um peso enche meu peito ao relembrar aquela fase da vida. — Além disso, tivemos uma briga bem feia.

— Por quê? O que aconteceu? — pergunta Priscilla no mesmo instante.

—Você não precisa responder — diz Chance ainda mais rápido —, mas é óbvio que as mentes indagadoras aqui querem saber. Término de amizade é um tabu, mas é muito comum. Eu gostaria que falássemos mais disso. Aposto que esses tipos de términos são tão traumáticos quanto os românticos. — Ele coça o queixo de novo, sempre filosófico e pensativo.

Observo meus amigos, que estão comigo nos bons e maus momentos. Contamos tudo uns aos outros, então deixo minhas lembranças com Ezra voltarem à tona.

— É só que é difícil lidar com ele. Não dá para confiar. Ele machuca as pessoas. Não quero entrar em detalhes, mas acho que foi por causa de uma festa, e ele jogou nossa amizade no lixo.

Eu corrijo a postura e ergo o queixo, pronta para entregar a única informação que eu nunca superei.

— E sabe qual é a pior parte? Ele me chamou de v... vocês sabem! Na minha cara!

Os dois exclamam ao mesmo tempo, uma frustração conjunta.

— Eita — resmunga Chance.

Priscilla faz um gesto de desdém.

— Eca. Reprovado, dislike.

— Sim, exatamente. Dislike — repito para enfatizar.

Fico chocada com o quanto as minhas lembranças com Ezra surgem rápido em minha mente. Há muito tempo não pensava nele ou naquele momento da minha vida. E agora aqui estão elas, vívidas. Eu me lembro de nós dois, duas crianças desengonçadas, debruçadas sobre uma cópia de *Fullmetal Alchemist*. Às vezes, ele lia alto imitando os personagens e fazendo vozes ridículas que sempre nos faziam rir até chorar. Ele sempre guardava a última bolacha ou batatinha chips em sua lancheira para mim. Ele me dizia para fazer um pedido quando o relógio marcava 1h11 ou 3h33. Foi meu primeiro amigo a comprar AirPods e, sempre que ouvia música, me deixava ouvir também.

Essa é a mesma pessoa que, mais tarde, conseguiu estragar para sempre nossa amizade tão sagrada. Eu me lembro de nós dois brigando, aos gritos. Fico toda arrepiada quando penso em nosso desentendimento, porque ninguém é mais cruel do que uma criança de treze anos irritada. No dia em que nossa amizade acabou, estávamos particularmente maldosos. Sabíamos exatamente o que dizer para machucar um ao outro naquela briga, nossa primeira e única.

Priscilla dá um tapinha na minha mão. Sei que ela quer ouvir mais.

Franzo a testa.

— É tão frustrante. Eu tive que me esforçar tanto, e não me refiro só aos trabalhos escolares. Você sabe como esses espaços podem ser difíceis para pessoas como a gente. — Chance assente. Eu continuo. — Para chegar tão longe e talvez ficar em segundo? Não, poxa, não. Não quero ficar em segundo lugar. O primeiro lugar, essa bolsa... são meus.

Meus olhos ficam cheios de lágrimas quando penso por que me esforço tanto. Quase consigo ouvir minha avó paterna e suas histórias de luta e sacrifício para que meu pai pudesse estudar. Eles eram pobres e a vida nunca foi fácil para ela — trabalhando em vários empregos, criando filhos, existindo em um mundo que nem sempre a amou ou cuidou dela. E tem a versão de meu pai da mesma história, uma geração depois, as oportunidades que ele ainda não teve, as mesmas portas que permaneceram fechadas e provavelmente jamais se abririam para homens negros. Minha família nunca teve vergonha de falar de nossas superações. É lindo, é lógico, mas também dá raiva. Posso sentir esse peso, além de todas as palhaçadas que tive que aguentar no Skyline só para sobreviver. Acho que estou prestes a me afogar nessas emoções.

O rosto de Priscilla está impassível.

— O que você vai fazer?

Suas palavras me trazem de volta à vida como um choque, como se eu fosse uma criança que colocou as mãos molhadas na tomada.

O que eu vou fazer?

O verbo "fazer" é um dos meus favoritos. Nesse instante, ele me faz lembrar de que tenho poder de escolha. Esse título é seu, Sasha? Ou vai deixar aquele cara te tirar isso? A voz familiar, aquela que me faz levantar de manhã, aquela que me motiva a tentar de novo, aquela que não me deixa sossegar, me traz de volta à vida.

— Vou acabar com ele, pegar o que é meu. Não vou deixar essa oportunidade escapar. — Ergo o queixo.

Priscilla assente, os brincos balançando. Ela e Chance sorriem.

— Essa é a nossa garota! — Ela dá um tapinha no meu braço. — E pode contar com a gente.

CAPÍTULO 6

Priscilla me deixa em casa depois das aulas de reforço. O silêncio dentro do apartamento é confortante, independentemente de como foi meu dia. Paz. Assim que passo pelo batente da porta, me livro dos sapatos, coloco a mochila no chão e vou direto para a cozinha. Comida em primeiro lugar, sempre.

— Oi, tem alguém em casa? — Minha voz reverbera nas paredes vazias e peroladas.

Nosso apartamento é pitoresco, com dois quartos e um banheiro, que minha tia encontrou para minha mãe depois que meu pai morreu. Tipo, em um instante você mora em uma casa enorme e cheia de vida e possibilidades, e no minuto seguinte se vê dentro de uma caixa de sapatos, todos os seus pertences espalhados em caixas de mudança enormes, e você tem que se esforçar para se lembrar de onde estão suas coisas, como tudo se encaixa.

Caminho pela pequena sala de estar, passo pelo sofá azul e velho e viro no corredor para a cozinha minúscula, mas funcional.

— Puta merda! — exclamo.

Minha mãe ergue a mão e minha pulsação desacelera. Expiro, trêmula.

— Olha a boca — sussurra ela, de olhos fechados, o corpo relaxado.

— Você quase me matou do coração. — Paro ao lado dela. — Não sabia que você estava em casa. — Ela tem essa mania de ficar parada que nem uma estátua e me assustar.

A sala, que fica perto da cozinha, é nossa parte favorita da casa. Há uma pequena estante de livros preta e bem resistente onde ficam as fotos daqueles que nos protegem, como minha mãe costuma dizer. Minha foto preferida é uma da época que meu pai era do exército, enorme e em tons de sépia. Ele tinha dezoito anos na foto, como eu. Não está sorrindo; seus lábios grossos estão retos e fechados, como se guardassem um segredo. Mas se você olhar bem de perto, vai perceber a mágica, o brilho em seus olhos. Ele não chegou a se formar no ensino médio. Dizia que estava ansioso demais para ver o mundo. Então, assim que completou dezoito anos, fez um supletivo, arrastou minha avó até o posto de recrutamento do exército e se alistou, faltando dois meses para formatura.

— Eu estava rezando. — Ela segura minha mão, o toque quente.

Nem preciso perguntar para quem. É sempre ela quem conta à família — meu pai, os pais dela, um tio, alguns primos distantes — quando ganho um prêmio ou tiro boas notas. Ela acende velas e incensos, fala com as fotos e deixa frutas de todos os tipos como oferendas. Enquanto isso, eu estudo. Eu ralo. Eu me esforço para tirar as melhores notas, para eles. Para nós. E se eu conseguir focar, se puder trazer mais essa conquista para casa — o título de oradora e a bolsa

—, essa vitória vai ser como a cereja no topo do bolo. Então vou poder estudar na Universidade de Monterey, a faculdade local e particular. Não é um lugar com tanto prestígio quanto Stanford, nem é a NYU, minha universidade dos sonhos, mas tem programas bem-conceituados e um departamento de ciências ótimo. Já pesquisei bastante a respeito dele. Isso sem falar que é mais acessível *e* que vão me dar uma grana preta para estudar lá. E, claro, vou ficar perto da minha mãe.

— Mas por que você não respondeu? — pergunto, tentando tirá-la do transe.

— Eu estava rezando — repete ela, sem me dar atenção.

Quando termina, abre os olhos, me analisa e sorri. Minha mãe é coreana, tem cerca de um metro e meio de altura e tudo nela é singular, delicado, uniforme. Eu, por outro lado, sou alta e magrela que nem meu pai. Sou igual a ele: os mesmos lábios grossos, o cabelo preto e cheio. Mas também puxei a ela: os mesmos olhos e os mesmos cílios longos e pretos, orelhas pequenas e um jeito peculiar de se portar. E uma coisa que herdei de ambos é o compromisso com as coisas e pessoas que amamos.

— Já parou de trabalhar hoje? — Aperto de leve a mão dela, depois entro na cozinha, pego uma caneca e coloco o celular dentro. Quem precisa de caixa de som bluetooth toda chique quando se tem canecas de porcelana?

Coloco minha playlist da tarde, que se chama Hora das Danadas, com muitas músicas da Billie Eilish e Olivia Rodrigo, e deixo o volume baixo.

—Ainda não. Só quis fazer uma pausa antes de ir para a casa dos próximos dois clientes. A família Hawkins colocou a casa com piscina para alugar, está uma bagunça que só. Só falta esse serviço pra eu encerrar por hoje.

A APOSTA DO CORAÇÃO 43

— Tá com fome? — pergunto. Ela faz que sim. — Vou preparar alguma coisa pra gente — digo.

Minha mãe hesita, incapaz de esconder a incerteza em seu rosto. Depois que deixei o arroz passar do ponto uma vez (e, ainda por cima, na panela de arroz, uma vergonha dupla), ela passou a duvidar das minhas "habilidades". Fui proibida de entrar na cozinha por dois meses depois desse fiasco. Mas ela não está errada — meu talento não vai para muito além de ferver água.

— Senta aí, mamãe. — Ela não costuma me obedecer, mas hoje se senta na cadeira alta, os calcanhares balançando um pouco acima do apoio de pés.

Abro os muitos armários marrons para pegar o que preciso. Minha especialidade, que é basicamente a única coisa que consigo fazer e que fica comestível, é o bom e velho macarrão instantâneo da Shin, mas dou um toque especial para que pareça um prato de um restaurante caro. O segredo é adicionar alguns ingredientes: kimchi, milho, ovos, cebolinha e, quando quero ostentar, uma fatia daquele queijo amarelo da Kraft por cima.

— Foi tudo bem na escola hoje? — pergunta minha mãe.

Uma pergunta simples, mas sinto tudo revirar por dentro. Foco nos talos finos de cebolinha, fatiando devagar, fazendo-os virar pequenos círculos. Não sei como responder, então prefiro não falar nada. Finjo que estou concentrada demais na tarefa.

Quando termino de cozinhar, coloco uma tigela, uma colher e os jeotgarak na frente dela, então me sento do outro lado da mesa. Paro um pouco para apreciar o vapor quentinho que vem do macarrão e aquece meu rosto como se eu estivesse na sauna. Sei que seria melhor esperar até esfriar, mas não tenho paciência. Enrolo o macarrão e o levo até a boca.

— E aí? Como foi hoje? Na escola?

Como o macarrão fazendo barulho. Sinto a língua queimar, mas não estou nem aí. Pego mais comida, torcendo para que ela não insista mais na pergunta.

Minha mãe assopra o macarrão, esperando a comida e eu chegarmos no ponto certo. Coloco a colher e os jeotgarak em cima da tigela, o caldo vermelho e remexido embaixo.

Essa pergunta é como uma prova de múltipla escolha. Devo:

A. Contar meus problemas e a relação deles com Ezra;

B. Surtar e descrever todo o estresse do último ano letivo — ou melhor, o estresse da minha trajetória no ensino médio; ou

C. Fingir que está tudo bem?

Acho... que vou escolher a C. Pronto.

— Tudo bem. Sei lá, a mesma coisa de sempre. Nada fora do comum. — As palavras quase soam convincentes. Olho para a mesa, para os talheres, para a sopa, qualquer lugar que não seja os olhos dela. — E o trabalho?

Ela imita meus movimentos, enrolando o macarrão nos jeotgarak de um jeito muito mais gracioso.

— Tudo bem. O mesmo de sempre. — Ela sorri. Talvez esteja falando sério.

Não estava nos planos da minha mãe fazer faxinas para sempre. Era para ser um trabalho temporário, uma parada

A APOSTA DO CORAÇÃO 45

rápida no caminho para coisas melhores e mais importantes nos Estados Unidos. Ao chegar a este país, vindo de um voo da Coreia do Sul, minha mãe precisou arrumar um emprego rápido. De preferência um em que seu sotaque forte, em que os *R*s eram pronunciados como *L*s, não fosse um problema. O Plano, também conhecido como o sonho dela, era ir para a faculdade, se formar em contabilidade e aproveitar todas as possibilidades e oportunidades que só a educação pode proporcionar.

No começo, O Plano funcionou. Ela terminou o supletivo quando eu tinha oito anos. Depois de meu pai e eu a ajudarmos nos estudos durante muitos anos, ela fez a prova e passou. Eu me lembro do dia em que comemoramos porque fomos a um restaurante chique e pedimos tudo o que queríamos, embora não fosse aniversário de casamento, nem de ninguém. Foi uma desculpa para colocar roupas bonitas e sorrir para todo mundo: nossas vidas estavam correndo de acordo com O Plano. Fomos no Sushi Time, o restaurante de nossas celebrações, e pedi duas bebidas para comemorar a ocasião — um suco de laranja e uma Sprite com cereja.

Logo após receber o diploma, minha mãe foi estudar na escola técnica. Ela trabalhava e limpava casas durante o dia e estudava durante a noite, tudo de acordo com O Plano: Fase Dois.

Quando fiquei um pouco mais velha, também consegui um emprego importante.

— Você acha que consegue, sj? — perguntou meu pai quando colocou a chave prateada da casa na minha mão.

Eu não só era capaz de cuidar de mim mesma, como também estava feliz com a nova responsabilidade; aquela era minha forma de contribuir para O Plano. Talvez eu fosse nova demais para ficar em casa sozinha das três da tarde até as nove da noite, mas isso me permitiu praticar com o gravador e ler livros de fantasia e de romance em paz. Eu tomava conta de mim mesma para que eles pudessem tomar conta *de nós*. O Plano exigia um pouco mais de tempo, mas, no fim das contas, ele viraria O Sonho, também conhecido como A Melhor Vida De Todos Os Tempos.

Porém, as coisas mudaram do dia para a noite. Tudo mudou. Você passa sua vida inteira achando que vive em um mundo, mas uma dia acaba percebendo que não é bem assim. Talvez você nunca tenha vivido naquele mundo.

Porque papai morreu de forma inesperada.

Minha mãe ficou sobrecarregada por ter que tomar conta de mim, trabalhar e estudar. Ela precisava abrir mão de alguma coisa, então deixou as aulas de lado. Desistiu d oque mais queria na vida por minha causa. Então, o mínimo que posso fazer é ir para a faculdade e arrasar.

— Estava uma delícia. Você está melhorando. — A voz da minha mãe me traz de volta para o presente.

— Você precisa de ajuda hoje? — Olho para baixo, torcendo para que ela diga não.

Eu costumo ajudar de vez em quando durante a semana, quando ela precisa muito. Mas hoje tenho que me preparar para o seminário de estudos étnicos de amanhã. A nota dos seminários é dada pela participação, então, se eu passar um bom tempo formulando meus argumentos, estarei preparada para amanhã. Não posso deixar meu desempenho cair na escola, não tão perto do fim, não depois da notícia que recebi hoje. No entanto, já são cinco da tarde, e, se minha mãe ainda tem mais duas casas para limpar, vai ter que trabalhar até tarde se for sozinha.

Ela franze a testa.

— Não, não. Eu me viro. Você também, né?

Sinto uma pontada de culpa por estar tão aliviada com a resposta dela.

— Vou ficar bem. Tenho um monte de coisa da escola para fazer.

O celular dela vibra na mesa, e surge a foto de uma mulher espantosamente parecida com minha mãe, se ela usasse batom escuro e adotasse um estilo dos anos 1980 com permanente e franjas. Kun emo, ou a irmã da minha mãe, ou minha tia mais velha. Assinto e minha mãe atende a ligação.

— Hmm... hm... hm... — É tudo o que ela diz ao telefone. Um som que tem múltiplos significados, o bastante para manter uma conversa com a pessoa certa. Tento ouvir do que estão falando, pescar qualquer palavra, mas não entendo o coreano da Kun emo; é rápido demais.

Kun emo mora em Los Angeles, onde ser coreana-americana é legal e está na moda. Bem, mais divertido do que em Monterey. Sempre que vamos visitá-la, fico maravilhada ao ver a quantidade de não coreanos passeando por Koreatown, muitos deles comendo churrasco coreano, os jeotgarak em mãos, pratos com kimchi vermelhos e brilhantes nas mesas, como nativos. Quando meu pai morreu, Kun emo implorou que minha mãe se mudasse para Los Angeles. Disse que lá haveria ofertas de trabalho melhores e que seria bom para nós duas estarmos cercadas por mais coreanos. Mas minha mãe nem considerou essa ideia. *Tem mais pessoas da família aqui,* Kun emo argumentou, se referindo às duas irmãs delas.

Dois anos atrás, Kun emo tentou fazer minha mãe e eu nos mudarmos para Los Angeles pela milionésima vez, por circunstâncias novas e mais sedutoras. Ela ia abrir uma cafeteria para vender bubble tea com nomes de atores famosos, fatias de bolo que custam quinze dólares (isso mesmo! Quinze!) e decoração que muda toda semana. Sem me consultar, minha mãe respondeu, com firmeza, que não. Quando perguntei por que ela queria tanto ficar aqui, a resposta foi que meu pai e ela sempre pensaram em se mudar para Monterey para se aposentar perto da praia, como fase final do Plano.

Mas agora a cafeteria da Kun emo ficou tão popular que ela abriu outra, em uma parte ainda mais chique da cidade, e cobra mais caro pelas sobremesas. E as pessoas estão pagando. E digo mais: as pessoas fazem filas que viram a esquina para ir à cafeteria. Já as faxinas da minha mãe? Não andam tão bem assim.

Ela desliga o celular e acaricia minha mão.

— Emo disse que ela e as outras tias compraram as passagens para vir na sua formatura. Disse que está feliz por você animada e para ouvir seu discurso. — Os olhos dela brilham. — Temos muito orgulho de você. Você sabe, né?

— Assinto enquanto mordo minha bochecha por dentro. *O discurso de oradora.*

Minha mãe pigarreia e olha para o relógio no micro-ondas, depois para os pratos e, por fim, para mim.

Sei o que esse olhar quer dizer; uma cozinha limpa é o santuário dela.

— Pode deixar. Eu vou lavar — prometo. Ela afasta a tigela e se levanta. — Precisa de mais alguma coisa?

— Não, acho que é só isso. Obrigada, querida. — Ela toma um gole enorme de água. — Ah, na verdade, você pode pegar meu casaco preto no corredor? Está começando a ficar frio de noite.

Vou até o armário e não posso deixar de notar uma coisa: uma mochila floral imensa da época em que ela estava estudando. Os livros didáticos ainda devem estar lá dentro. Está bem lá no fundo, ao lado de um enorme guarda-chuva quebrado e uma raquete de tênis fruto de duas aulas que não deram muito certo (papai pensou que eu poderia ser a próxima Serena Williams antes de descobrir que tenho um medo irracional de bolas amarelas voadoras). É aqui que ficam as coisas que não conseguimos jogar fora, à espera de que algum dia voltemos a utilizá-las e assim a existência delas seja relembrada. Hesito antes de pegar o casaco da minha mãe. Talvez ela não possa mais ir para a faculdade, mas eu posso. Talvez ela não tenha essa chance, mas eu tenho. Esse pequeno obstáculo — Ezra — não vai me desviar do meu caminho.

Entrego o velho casaco preto para ela.

— Não vá trabalhar demais — digo quando ela me dá um beijo de despedida.

Depois pego minha mochila e meu celular e vou para meu quarto me preparar para a batalha.

Minha mãe chega por volta das dez da noite e entra no meu quarto quando estou assistindo a um vídeo no YouTube sobre gentrificação e práticas discriminatórias de crédito na Califórnia. Já li os artigos para a aula um milhão de vezes e fiz ao menos dois milhões de anotações classificadas por cores diferentes. Estou muito mergulhada nessa história e nos efeitos da gentrificação. Essas práticas discriminatórias nos fazem perceber como o governo criou áreas dentro das cidades que são consideradas "seguras" para garantir hipotecas que permitam que as pessoas comprem casas. Muitas vezes, os bairros negros são marcados em vermelho, o que significa que são "perigosos" demais para ceder hipotecas ou permitir que pessoas negras comprem casas. Estou confiante no material que tenho, mas me sinto perdida. Os problemas que pessoas como eu enfrentam vão além da gentrificação e dos créditos discriminatórios. Agora, também tem a asma. Mais especificamente, a ligação entre essas práticas e a asma e como isso tem afetado comunidades não brancas de forma desproporcional. Anoto mais informações nos cantos do caderno. Por que não estamos falando dessas conexões durante a aula?

— Você precisa fazer uma pausa — diz minha mãe ao meu lado.

— Já, já. Estou quase acabando — respondo.

O relógio marca meia-noite, e faço uma pausa para dançar e arejar a cabeça. Não tenho vergonha de admitir que aprendo todas as dancinhas do WeTalk assim que elas são criadas. Estou viciada em assistir a vídeos de dançarinos profissionais, fazer as coreografias da melhor forma que posso e, depois de trinta minutos clicando sem parar, acabar na conta oficial do Alvin Ailey American Dance Theater. A habilidade, a elegância e a dedicação dos dançarinos dessa companhia me fascinam. Eles começaram a se apresentar em 1958, um grupo de dançarinos negros e talentosos que colocaram o pé na estrada, tentando deixar sua marca. Diferentemente de outras companhias, que focavam em pessoas brancas, Alvin Ailey criou um santuário da negritude e de dançarinos negros. Desde a primeira turnê, a companhia se tornou uma das mais populares e mais importantes do mundo. No sexto ano, fizemos uma excursão durante o Mês da História Negra para assistir a uma apresentação, e minha obsessão pela dança co-

A APOSTA DO CORAÇÃO 51

meçou. Até hoje, dançar é meu jeito de me soltar e organizar as ideias quando as palavras nos livros ficam confusas.

Ao perceber que minha apresentação de dança solo chegou ao fim, minha mãe entra no quarto com um prato de laranjas descascadas e uma maçã cortada em pedacinhos em forma de boca, uvas e uma colher cheia de manteiga de amendoim. Se organização é como um descanso para ela, alimentar é sua linguagem do amor. Não conversamos. Eu só pego o prato colorido e sorrio.

Já está tarde, mas me sinto revigorada e só preciso estudar mais um pouquinho. Mais dez minutinhos. Não, tudo bem, quinze no máximo.

À uma da manhã, meus olhos começam a fechar, minhas pálpebras ficam pesadas. *Continue,* digo para mim mesma. Faço dez polichinelos rápidos para que meu sangue circule de novo. Na escrivaninha, bebo água e deixo as frutas que minha mãe trouxe serem meu combustível por mais trinta minutos.

Então, fico em frente ao espelho e digo:

— Com todo o respeito, eu discordo.

Sei que é uma frase simples, mas é poderosa, ainda mais quando estou me preparando para debates em sala de aula. E não vou deixar nada nem ninguém entrar no meu caminho amanhã.

Ainda mais Ezra Philip Davis-Goldberg.

Devoro as últimas laranjas antes de cair no sono um pouco antes das duas da manhã.

CAPÍTULO 7

A neblina me envolve como um cobertor gelado enquanto espero por Priscilla, que está vindo me buscar, fora do condomínio. Eu amo as manhãs de Monterey: enevoadas e frescas, com um toque de filme de terror, daquele exato momento que precede uma desgraça. No entanto, a névoa sempre se dissipa e o sol sempre volta a brilhar.

Apesar de ter ido dormir tarde ontem, levantei cedo hoje e aproveitei o tempo extra para me certificar de que estou em minha melhor versão para o seminário. Aparência boa, sensação boa, apresentação boa. Estou com minha calça jeans skinny preta favorita e uma camiseta da mesma cor. Por cima, uso um moletom cropped com uma estampa tie-dye roxa e branca. Ontem eu estava me sentindo horrível, mas hoje aproveitei para retorcer meus dreads e prender os cabelos em um coque alto. Até passei maquiagem — um pouco de blush, rímel e delineador. Tentei fazer um delineado de gatinho decente, mas sou péssima nessas coisas. Então, depois da terceira tentativa, decidi fazer um delineado básico — estou de volta e me sinto bem.

Ouço a música techno de Priscilla antes de ver a Menina de Ouro, o Fusca dourado opaco dela, virar a esquina e parar na minha frente.

— Bom dia, flor do dia! — ela me cumprimenta enquanto me sento no banco de trás.

— Bom dia, melhores amigos! — respondo. — Adoro quando estamos todos juntos logo pela manhã! Me faz começar o dia com o pé direito.

— Vocês duas estão animadinhas demais hoje — comenta Chance ao me cumprimentar com um aperto de mão do banco do carona. — Vou em uma das aulas hoje e depois para o centro. Preciso fazer meu passaporte. — Ele pisca.

Chance passou o último ano inteiro falando de uma viagem pela Europa. Por um breve período, ele pensou em estudar na faculdade da cidade, mas decidiu que não queria isso. Ele quer "aprender com o mundo", então vai começar com um voo só de ida para a Europa, um passaporte e uma mochila, com a intenção de visitar o maior número de países que puder antes de ir para o próximo continente. Sinto inveja dele.

— Estou feliz por você. Tudo está acontecendo tão depressa — discursa Priscilla, e eu concordo.

O aquecedor está a todo vapor, então abro meu moletom, fazendo tudo o que posso para me ajustar à temperatura. Priscilla bebe alguma coisa de uma caneca amarela brilhante da Starbucks. Coloco o cinto e mostro minha contribuição, também conhecida como dinheiro para gasolina.

— Fiz o café da manhã, um sanduíche. Minha especialidade... ovo, presunto e queijo.

— Ahhh. Alguém está ligadona. — Ela agarra o volante e o carro começa a andar.

Assinto.

— Hum, sim... quero arrasar no seminário hoje.

Priscilla abre um sorriso bobo para mim, quase um reflexo do meu próprio sorriso, enquanto faz uma curva acentuada à direita, os pneus do carro cantando. Abro o sanduíche e tento enfiá-lo na mão livre dela.

— Você é uma fofa, mas não posso. — Priscilla toma outro gole da bebida.

Faço cara de chocada. Nossa amizade é praticamente baseada nos três Cs: carboidratos, chocolate e camadas de queijo.

— Como assim você não pode?

— Virei vegana — responde ela.

Faço um som de deboche.

— Você virou vegana? Desde quando?

— Desde ontem. — Ela dá um sorriso falso e ergue uma sobrancelha quando damos risada.

O longo cabelo castanho de Priscilla está levemente ondulado hoje e balança conforme ela se remexe no banco, dançando com a parte de cima do corpo ao som de Bad Bunny. A marca registrada dela é sempre usar algum tipo de maquiagem divertida, como cílios longos demais ou delineadores coloridos. As unhas, sempre pintadas, agora têm glitter dourado por cima do vermelho de ontem. E ela está usando anéis em todos os dedos, quase todos eles finos e dourados, mas hoje percebo que também está com um cristal roxo e um daqueles que a cor muda de acordo com o humor.

Chance está vestindo o uniforme de sempre: uma camiseta vintage de alguma banda, jeans escuros e os tênis Vans slip-on. Em dias mais ousados, ele usa meias altas e coloridas, mas não está com elas hoje, então esta deve ser uma quinta-feira básica.

Dentre nós três, o estilo da Priscilla é o mais chamativo, porém equilibramos um ao outro.

— Eu quero — diz Chance, já segurando o sanduíche.

— Então, eu estava pensando na sua situação — declara Priscilla.

Pulamos no banco quando o carro passa por cima de algo que tenho certeza de que poderia ter sido desviado. Chance e eu sabemos muito bem que não devemos alertar Priscilla sobre os objetos na rua quando ela está dirigindo. Andar de carro com ela é como estar no jogo do Mario Kart. Tenho carteira de motorista, mas não tenho carro, então até que alguma mudança significativa aconteça, tipo minha mãe ganhar na loteria, devo me contentar com as caronas gratuitas de Princesa Peach.

— Certo, P. Pode falar — digo, observando o mundo acordar lá fora.

— Precisamos saber exatamente com quem e com o que estamos lidando.

— É o quê? — indago quando passamos pelo cais e seus muitos píeres, as ondas do mar batendo nas pedras.

— Você conhecia o Ezra quando era criança. E daí? Assim, vocês dois mudaram. Todo mundo muda. Com o que estamos lidando agora? Quem é essa pessoa? Do que ele é capaz? O que a gente sabe *de fato*? Precisamos de informações privilegiadas, que nem naqueles documentários de crimes reais.

— Que nem... — *Hã?*

Chance se vira para mim.

— Reconhecimento de campo. A P esqueceu de falar que essa ideia foi minha.

Franzo a testa.

— Reco... oi? Pra quê?

Ele enfia a cabeça entre os bancos da frente.

— Você nunca leu *A arte da guerra*? Precisa ler pra ontem. É lendário.

Priscilla me encara pelo retrovisor.

— Não era leitura obrigatória do segundo ano?

— Não — respondemos Chance e eu em uníssono.

Priscilla dá uma risadinha.

Sinto meu rosto relaxar.

— Acho que essa ideia não é tão ruim assim. O que exatamente... — começo a dizer.

Assim que o farol fica vermelho, o carro passa por cima da faixa de pedestres e para, e Priscilla joga dois sacos hermeticamente fechados para mim e Chance. São macios, como um marshmallow bem grande.

Chance abre o dele mais rápido que eu.

— Ah, não. De novo não.

Ele franze a testa e ergue uma boina preta, um cachecol combinando e óculos estilo gatinho com diamantes falsos, um de cada lado. No segundo ano, Priscilla foi com a família para Paris durante o recesso de primavera e voltou com boinas para mim e para Chance, e mais trinta de reserva. Usei a minha todos os dias durante um mês como homenagem àquela bela cidade. Mas todo mundo na escola achou que eu estava imitando os Panteras Negras. Principalmente quando eu erguia a mão.

Priscilla se inclina sobre o volante, pisando fundo no pedal, e entramos em movimento de novo.

A APOSTA DO CORAÇÃO 57

— Regra número um: a gente não pode entrar nessa missão com nossas roupas do dia a dia. Precisamos de um disfarce.

— Você acha mesmo que isso aqui vai servir pra me disfarçar? — Chance flexiona os músculos do braço. Ele não está errado.

— Me ouve — protesta Priscilla. — Vamos pedir para ir ao banheiro e nos encontramos do lado do prédio da escola dez minutos depois de cada aula, com nossos trajes. Então, vamos passar na frente da aula do Ezra para ver o que conseguimos descobrir. Onde ele costuma se sentar? O que ele faz? Qual é a dele?

Só de ouvir o nome dele já fico de mau humor.

— Parece trabalhoso demais.

— E como isso vai ajudar a Sasha a ganhar? Não entendi a conexão — acrescenta Chance quando nos aproximamos da escola.

Ficamos em silêncio por alguns instantes e, quando menos percebemos, Priscilla estaciona o carro e saímos, as mochilas nas costas. Após alguns passos, estamos alinhados, nossa formação de sempre, do mais alto ao mais baixo. Eu fico no meio.

Penso a respeito do plano mais um pouco.

— Não. Não vale a pena gastar essa energia com ele — digo para o grupo, porém mais para mim mesma.

— O azar é seu — reclama Priscilla. E imediatamente leva a mão à boca. — Quer dizer, não é azar, você entendeu o que eu quis dizer. É um ditado que significa que a gente podia, tipo, você sabe... — Ela está tentando achar um jeito de neutralizar o que disse. Priscilla é do tipo supersticiosa, e não quer que nada de negativo entre no nosso caminho.

— Eu entendi o que você quis dizer e agradeço pela ajuda, mas não vai dar certo. Ganhando ou perdendo, sei que vou ficar bem. Mas vou fazer o que estava fazendo até agora e... acabar com ele. Além disso, temos uma aula juntos, e ele quase nunca vai. E quando vai, fica sentado lá, viajando. — Faço uma pausa e balanço a cabeça.

Estaria mentindo se dissesse que não pensei em como seria perder. Pensei nisso ontem à noite, antes de cair no sono. Sim, eu conseguiria me virar sem a bolsa, porque a Universidade de Monterey dá um monte de benefícios para os alunos que precisam. Mas a vida com a bolsa? Eu já sonhei muito com isso. Com a bolsa, poderia comprar um computador novo — uso o mesmo desde o ensino fundamental — e talvez não precisasse trabalhar no campus. Poderia aproveitar mais o primeiro ano em Monterey. Poderia guardar dinheiro. A bolsa seria um porto seguro para quando a vida inevitavelmente ficasse complicada, sabe como é.

Priscilla está com uma das sobrancelhas erguida; Chance inclina a cabeça. Eu me endireito.

— Falando sério, eu estou bem. Deixa comigo. Ele é bom, mas eu sou melhor. Podem confiar — digo, me virando na direção da sala antes que algum deles possa responder.

A APOSTA DO CORAÇÃO 59

CAPÍTULO 8

Quase tropeço quando entro na sala para a primeira aula. É ele.

Ezra chegou na aula... antes de mim? Ele... veio?

Ele nunca chega na hora certa. Agora, porém, está com tudo, sentado na carteira com um lápis enfiado no cabelo. Como se isso fosse a coisa mais normal do mundo.

Ele deve ter um sentido-aranha ou coisa do tipo, porque se vira na minha direção, e ficamos nos encarando. Então um sorriso enorme surge em sua boca. Ezra acena e tira o lápis do cabelo, os cachos pretos balançando conforme ele mexe a cabeça, como se isso fosse um maldito comercial de xampu. Ele está tentando ser fofo! Mordo o lábio e ignoro uma risadinha que quer escapar.

— Muito bem, todos sentados. Vamos começar com o espetáculo — ordena a srta. T. — Quem quer começar? — pergunta, prancheta e caneta em mãos. Cada um se dirige para a respectiva carteira.

Levanto o braço, mas Ezra fala primeiro, a voz grossa:

— Deixa comigo, srta. T.

A professora assente e Ezra começa.

— Bem, nessa unidade estamos falando de práticas discriminatórias de crédito e de gentrificação, certo? Mas grande parte desses artigos deixa de lado uma coisa que, na minha opinião, é muito importante, a interseccionalidade. Acho que seríamos negligentes se não considerássemos isso ao abordar esse assunto. O racismo ambiental afeta as comunidades negras de forma desproporcional. Há uma ligação, uma sobreposição. Esses temas não são isolados, estão todos interligados. Quanto antes começarmos a nos atentarmos para isso, ainda mais levando em conta como os bairros ao nosso redor mudam depressa, melhor vai ser. Quer dizer, é só pesquisar como Seaside está mudando rápido. Caramba, até mesmo Los Angeles, ou a área da baía de São Francisco. Não reconheço mais essas cidades. Elas são o exemplo perfeito de gentrificação acontecendo bem embaixo do nosso nariz.

— Mas as mudanças nos bairros são boas. — Como sempre, Stacey Clemens começa sua réplica, como se fosse uma comentarista da Fox News. — Além disso, não é como se tivesse alguém morando ali antes. Você fala como se...

Se liga! Lógico que tinha! Sinto um aperto no peito e me inclino para a frente, pronta para falar. Meu cérebro acelera e eu tento começar a argumentar.

— Sim, na verdade eu... — Mas minha voz sai baixinha.

Sei o que quero dizer, mas minha boca está travada, cheia de pasta de amendoim. Alguma coisa que Ezra disse fez meus planos irem por água abaixo. Isso nunca acontece. Costumo ser melhor do que isso. Eu e Alicia Martin, a outra única garota negra na sala, nos olhamos. Nós nos comunicamos em silêncio, como se disséssemos "e aí? Você conta ou eu conto?". No entanto, antes que qualquer uma de nós possa falar, aquela voz grossa surge de novo.

— É um absurdo pensar que esses bairros nunca tiveram moradores antes — Ezra intervém no mesmo instante. Sua voz confiante ressoa em nosso círculo. — Pessoas criaram bairros prósperos e ricos, provavelmente porque tiveram o acesso aos subúrbios comuns negado. Então, essas mesmas pessoas deram de cara com preços exorbitantes ou foram expulsas dos bairros que ajudaram a construir, porque alguma construtora acha que aquela localização está bombando. E vamos ser sinceros, estamos falando sobretudo de pessoas não brancas.

— E daí? Essas pessoas não podem se mudar? — retruca Stacey. — Os bairros não podem mudar? E o crescimento econômico? Não sei se concordo que tudo está *sempre* relacionado à raça. Mudanças parecem fazer parte da progressão natural das sociedades, inclusive a nossa.

Ezra se recosta na cadeira, mas faz que não com a cabeça. A srta. T rabisca em sua prancheta, deixando a discussão evoluir. A voz de Ezra, a presença dele, está me deixando confusa. Ele pensa de um jeito que traz uma espécie de adrenalina acadêmica — não estou acostumada a ouvir mais do que alguns comentários aleatórios dele. Isso aqui... isso aqui é uma novidade. As contribuições que ele traz para o debate são... *boas*.

— Com todo o respeito, eu discordo da Stacey — digo, do jeito que ensaiei, apoiando os cotovelos na mesa.

As palavras da noite passada são como um borrão em meu cérebro. Beleza, mas por que eu discordo? Continue o raciocínio. *Pense, Sasha, pense.*

Stacey inclina a cabeça, como se estivesse se preparando para revidar. Todos os olhos no círculo se voltam para mim, mas não consigo pensar em nada. A sala fica em silêncio por um instante.

— Por que você discorda, Sasha? — pergunta a srta. T.

— Eu... eu só discordo — respondo, ainda procurando por um bom argumento. *Aff.*

— Pode deixar comigo, Sasha — diz Ezra, aproveitando a deixa. Ele faz um joinha. Alguns alunos dão risadinhas irônicas e abafadas.

Eu me encolho na carteira. A voz que eu pensava ter, aquela que pratiquei, se foi. Sumiu. Desapareceu.

Tudo o que ouço é Ezra. Ezra. Ezra. Toda vez que alguém faz uma pergunta ou tenta rebater um argumento, Ezra está a postos. Por duas vezes, chega a falar por cima de outros dois alunos. Traz mais dados estatísticos do que a Siri. A srta. T faz uma pergunta ao grupo que eu deveria ser capaz de responder de olhos fechados, mas quem é que me impede... adivinhou? Ezra. Ele dá uma bronca em Tommy depois que o garoto reclama de racismo reverso. Ezra faz um pequeno discurso sobre o assunto, tirando as palavras da minha boca. Porém, aquelas não são minhas palavras. São meus pensamentos.

Não demora muito para que eu esteja esfregando minhas mãos úmidas nas coxas, a calça jeans irritando minha pele. Não estou me reconhecendo. Nunca fiquei tanto tempo sem falar durante a aula.

Tento me recompor da melhor maneira que posso, mas, antes que consiga dizer uma palavra sequer, o sinal toca e a intensidade da discussão diminui. O debate de hoje acabou.

— Ok, pessoal. Ótimo trabalho, foram muito bem hoje. Especialmente você, Ezra. Muito bom ver você participando tanto. — A srta. T sorri.

Ezra demora para sair da sala de aula, como se estivesse esperando por mim. Eu vou até ele, mas ele vira o ombro largo quando estou a centímetros de distância. Dá dois passos rápidos em direção à porta e me apresso para alcançá-lo.

— Ei, ei! Ezra! — grito. Minha voz enfim voltou.

Ele se vira para me olhar, mas não fala nada. Uma defesa silenciosa.

Lá vou eu.

— Que palhaçada foi essa?

CAPÍTULO 9

Conforme vamos para o corredor, um sorriso malicioso surge no rosto de Ezra, como o Grinch um pouco antes de roubar o Natal.

— Do que você está falando? — pergunta ele.

— Você sabe muito bem do que eu estou falando. O que foi aquilo?

Ezra morde o lábio inferior, o que ressalta a covinha saliente em sua bochecha esquerda.

Suspiro, desviando o olhar. Covinhas sempre foram meu ponto fraco.

— Esse prédio aqui é a escola, e aquilo ali era uma aula. Eu estava participando dela. Você devia tentar fazer o mesmo. — O sarcasmo na voz dele faz meu sangue ferver.

— Eu... eu sei o que é...

— Onde você tá com a cabeça, SJ? É melhor você se recompor se quiser ser oradora. — Ele dá uma risadinha.

Arregalo os olhos.

— Nossa... você está fazendo isso de propósito. — O choque de realidade é frio, como naquela vez em que Priscilla me desafiou a entrar no mar de noite.

Ezra faz uma pausa e me obriga a esperar mil anos por uma resposta.

— Hum, sim. Acho que sim. Com mais intenção, ao menos. Eu não costumo ligar tanto para a escola, sabe, mas descobrir que estou prestes a me tornar o orador foi uma inspiração. Acho que vale um pouco de esforço. Além disso, você é uma boa adversária. — Ezra mexe na câmera dele, e meu coração acelera. *Uma boa adversária?* Ele aperta um botão e um som sibilante preenche o silêncio. — E também tem a bolsa. É uma grana e tanto. Meu velho vai ficar contente.

— Seu pai? — pergunto.

— Uhum. Adivinha quem também foi...

— Orador? — completo, tirando a palavra da boca dele.

Sinto um aperto no peito. O pai de Ezra, dr. Davis, foi o primeiro e único médico que conheci no âmbito pessoal. Ele é um cirurgião brilhante e foi uma das pessoas mais jovens a se formar na faculdade de medicina. Eu sabia que ele também tinha estudado no Skyline, mas não fazia ideia de que havia sido orador da turma. Mas, dã. Óbvio que foi. Ele é o melhor em tudo que faz. Dr. Davis é o protótipo da excelência e do progresso negro. De repente, tudo começa a fazer sentido.

— Bingo — diz Ezra em um tom enfadonho.

Consigo visualizar o escritório do pai dele, os muitos diplomas na parede, em molduras pesadas de madeira; a energia do espaço, bem acadêmico, mas com um toque pessoal. Às vezes, o pai dele chegava do hospital e nos contava histórias surpreendentes sobre as operações que fizera. Outras vezes trazia amostras misteriosas e nos deixava explorá-las com os microscópios, nos enchendo de perguntas do que vimos e do que podíamos deduzir. Ele fazia o aprendizado parecer uma experiência divertida e empolgante. Ainda por cima, a mãe do Ezra é uma pianista com formação clássica e cantora de ópera. Minha mente infantil absorvia tanto na casa dele — sempre foi a mistura perfeita de ciência, música, matemática, arte e entretenimento.

Ezra balança a cabeça.

— É, isso vai fazer meu pai sair do meu pé e vai deixar minha mãe satisfeita, já que eu não quis me inscrever em uma faculdade tradicional nem estudar em uma escola de artes. Nem em lugar nenhum, na verdade. — Ele ri sozinho e mexe na câmera de novo.

Ezra está falando, mas suas palavras não fazem sentido. É sério que ele está rindo? Ele não se candidatou a nenhuma faculdade... os pais dele se importam, mas ele não... Como assim?

— Esse título é meu! — grito, percebendo que não estou nem um pouco interessada na vida de Ezra.

Ele faz uma cara presunçosa, a boca se abrindo em um sorriso discreto enquanto faz *tsc*.

— Não quero fazer mansplaining, mas, assim, tecnicamente, nesse exato momento, o primeiro lugar não é de ninguém, nós estamos empatados. Então, na verdade, ele pode ser de qualquer um. Inclusive meu. — E olha ele aí, o golpe certeiro.

Se estivéssemos em uma luta de boxe, esse seria o golpe que me deixaria tonta e quase me derrotaria. Acho até que estou vendo estrelas. Tudo começa a rodar à minha volta, a ficar embaçado.

A APOSTA DO CORAÇÃO 67

Mas eu me levanto.

Engulo em seco e fecho os olhos. Pense, cérebro. Diga alguma coisa, faça alguma coisa.

— Vamos decidir agora, entre nós dois. Quem tiver a nota mais alta no SAT, pode ser? Podemos dizer para Newton que já demos um jeito e que esse empate é desnecessário. Ele vai ficar feliz por termos decidido por ele, uma preocupação a menos — digo, tagarelando sem parar.

Boa, é uma boa. Eu mandei bem demais no SAT, e não fiz mais do que minha obrigação, considerando todo o tempo, energia e dinheiro que dediquei àquela porcaria de prova. Vendi barras de chocolate durante todo o segundo ano e reciclei latinhas de bebidas dos festivais de verão em parques de diversões para pagar as mensalidades caríssimas do curso preparatório.

Ezra apoia o rosto na parte de trás da câmera e aponta a lente comprida para o teto. *Click.* Ele fica parado ali, vendo alguma coisa que acha que vale a pena ser fotografada. Eu não consigo ver nada. *Click. Click.*

— Não vai rolar — responde ele, os olhos no visor enquanto ajusta as lentes com uma das mãos.

— Por que não?

— Eu não fiz essa prova. — Ele parece desinteressado. *Click.*

Puta merda!

— Você não fez o SAT? E o ACT? Por que não? — Minha voz soa aguda e rancorosa. Ezra dá de ombros como se eu tivesse feito uma pergunta boba sobre o tempo.

Eu franzo a testa.

— Você tá brincando, né? Os conselheiros escolares e professores falaram sem parar disso e...

— Desculpa, é obrigatório fazer? É um dos requisitos para ser orador? Além disso, eles não são necessários para entrar em certas faculdades. Não vou ser definido por essas provas. E nem vou falar do aspecto financeiro desses testes idiotas... é quase um esquema de pirâmide. Que piada.

Só consigo ficar boquiaberta, olhando para ele. Sei que faz anos que não nos falamos, com exceção de ontem, mas essa atitude não combina com ele. Todo mundo que conheço no último ano do colégio está superempolgado para sair de casa e começar um novo capítulo na vida. Quer estejam se mudando para outro estado ou para outro país, ou só saindo da casa dos pais, todos estão ansiosos pelo que vem a seguir. Ou, se não vão para a faculdade, estão motivados a começar a trabalhar em tempo integral, a ter o próprio dinheiro, a se libertar das amarras do ensino médio, e não veem a hora de fazer o que quiserem, quando bem entenderem, como quiserem. Isso não é coisa da minha cabeça; é algo que dá pra sentir no ar. É impossível ignorar todo o alvoroço do último ano.

O segundo sinal toca. Estamos oficialmente atrasados para a aula. Então, uma ideia surge em minha mente.

— Vamos fazer uma aposta — digo.

— Como é que é? — Ele abaixa a câmera, deixando-a pendurada no pescoço, e assume uma expressão pensativa, as sobrancelhas unidas.

Meu cérebro ainda não processou direito o que quero dizer, mas não posso voltar atrás. Viro o pescoço de um lado para o outro. Meus pés de repente parecem mais leves dentro dos sapatos. Eu consigo. Voar como uma borboleta, ferroar como uma abelha.

Há uma faísca na minha garganta e sinto a força das minhas pernas, meus pés firmes no chão.

A APOSTA DO CORAÇÃO 69

— Você me ouviu. Vamos apostar. O primeiro lugar, a bolsa, tudo. Caso contrário, vamos continuar empatados. Vamos resolver o problema com nossas próprias mãos.

Quase consigo ouvir os cálculos que Ezra está fazendo em sua mente conforme seus olhos vão de um lado para o outro. Sistema em processamento, carregando desafio.

— Você quer apostar o título de orador comigo? *Você?*

— Quero, você me ouviu. O título, a bolsa, tudo.

Ezra coça o queixo.

— Para de mentir. Você nunca ia querer fazer isso. Você é muito... — Ele se aproxima, o rosto perto do meu, e noto as pequenas sardas marrons espalhadas em suas bochechas, o castanho profundo de seus olhos. Meu coração bate mais rápido e sinto meu corpo ficar mais quente. Não posso deixar de observar a boca de Ezra enquanto ele fala. Ele lambe o lábio inferior. — Qual é a palavra? Você é muito... — Sua voz é suave como a de um DJ de um programa noturno de rádio, mas não me deixo levar por isso.

— Estou falando sério. Prefiro perder a ficar empatada com você.

Ele dá um passo para trás, e qualquer energia que estivesse surgindo entre nós desaparece.

— Por que eu ia querer apostar? Poderia só ir nas aulas como fiz hoje. Qual a diferença disso para a aposta?

Aff. É uma boa pergunta e um péssimo lembrete do quanto mandei mal na primeira aula de hoje. Não cheguei tão longe, mas preciso que Ezra saia do meu caminho.

— É diferente porque, hum, quem perder vai ter que tirar uns 6 em uma das provas que combinarmos. Tipo, ir bem mal em uma prova ou algo assim. — Sinto o estômago dar um nó. Pedir por créditos extras, é lógico. Participar das monitorias, é óbvio. Mas ir mal de propósito? Falhar em uma tarefa? A conta não fecha. Mas não posso deixar que ele perceba meu blefe, então ergo o queixo e corrijo a postura.

Ezra passa a língua pelos lábios e a covinha aparece de novo.

— Vamos combinar de tirar 4, tipo, reprovar mesmo, descer até os confins do inferno, visitar Hades e nunca mais voltar para essa dimensão.

Aff, tá bom, pega leve. Endireito a gola e estico minha camiseta larga.

— Tá bom, pode ser 4. Melhor de três. Quem perder vai *perder* mesmo. — Estufo o peito, por mais que minhas axilas estejam suando.

O que aconteceria se eu tirasse nota 4? Não, ninguém me daria um 4, certo? Os professores perceberiam que tem alguma coisa de errado, não? Com certeza iam me deixar refazer a prova...

Ezra interrompe meus pensamentos.

— Ótimo. Amei. Sem dividir o primeiro lugar, sem colaborações. Podemos acabar com essa disputa... em um piscar de olhos. — A voz dele é quase sinistra, um tom que nunca o ouvi usar antes. Talvez Priscilla esteja certa. Teria sido melhor fazer um reconhecimento de campo antes.

— Eu topo — respondo, endireitando os ombros. Ezra abre a boca para falar, mas eu continuo. — Vai ser assim: quem tirar a nota mais alta em uma determinada atividade ganha a aposta. Melhor de três. O perdedor vai sair de cena e desistir de ser orador.

Ezra esfrega o queixo.

— Eu topo. Vou deixar você sugerir a primeira aposta.

— A primeira aposta vai ser a redação sobre *Hamlet*.

Ele nem pisca.

— Aquela que é para entregar amanhã?

Concordo.

— Ela não dorme no ponto. — Ele abre um sorriso debochado. — O jovem Hammy da Dinamarca? Fácil. Fácil demais. Eu reviro os olhos.

— Combinado?

— Combinado.

Ezra ergue os ombros largos antes de falar:

— Minha vez. A segunda aposta vai ser nossa apresentação cívica daqui a duas semanas — declara.

— Tudo bem. Nem um pouco preocupada. — Faço um nó na parte de trás da camiseta, deixando um pouco da minha pele à mostra.

Ezra olha para baixo, os olhos cravados na minha barriga. Não consigo pensar nisso, porque cívico é minha nota mais baixa — 9,6, eu acho. Tá, não é como se eu fosse reprovar, mas ainda assim... É mais baixa do que eu gostaria. Não é a matéria em que mando melhor, mas vou fazer o que posso.

Ele se aproxima e pisca com seus longos cílios.

— Tem certeza? Eu estaria um pouco preocupado se fosse você. — É empatia que vejo em seu rosto? Ou ele só está se gabando?

— Pfff — respondo. — São duas apostas. Que eu vou ganhar, então nem vamos precisar da terceira.

— Vai ser sorte sua se conseguir chegar tão longe, SJ — retruca Ezra.

— Se você sobreviver, a terceira e última aposta pode ser... — Faço uma pausa, sem saber o que mais apostar.

— Deixar a Noite do Legado dos Veteranos mais interessante com algum tipo de desafio? — pergunta ele.

— Não! — grito.

Vejo a confusão estampada no rosto dele. Se eu estava conseguindo manter a compostura e posar de confiante até agora, provavelmente acabei de me entregar.

Meus braços ficam arrepiados. A Noite do Legado dos Veteranos é bem importante na nossa escola — a administração aluga um espaço no centro da cidade, todos vestem suas melhores roupas, ex-alunos e pais podem comparecer e nos testemunhar fazendo declarações para o futuro em nossas apresentações de legado. Nossa última celebração antes da formatura. A ideia é que seja um momento emocionante e cheio de sensibilidade. Nos pedem para avaliar nossas vidas, de onde viemos e para onde vamos. E, acima de tudo, temos que pensar no nosso legado, a marca que queremos deixar no Skyline. Eu participei de todas as Noites do Legado desde que comecei a estudar aqui, e é sempre uma grande emoção. Por mais que os veteranos reclamem do tanto que têm que estudar durante o ano letivo, a noite do evento é superinspiradora, com pessoas jogando seus sonhos para o universo, cheias de esperança. Quero seguir esses passos.

Só Priscilla e Chance sabem, mas quero dedicar meu projeto de legado dos veteranos ao meu pai, fazer uma homenagem para ele. Mais especificamente, quero dedicar a ele a posição de oradora e essa bolsa prestigiada que sei que vou ganhar. Estou afirmando que vou ganhar. Meu legado, de onde venho e para onde vou, tudo isso está conectado com esse prêmio. Minhas notas, minha vida, minha família formam uma rede intricada que define quem eu sou. Quando eu subir no palco para me formar, não será só por mim. Vou levar toda minha família comigo. Esse prêmio é nosso. Ser a primeira na *minha* família, em vários aspectos diferentes.

A APOSTA DO CORAÇÃO 73

Mas não posso contar isso para Ezra, ele nunca entenderia. No pior dos casos, iria descobrir meu calcanhar de aquiles e usar essa informação contra mim.

— A terceira aposta deveria ser, hum... algo tipo... — começo, ainda procurando por uma alternativa.

Ezra estuda meu rosto e fico parada na mesma posição para manter a compostura.

Ele diminui a distância entre nós.

— Acho que entendi. Você quer fazer algo não acadêmico para desempatar, é isso?

Como é? Eu nem tinha cogitado a possibilidade de ter *outro* empate.

— Não, não era bem isso que eu ia dizer. Eu só acho que não precisamos decidir a terceira aposta agora. Já estou atrasada para a aula — murmuro.

Ele dá uma risadinha, como se estivesse um pouco irritado.

— Tá. Não temos que decidir agora. E, para ser sincero, duvido que vamos chegar tão longe assim. Dois empates? Não vai rolar — diz Ezra.

Ele parece calmo e confiante, enquanto meus joelhos estão um pouco trêmulos. Faço uma careta, tentando me lembrar se ele sempre foi tão seguro de si.

Ezra levanta um dedo.

Eu ergo as sobrancelhas. *O que foi agora?*

— Mas acho que precisamos de um trunfo, se me permite dizer. — Ezra inclina a cabeça, e é evidente que teve uma nova ideia. — Na minha opinião, quem vencer uma aposta já deveria ganhar *alguma coisa* — acrescenta.

Eu estreito os olhos.

— Alguma coisa? Quem ganhar vai ficar com a bolsa.

— Sim, dã, mas acho que o vencedor de cada rodada merece um prêmio. Por exemplo, quem ganhar a aposta da redação amanhã. Afinal, alguém terá merecido vencer, certo?

— Tipo o quê? — Franzo os lábios. Não tinha pensado tão longe assim, e Ezra vem cheio de surpresas, calculista.

— Hum... Não seria nada mal ter uma escrivã por um dia, ou alguém para carregar meus livros, para me abanar e me dar uvas na boca no almoço, algo assim. — Ezra abre um sorriso sedutor.

Uma força interior me ajuda a resistir a essa nova e ridícula tentativa de charme.

Ele assente, satisfeito.

— O vencedor receberia ajuda com uma atividade de sua escolha, por no máximo três horas. — Aquele sorriso travesso reaparece em seu rosto.

— Três horas? — digo, surpresa. Isso quer dizer perder um tempo valioso que poderia ser gasto estudando.

Nossa. Preciso de um tempo, talvez de uma lista de prós e contras, algo para me ajudar a pensar antes de responder. Odeio tomar decisões no calor do momento. Eu me sinto irresponsável quando estou perto dele, e não gosto disso.

— Você quer fazer apostas? Eu quero essa cláusula extra. É a arte da negociação — comenta Ezra. Acho que ele quer que eu dê para trás.

Ele obviamente não me conhece mais.

— Lógico, Ezra. Uma ótima ideia.

Ele me olha nos olhos, com tanta intensidade e por tanto tempo que posso sentir a eletricidade que o cérebro dele transmite para o meu. Quero desviar o olhar, mas não consigo.

— Negócio fechado, então? Quem vencer a primeira aposta pode reivindicar o prêmio dele...

— Ou dela — emendo.

— Isso. Quem vencer a primeira aposta pode reivindicar o prêmio dele ou *dela* depois que as notas forem divulgadas.

Ezra estende uma de suas mãos enormes. Estou tendo uma experiência extracorpórea enquanto o cumprimento. Seu toque é quente e eu o deixo segurar um pouco mais do que o necessário. Eu me sinto como se estivesse flutuando. O olhar dele também é firme, observador. Está procurando por algo em mim, mas não tenho certeza do quê. Depois de outro longo momento, ele solta minha mão e acaricia os cabelos, então abre um sorriso. Minhas pernas vacilam quando dou um passo para trás e tento me livrar do que quer que seja isso.

Dou uma última olhada para ele, que mexe na câmera e depois a joga nas costas como um profissional. E, ao mesmo tempo, é como se eu estivesse olhando para um espelho dividido. Vejo o Ezra, de oito anos, aquele que adorava nuggets vegetarianos, que lia mangás na aula escondido, que era um gênio da matemática e péssimo com o gravador. Aquele que era meu melhor amigo.

Até que nos tornamos inimigos.

Eu ajeito minha mochila nas costas, então digo com total seriedade:

— Sabe, você vai se arrepender de apostar comigo, Ezra Philip Davis-Goldberg.

CAPÍTULO 10

Quando o último sinal toca e somos liberados da pressão sufocante dos estudos, vou para meu lugar favorito do mundo: a biblioteca da escola. Assim que meu pé direito cruza o batente, meu rosto e meus ombros relaxam. É isso aí. O equilíbrio do mundo pode ser encontrado aqui.

— Olá, Sasha — cumprimenta a sra. Maka, a bibliotecária, de trás do balcão.

Ela abre um sorriso enorme, e eu sorrio também. A sra. Maka é uma bibliotecária jovem e muito legal que sempre me recomenda livros novos e com quem converso sobre a importância das bibliotecas e dos arquivos históricos.

— Posso? — pergunto, mas já estou me encaminhando para a parte de trás da sala, onde posso espalhar meus livros, cadernos e notas adesivas, onde posso escrever à vontade com minha mão esquerda sem medo de não ter onde apoiá-la na mesa.

— Claro que pode — responde ela —, mas só até as cinco. Cinco e quinze no máximo. Depois disso, nós duas temos que sair para viver nossas vidas fora dessas quatro paredes.

Faço que sim. São três e meia agora. Posso fazer bastante estrago em uma hora e meia. Não tem nada de especial na Biblioteca Skyline, mas gosto de vir aqui porque a maioria dos alunos nunca vem. A sala dos fundos tem uma fileira de computadores antigos em que os alunos ficam jogando ou trocando as teclas do teclado. Tem impressoras grandes que funcionam às vezes, mas nunca no dia em que precisamos entregar um trabalho. O mais importante é que tem muitos, muitos livros.

Um beijo para o arquiteto desse prédio, porque, para mim, a melhor parte, a parte que nunca recebe os créditos que merece, são as janelas enormes que ocupam metade da parede. Em dias de céu limpo, é possível ver toda a baía, até Santa Cruz. Em dias nublados, é como estar em uma floresta encantada, flutuando nas nuvens. De todo modo, é sempre lindo.

Dou vários passos em direção à mesa e então:

— Só pode ser brincadeira — murmuro baixinho. Paro, sem saber o que fazer, apesar de meus pés estarem inquietos, meu corpo me dizendo para dar meia-volta e ir embora.

Ezra se vira, a câmera preta em mãos.

— Pode usar, tem bastante espaço, eu não ligo. — Ele inclina a cabeça, apontando para a mesa. A *minha mesa*. Olho para todos os cantos da biblioteca, mas me sentar em outra mesa parece traição; todas as outras são pequenas demais. Além disso, tem aquele papo de energia negativa e tal, né? Fiz alguns dos meus melhores trabalhos nesse exato lugar. Se eu começar a mudar as coisas em cima da hora, sei lá o que pode acontecer.

Tá bom.

Sem pensar duas vezes, pego a cadeira em frente a Ezra na ponta mais distante da mesa e que, ainda assim, é perto demais.

Ele ergue a câmera, fecha um dos olhos e *click,* tira uma foto.

Eu o ignoro e vasculho minha mochila, tirando tudo o que preciso para estudar. Levo alguns instantes para me preparar, sentindo o olhar dele ainda em mim. Coloco os fones de ouvido na mesa, caso precise fugir de alguma conversa. Pigarreio.

— Eu sempre me sento aqui, essa é a maior mesa, então...

— Coisa de canhota. Entendi. — Ele tira uma foto e eu me esquivo.

— Por que... o que você está fazendo aqui? — pergunto, tentando evitar outra foto improvisada. Por força do hábito, giro a caneta em uma das mãos, fazendo oitos.

— Este é meu segundo lugar favorito da escola. — A voz de Ezra é alegre. — Estava pensando em como as bibliotecas são incríveis. São como a espinha dorsal de uma grande sociedade, sabe? Aonde mais você pode ir para relaxar e ler um livro de graça sem que ninguém exija que você compre alguma coisa? É o anticapitalismo em essência.

Sem conseguir me segurar, eu acrescento:

— É verdade. Mas por que não colocar alguns carrinhos que vendem tacos na biblioteca? Ou talvez um café nos fundos do prédio? Não precisa ser nada muito elaborado, só uns lanchinhos. Nem nada caro, sabe? — Sinto muita fome quando uso demais o cérebro.

— Você está descrevendo uma livraria com cafeteria. Mas isso do carrinho de tacos... essa ideia tem futuro. — Ele parece estar falando com sinceridade, o que me faz rir.

Então, acrescento:

— Eu acho que, tipo, carrinhos de tacos ficam bem em qualquer lugar, eles são...

A APOSTA DO CORAÇÃO 79

— Do caralho? Vou pegar um pedaço de papel e podemos esboçar um plano de negócios, que tal? Que nem a gente fazia. Pode se chamar Tacos & Livros!

Damos risada, relaxados. Ezra retribui meu olhar o tempo todo, o que me faz lembrar que, sim, a gente costumava fazer coisas bobas desse tipo — despreocupados, livres, sem julgamentos. O sol entra pela janela e o brinco na orelha dele brilha.

Ele se inclina e estende os longos braços sobre a mesa, e não posso deixar de reparar em suas mãos. Ezra tem os dedos esguios e as unhas bem aparadas, como se tivesse acabado de passar por uma manicure ou coisa do tipo.

— Lembra quando você achou que tinha inventado... — começa ele.

— Ei, ei, pode parando agora mesmo. Como que eu ia saber...

Cubro o rosto com as mãos. Sei do que Ezra está prestes a falar, e já estou morrendo de vergonha. Acho que tinha me esquecido de como éramos bobos — como éramos *ridículos* quando crianças. Bem, eu era a mais boba. Ele era mais sério. Engraçado ver como as coisas mudam.

— Você achou que eu tinha me esquecido, né? — Ezra arqueia as sobrancelhas.

Não sei o que eu tinha achado, para ser sincera. Não tenho pensado muito em Ezra, a não ser...

— Ez, tá pronto? — Uma voz se intromete, alta e cheia de si.

Apoio as mãos no colo, me sentindo envergonhada de repente. Não sei por quê. Kerry Patterson está atrás de Ezra, apoiando a mão em seu ombro largo, toda formal e estranhamente possessiva. Ele não se mexe, então também não mudo de expressão, por mais que esse momento seja um tanto estranho.

Kerry não é bem uma inimiga, mas também não é minha amiga. Tivemos muitas aulas juntas desde o primeiro ano, mas nunca nos demos muito bem. Eu não vejo problema nisso, sei que não vou me dar bem com todo mundo, mas ainda é um pouco desconfortável saber que alguém talvez não goste de você.

Ezra se levanta, e a câmera se vira em seu tronco.

— Carrinho de tacos, SJ, carrinho de tacos. — Ele empurra a cadeira e os dois vão embora juntos.

Tamborilo na capa do caderno, pensando no quanto eu e Ezra saíamos juntos. Então, afasto esses pensamentos e me lembro do que vim fazer aqui, e não tem nada a ver com carrinhos de taco.

Olho para o relógio e percebo que tenho tempo o bastante para melhorar minha redação sobre *Hamlet* e acrescentá-la ao meu projeto do legado. Coloco o celular no modo avião e me jogo de cabeça no que de fato importa. Para mim, o legado é simples: é a forma como honro minha família, o que faço para que eles sintam orgulho de mim. Sim, eu sei que vou dedicar a bolsa e o prêmio para eles, mas as outras perguntas do projeto pairam sobre mim — não quero cometer erros. Penso com mais atenção nas instruções anexadas à tarefa.

O que define você?

Pense em quem você quer ser no futuro.

Seu futuro depende de você; como você o imagina?

Qual foi a maior experiência de aprendizado que você teve no ensino médio?

As perguntas me encaram, à espera de uma resposta que não tenho. Sei quais foram os momentos mais decisivos da minha vida até agora — como tudo pode mudar de forma inesperada, como nosso mundo pode virar de cabeça para baixo em um instante, igual a um daqueles globos de neve.

Nada. Bem, vamos para a próxima pergunta.

Como imagino o meu futuro?

Isso é fácil. Bacharelado, mestrado, doutorado em ciência de dados, então estudar e estudar e estudar mais. Sou boa em tomar decisões baseadas em fatos e dados. Também quero ajudar minha mãe e minha família da melhor maneira possível. Fazer com que sintam orgulho de mim.

Eu suspiro. Não porque não quero ajudá-los, porque eu quero, mas porque... O que mais posso dizer sobre o futuro? Uma vozinha me avisa: *eu... eu não sei.* O que mais eu poderia fazer na vida? As pessoas normalmente sabem de tudo isso?

Expiro de forma pesada.

Isso não está indo muito bem. Vamos mudar.

Olho para o relógio de novo. Droga. Não tenho muito tempo sobrando. Não fui tão produtiva quanto esperava. Eu me levanto e me alongo, o sangue descendo para as minhas pernas. Oscilo, então vou até a entrada da biblioteca para pedir à sra. Maka alguns dos livros e textos para a aula do sr. Mendoza.

Com sorte ela vai ter alguns minutos livres para discutir algumas ideias comigo. Na nossa apresentação cívica, temos que pesquisar e analisar como o engajamento cívico pode ser visto como justiça social. Estou fazendo algo um pouco fora do convencional e quero incorporar fundamentos cívicos e filosóficos. Porém, preciso de mais informações para poder juntar tudo.

— Sra. Maka? — chamo com a voz mais doce que consigo.

Ela inclina a cabeça.

— Dez minutos, Sasha. Você tem mais dez minutos.

— Obrigada, só preciso de cinco. — Dez seria o ideal, mas não quero forçar a barra. — Você tem os livros que o sr. Mendoza separou para a gente? Para cívico?

A sra. Maka se mexe atrás da mesa e depois desliza um livro enorme, com encadernação em espiral, na minha direção.

— Obrigada.

Enfio o livro embaixo do braço e volto para a mesa. Depois de me sentar, folheio rapidamente as páginas; o som do papel farfalhando me causa arrepios de inspiração.

O artigo para o seminário da próxima semana está na página 102. Deixo meus dedos virarem as folhas, e quando chego lá...

— Que porcaria é essa?! — exclamo.

As páginas 102 até a 108 sumiram. Em vez do texto, encontro um corte perfeito, como se alguém tivesse usado uma faca para remover as folhas. Não está aqui. Já vi alunos grifarem ou fazerem desenhos nos livros, beleza. Clube Pen-15, é de vocês que estou falando. Mas arrancar um artigo inteiro de um livro? Quem faria uma coisa dessas? Quem tem tempo e energia e consegue se planejar para ser tão maldoso?

Estreito os olhos para onde *ele* estava sentado mais cedo, meu sangue fervendo. O sr. Mendoza só deixa o livro na biblioteca para nos ajudar a praticar nossas habilidades de pesquisa. Ezra? Ezra arrancou o artigo que sabia que eu ia precisar para a apresentação de cívico, por causa da segunda aposta. Cruzo os braços e balanço a cabeça, decepcionada. Isso é vandalismo. Um furto?

Olho de um lado para o outro à procura dele. Imagino que esteja me observando de algum lugar escondido, rindo de mim. Pego minhas coisas, irritada demais para guardá-las nos lugares certos. Lá se vai a chance de usar esse momento pra sair na frente. Saio da biblioteca pisando forte, meus planos frustrados.

CAPÍTULO 11

A sexta-feira passa e estou me sentindo muito bem, até que chega a hora de entregarmos nossa primeira aposta. Estou parada, roendo as unhas, em frente à mesa da professora. Minha redação do *Hamlet* está em mãos, pronta para ser entregue. *Prezados deuses das redações, penso, sei que peço muito a ajuda de vocês. Talvez até demais... Tá, sei que é um pouco demais. Para ser mais específica, me refiro ao dia em que trouxe alguns dos cristais e a sálvia da Priscilla para a escola pra me certificar de que tiraria uma nota boa na prova e alguém pensou que era maconha, então tiveram que fazer uma busca na sala e ouvimos um sermão gigantesco sobre os riscos das drogas. Mas por favor. Agora. Um favor. Meu último favor. Não peço mais nada. Eu... eu não posso deixar Ezra ganhar. Não nessa redação. Tem muita coisa em jogo. Por favor, por favor, por favor, preciso da ajuda de vocês. Preciso começar mandando bem. Preciso ir melhor do que ele logo de cara. Preciso ganhar.*

O sinal toca e coloco minha redação lá, esperançosa, rezando, fazendo um pedido às estrelas para que dê tudo certo, porque estou... nervosa. Tipo, nunca estive tão nervosa em toda minha vida.

Depois da aula, Chance, Priscilla e eu nos reunimos para o encontro semanal de Sextas-Fritas, momento em que dividimos batatas fritas e compartilhamos sentimentos. Hoje estamos sentados no Spudsy, um restaurante novo no centro de Monterey todo dedicado ao único legume que importa: a batata. É um lugar todo iluminado com paredes brancas e luzes de néon rosa, decorado com balões de fala em que batatas superanimadas dizem coisas como "Se você não tentar, vai pirar na batatinha" e "Gostar de você é batata".

— Cara, eu adoro trocadilhos com comida. — comenta Chance, se sentando no sofá e pegando um cardápio imenso e laminado no fim da mesa.

— Sim, eu adoro um trocadalho — responde Priscilla, fazendo graça. Chance finge bater em um tambor. — Ei, antes que eu me esqueça, Lisbeth vai dar uma festa hoje. Alguém topa? Os pais dela têm um ofurô.

— Eu vou se Sasha for — propõe Chance, que sabe que eu jamais iria. Estou cansada.

Mordo o lábio e pego o cardápio, apesar de já saber o que eu quero: batatas com bastante sal e uma Coca-Cola. Então, faço que não sem olhar para eles.

— Aff, que tédio, mas beleza. — Priscilla me olha, brincalhona.

— Vamos acabar com o tédio e fo-focar nos estudos — digo.

— Ba-dum bum! — comemora Chance. — Agora sim um trocadilho bom. *Brava*.

Faço uma reverência discreta, os olhos fechados e as mãos cruzadas no peito.

— Obrigada, obrigada. Passei a semana toda pensando nesse.

— Tá, então conta logo — pede Priscilla.

— Na semana passada, no Dia de Matar Aula dos veteranos, eu estava na aula...

— Você sabe que o dia de matar aulas é meio que aprovado pelos funcionários, né? — Priscilla se inclina.

A maioria dos veteranos aproveitou aquele dia para se encontrar nos pedalinhos do centro, perto do Dennis the Menace Park, e fazer um piquenique. Priscilla também estava lá, Chance ficou em casa jogando videogames e eu fui para a aula.

— Isso não é nem um pouco verdade — respondo, rindo. — Enfim, vocês sabiam que a srta. T tem uma moto? E que Mendoza tem uma tatuagem nas costas? Tipo, enorme? Ficamos falando disso quando não tinha mais nenhum aluno na sala.

— É essa a fofoca? — pergunta Chance.

Bato uma palma.

— É a fo-foca nos estudos — digo de novo —, entenderam melhor agora? Deixa pra lá, foi engraçado na primeira vez que eu disse.

Chance faz carinho na minha mão e eu a puxo para longe. Também sei ser engraçada!

Paramos nossa conversa quando um garçom novinho com uma camiseta branca e jaqueta jeans estilosa demais para um lugar que vende hambúrguer e fritas vem até nossa mesa. Fazemos os pedidos de sempre: duas cestas grandes de batatas fininhas e batata-doce em forma de waffle. Peço

A APOSTA DO CORAÇÃO 87

minha Coca-Cola, Priscilla pede um milk-shake de morango e Chance se contenta com um copo d'água sem gelo com uma rodela de limão.

Assim que o garçom se afasta, Chance tamborila na mesa.

— Vamos lá, coisas boas... Quem quer começar? Anda — diz ele.

Tento pensar em alguma coisa boa que aconteceu na semana. Começamos essa tradição de compartilhar coisas boas em nossas vidas durante o segundo ano, quando percebemos que nossas conversas estavam começando a ficar deprimentes e beirando a crise existencial. Acho que a culpa era da quantidade de aulas preparatórias que estávamos fazendo. Foi nessa época que Chance começou a dedicar o mínimo — e quando digo mínimo, é tipo uma quantidade que nem é visível a olho nu — esforço possível às aulas e às notas. Ele não conseguia entender por que se desdobrar tanto, para que tanto estresse só para tirar notas boas em uma prova.

Priscilla fica toda alegre.

— Eu começo! O comitê do baile de formatura se reuniu outro dia e decidiu nosso tema, o que é ótimo porque teve muita discussão por causa da estética em geral, e eu estava preocupada, achando que a gente não ia conseguir decidir a tempo. Mas decidimos hoje! Querem saber?

— Não — respondemos eu e Chance ao mesmo tempo.

— Ah, parem com isso! É porque vocês querem descobrir só quando chegarem no baile?

— Não vai rolar — diz Chance, balançando um dedo. — Além disso, Newton já falou que posso dizer adeus ao baile e à formatura se não entrar na linha.

Fecho o cardápio dele para obrigá-lo a prestar atenção em mim.

— Chance Robert Bell Terceiro. Você corre o risco de não se formar? Achei que a gente já tinha passado dessa fase. Você tem que estar no palco com a gente, nem ouse.

Chance dá uma risada irônica, mas isso só faz minha ansiedade aumentar.

— Preciso de você na formatura — imploro. — Sua opinião sobre a natureza arcaica das notas acadêmicas e a falta de cuidados holísticos com estudantes enquanto indivíduos não interessa. Precisamos de você na formatura. Já passamos por muitas coisas juntos nesses últimos quatro anos e não podemos deixar de comemorar. Juntos. — Ele retribui meu olhar. Sua expressão me diz que ele está pensando no que eu falei.

Chance se aproxima mais.

— Mas estou errado? As notas são a melhor forma de indicar o quanto alguém aprendeu? Seja sincera, Sasha.

Eu bufo.

— Priscilla, ajuda aqui.

Ela concorda, apoiando uma das mãos no peito.

— Concordo com tudo que a Sasha disse. Também gostaria de pedir, com toda a humildade, que essa mesma energia seja mantida para o baile. Uma celebração antes da celebração final, por assim dizer...

Chance e eu evitamos encarar Priscilla quando ele diz o que estou pensando:

— Nem ferrando.

Ela franze a testa.

— Mas vocês não podem me deixar ir sozinha...

— Do que você tá falando? Você pode ir com a Gina — digo.

Priscilla olha pela janela.

— É, a Gina. É melhor tocar nesse assunto *depois* que terminarmos de falar das nossas coisas boas. — Priscilla mexe as mãos, inquieta, depois pigarreia.

Gina é a primeira e única namorada dela, o amor de sua vida, nas palavras da própria Priscilla. Ela mencionou que as duas estavam com alguns problemas, mas nada que não pudesse ser resolvido. Talvez isso não seja mais verdade. Se tem uma coisa que aprendi nos últimos anos, é que muita coisa pode mudar em uma semana.

— Você, hum, quer explicar melhor? — pergunta Chance.

— Lógico que não. Quero sufocar tudo o máximo que conseguir, até que meus sentimentos reprimidos explodam em um momento aleatório, de preferência perto dos meus pais e não de vocês — responde Priscilla.

— Nada saudável. Tem certeza de que não quer falar disso? Estamos sempre aqui, você sabe — digo, me aproximando dela.

— Eu sei. — diz ela. — Além disso, antes que eu me esqueça, Emerson Jones está procurando um par.

Reviro os olhos e dou um longo gole na minha bebida. Emerson Jones foi o primeiro e único cara que demonstrou interesse em mim no primeiro ano, e Priscilla não se esqueceu disso. Ela acha que nunca vou arranjar um namorado e que, se não sair com ele logo, estarei condenada a ficar sozinha pelo resto dos meus dias. Emerson é legal e tal, mas é muito insistente, meio cafona e pisca muito. Por mais que Priscilla não admita, tenho quase certeza de que me acha uma alienígena porque nunca tive um encontro e nunca fui aos bailes da escola. Mas não rolou clima nenhum entre Emerson e eu, nem uma faisquinha.

Vou pensar em encontros e namorados depois que me formar. É, depois do mestrado vou ter tempo para me dedicar ao romance. Os garotos do ensino médio são blé demais e, pelo que já ouvi (quase sempre na internet, uma fonte tão confiável quanto qualquer outra), a situação não melhora muito na faculdade.

— Nem pensar. Nem vem com essa de baile *ou* Emerson. Como se eu precisasse de mais uma distração agora. — Ergo as mãos e abaixo os ombros. — Mas isso me faz lembrar do que tenho para contar — acrescento.

O garçom que nos atendeu volta com cestas vermelhas cheias de batatas, deslizando-as sobre a mesa.

— Descobri como tirar Ezra do caminho. Ontem, depois da aula, eu o *desafiei*.

Priscilla faz uma dancinha, os olhos tão arregalados que ela bem poderia ser uma das batatas que enfeitam a parede do restaurante.

— Ah, boa, isso! Para um duelo?

— Um duelo?! QUÊ?

Chance se endireita.

— É uma forma de combate iniciada na Idade Média. Acredito que tenha se iniciado na Alemanha. Sabe, quando duas pessoas... — Ele começa a explicar.

— Chance, não dê corda pra ela. Priscilla, acho que você anda assistindo a *Hamilton* demais. Não vai ter duelo nenhum — declaro. Priscilla ri e Chance dá de ombros. — Como eu estava dizendo — ergo as sobrancelhas —, falei para Ezra que a gente podia fazer uma aposta. Só temos que entregar alguns trabalhos mais importantes, que têm bastante peso nas nossas notas finais. Não sei... Tive a ideia na hora. Concordamos em resolver as coisas por conta própria e apostamos o título de orador e a bolsa. — Dou um gole na água e noto algo incomum no rosto de Priscilla. A testa franzida.

— Que foi? Perdi alguma coisa? — pergunto.

— Você não pode arriscar desse jeito! Não aposte a bolsa. Não estamos em Vegas — protesta ela.

— Como assim? Por que não?

— *Por que não?* Porque você se dedicou demais, Sasha. Você não pode fazer isso — rebate Priscilla. Ela e Chance se entreolham.

Então, é a vez de Chance opinar:

— Não curti. Não depois de você chegar tão longe. Acho que há formas melhores e mais concretas de garantir que você ganhe a bolsa. Além disso, você precisa terminar seu projeto do legado e a gente tem que planejar nossas viagens de verão.

Passei o ano escolar inteiro planejando meu projeto do legado e meu discurso de formatura. Além de dedicar o prêmio ao meu pai — que sempre me lembrava da importância da educação, a que muitos de nós, pessoas negras, não temos acesso —, também quero analisar a fundo o que significa ser *a primeira*. Começando por eu ser a primeira da família a quebrar tantas barreiras educacionais. Mas não quero parar por aí — o que significa ser a primeira em uma determinada área de estudo, a primeira pessoa a acabar com a segregação em uma escola, a primeira pessoa a andar na lua? Quero analisar como esses pioneiros ajudaram a fazer a sociedade avançar e se transformar e, além disso, como é assustador assumir este lugar. Estou empolgada em ser a primeira pessoa na minha família a estudar em uma universidade em tempo integral? É óbvio. Mas também estou assustada pra caramba? Dã.

Ficamos sentados em silêncio, enquanto o restaurante está a todo vapor atrás de nós, cada vez mais cheio de pessoas que acabaram de sair do trabalho para se divertir nesta sexta-feira.

Não posso negar que o argumento de Priscilla e Chance é válido, e sei que eles querem o que é melhor para mim.

— Entendo o que vocês dois estão dizendo, e estão certos. Em um mundo ideal, eu não teria que apostar com ele. Mas a formatura é daqui a dois meses e preciso lidar com isso agora. Não posso ser assombrada pelo estresse do "e se". Consigo me dedicar mais a alguns trabalhos para competir com Ezra e ainda assim arrasar nos outros, e pronto! Além disso... por mais que me doa admitir, ele é muito inteligente. E é por isso que estamos nesse impasse. — A voz de Ezra, cheia de uma confiança tão irritante durante o seminário, surge em minha mente. — E quando ele decide se dedicar, é implacável. Nenhum de nós vai abrir mão disso. Já passamos dias jogando Mario Kart antes. Dias. Podem acreditar. E aí o que vai acontecer? Um professor vai decidir? O diretor Newton resolver a questão no cara ou coroa? Não vou deixar. Prefiro tirá-lo do caminho do meu jeito. Vou entrar nessa com tudo e apostar em mim.

Meu corpo fica quente conforme as palavras pairam no ar. Palavras que parecem ter certo poder. *Eu consigo.*

— Tem certeza? — pergunta Priscilla.

— Eu... eu confio em mim.

— Você não parece tão confiante — comenta Chance ao comer uma batata. Sinto um leve aperto no estômago.

— Mas eu tenho que tentar, né? Sem falar que Ezra e eu já concordamos com essa aposta. Não posso dar para trás quando a ideia foi minha.

Viro uma batata de um lado para o outro e ela quebra no meio.

— Tá bom, Chance. É a sua vez. — diz Priscilla, quebrando o silêncio. — Qual a sua coisa boa dessa semana?

Chance esfrega os dedos, o sal caindo como neve, depois segura nossas mãos e fazemos um círculo como em uma assembleia de bruxas.

—Amigas, peguei meu passaporte hoje. Vou para a Europa assim que me formar! Seguindo os passos de James Baldwin.

— Amigo! — Priscilla esfrega o braço dele. — Estou tão feliz por você! E apoiamos sua decisão. Cem por cento. Aconteça o que acontecer, podemos contar um com o outro. Para todo o sempre. Combinado? — Priscilla sorri de orelha a orelha. Ignoro a mudança inevitável que os últimos meses de ensino médio querem me fazer engolir.

Chance está radiante.

—A gente vai te apoiar com a Gina. A gente vai te apoiar com as apostas.

— E vamos todos subir naquele palco juntos, droga. — Priscilla nos observa, os olhos grandes e sinceros, e eu foco no momento. Meu peito se enche de amor pelo que está acontecendo agora.

— Combinado — concordo, erguendo o dedinho.

Talvez eu tenha dúvidas sobre algumas coisas no futuro, mas com o apoio desses dois, sei que minhas chances de ganhar são maiores.

CAPÍTULO 12

— **Temos um cliente novo hoje** — diz minha mãe, com uma das mãos no volante enquanto a outra segura a caneca de café favorita dela: a que tem MELHOR MÃE DO MUNDO escrito com uma fonte redondinha, presente de Dia das Mães que comprei numa loja popular de decoração cerca de seis anos atrás.

É sábado de manhã, e isso só quer dizer uma coisa: limpar casas.

— A casa é grande, não vai se perder. — Ela abre um sorrisinho enquanto tento ser simpática.

Por alguns instantes, minha mente começa a vagar, pensando em como seria ter uma manhã de sábado só para mim. Mas logo paro de pensar nisso. Não vai rolar. Meus finais de semana assistindo a desenho e comendo cereal acabaram. Tento encontrar alguma coisa para me sentir grata: ao menos vou passar um lindo dia perto do mar.

Seguimos em silêncio enquanto a luz do sol aquece o interior do nosso Camry marrom, e sinto os bancos antigos e confortáveis contra meu corpo. Alguma música pop dos anos 1980 serve de trilha sonora e minha mãe dança, um pouco fora do ritmo. Olho de relance para ela, e percebo mais fios grisalhos em seu cabelo preto.

Ela está envelhecendo. Maravilhosamente, mas isso significa que eu também estou. O ensino médio está quase acabando. Ganhar a bolsa, continuar por aqui. Quatro anos de faculdade e depois mais dois anos de especialização, então vou poder trabalhar por nós duas e tirá-la dessa vida. Chega de fazer faxina para outras pessoas. Chega de lavar, passar e dobrar as roupas e recolher o lixo delas. Chega de trabalhar por longas horas, chega de sais de banho especiais para as mãos e as costas cansadas dela.

Apoio minha mão na dela e faço carinho.

— No que você está pensando? — pergunta minha mãe, bem-humorada.

— No que eu não estaria pensando? — brinco. Mas, falando sério, meu cérebro não para nunca, como uma daquelas lanchonetes abertas vinte e quatro horas. Por que ela precisa de um novo cliente? A preocupação tenta se infiltrar, mas eu a abafo. Minha mãe não sabe, mas tenho uma planilha com detalhes de cada cliente, nossa renda e nosso orçamento. Saber que estamos seguras faz com que eu me sinta melhor. Tipo, literalmente seguras, na segurança de uma casa com um teto. Se não estivéssemos, sei lá, acho que arrumaria algum trabalho extra ou coisa do tipo.

Ela faz uma curva fechada para a esquerda, e, de onde estou sentada, tenho vista panorâmica para o mar azul, as pedras cinza, as gaivotas voando, a costa que chamo de casa.

— Você fica tão parecida com seu pai quando faz essa cara pensativa — comenta ela.

Não consigo deixar de me olhar no espelho, e ela está certa, também consigo enxergar. Meus olhos brilham com lágrimas de alegria, e deixo meu corpo relaxar.

Faz só cinco minutos que estamos no carro, mas é incrível ver a rapidez com que os bairros mudam. De prédios residenciais simples como o nosso para casas de um andar e, depois, mansões com portões e três carros estacionados na entrada. A cada piscar de olhos, o quarteirão fica melhor e mais bonito do que o anterior.

Minha mãe estaciona o carro na garagem de uma grande casa de tijolos. O gramado é cuidado meticulosamente, a grama é verdinha. Olhando de fora parece um lugar simples, mas dá para ver que é enorme por dentro. Todas as casas daqui são assim. É como uma estranha tática de disfarce: exterior mediano, interior absurdamente luxuoso.

— Pronta? — pergunta minha mãe, pegando um balde com produtos de limpeza.

Assinto, verificando se estou com meus fones de ouvido. Entramos pela porta da frente juntas.

A casa é enorme por dentro, bem como eu suspeitava. Tem não só uma, mas duas escadas em espiral, de cada lado da sala, e o teto é... Cadê o teto, gente? Ah, achei. É aquele ali que quase chega no céu. Um piano de cauda preto nos dá as boas-vindas à esquerda e, à direita, há uma área de estar e uma cozinha. Esta última tem aparelhos sofisticados com telas inteligentes, uma enorme ilha de mármore, lustre de cristal, molduras douradas e bugigangas chiques. Pois é, vamos levar uma eternidade para limpar essa casa.

Sem dizer nada, minha mãe e eu começamos. Ela logo vai pegar os lençóis para lavar. Como de costume, pego os panos para tirar o pó.

A APOSTA DO CORAÇÃO 97

Tirar o pó é uma daquelas coisas que leva tempo, que não se pode fazer com pressa. Por mais que não se note a poeira de longe, é só olhar de perto para ver que está lá. Esperando para ser descoberta. Eu tinha a mania de querer apressar a limpeza, mas minha mãe sempre chamava a minha atenção. *Você se esqueceu de limpar aqui,* dizia com calma. Tirar o pó me ensinou que certas coisas levam tempo.

Começo pela ampla sala de estar com várias cadeiras com estampas florais. Passo o pano macio e amarelo nos braços e pernas de madeira, meu corpo se contraindo quando desço, depois esticando em direção ao sol quando me levanto. Tiro o pó de qualquer superfície que consigo alcançar, que meus olhos consigam ver. Eu me movo com precisão lenta e calculada, tratando de não esquecer nenhum lugar e de colocar tudo de volta onde deveria estar.

Quando enfim olho para cima, vejo uma coisa e quase tropeço. Uma foto de família está pendurada na parede, em uma grande moldura de madeira ornamentada. São três pessoas, mas praticamente se misturam em uma só. O cabelo vibrante e ruivo da mãe e da filha, uma em pé e outra sentada, a semelhança é inegável.

Os Patterson.

Kerry Patterson.

Ela mora nessa casa? *Casa* não é a palavra certa — tem espaço suficiente para colocar nosso apartamento aqui, o quê? Três? Quatro vezes? Pelo menos.

O pano amarelo cai da minha mão. De repente, tudo na sala é mais mágico, mais magnífico do que antes. Kerry estuda aqui? É aqui que ela faz o que sabe de melhor? Sinto inveja e admiração ao mesmo tempo.

— Tudo bem? Casa grande, hein? — comenta minha mãe, me tirando do devaneio. Ela está usando luvas de látex amarelas e está cheia de energia, apesar da grande quantidade de trabalho.

— Eu... sim, tudo bem.

— Tive uma ideia... — diz ela, brincando com as mãos — para a gente conversar, sabe? Papo de meninas. Pate-papo...

— *Bate-papo.*

Certa vez, alguém mencionou o sotaque da minha mãe e, a princípio, não fazia ideia do que estavam falando. *Que sotaque? Nunca percebi.* Mas às vezes, como agora, me lembro de que esse é o segundo idioma dela, e é difícil se lembrar de certas palavras.

— Bate-papo. Isso. Você pode me ajudar com as roupas. Podemos dobrar e passar juntas.

Forço um sorriso, mas minha mente já está fazendo os cálculos. A casa é grande. E nós somos só duas. O que faria mais sentido? O que seria mais eficiente? O que traria os melhores resultados? Mais importante: o que me liberaria mais rápido para voltar para casa e estudar?

— Não sei, mamãe. Essa casa é enorme. Acho que é melhor, hum, mais eficiente, dividir para conquistar. Acho que é melhor trabalharmos separadas. — Não tenho forças para olhar nos olhos dela.

— Hmmm. Tem certeza? Posso contar da novela a que estou assistindo.

Respondo que sim, mas não deixo de notar que os ombros dela descem de decepção. Eu me viro para tirar o pó de um enorme vaso de vidro antes que minha mãe possa responder.

Duas horas se passam enquanto meus pensamentos oscilam entre o quanto a casa de Kerry é absurda, minha excelente abordagem do feminismo na redação de *Hamlet* e como será bom destruir Ezra. Quando estou limpando a parte de cima de um armário, meu corpo começa a doer e o suor se acumula nas minhas axilas.

Enfim, após quatro horas intensas, minha mãe diz a palavra mágica.

— Pronta?

Assinto e pego a mochila e os outros itens de limpeza que restaram antes de ir para o carro.

Do lado de fora, uma Mercedes estaciona e Kerry desce do carro quando estou colocando o resto dos utensílios no porta-malas.

Ela está segurando uma raquete de tênis.

— E aí — diz ao chegar à porta da frente. Se está surpresa em me ver, não demonstra.

— E aí — respondo, e depois me sento no banco do carona.

Na volta para casa, estou tão imersa em pensamentos que não percebo quando minha mãe desvia do caminho.

— Aonde a gente vai? Não é por aqui — digo, desconfortável.

— É uma surpresa. — Ela sorri. Mas eu odeio surpresas. Talvez seja meu lado virginiano, mas adoro planejamento. Gosto de estar no controle. Minha mãe desacelera o carro e, antes que eu possa registrar qualquer coisa, estacionamos em frente a um prédio antigo, mas familiar, de tijolos marrons.

— Boutique da Anna? — As margaridas brancas em barris, marca registrada do lugar, e a enorme placa com escrita de giz do lado de fora respondem à minha pergunta. Sinto um aperto no peito. — Por que você estacionou? Eu não...

100 DANIELLE PARKER

Minha mãe se estica para tentar segurar meu braço.

— Pensei que seria legal ver alguns vestidos. Para o baile, sabe?

Eu afundo no banco.

— Passei por aqui de carro algumas vezes, e aquele vestido na vitrine, aquele ali... é na sua cor favorita, né? — diz minha mãe.

Ela aponta para um longo vestido de renda praticamente flutuando na vitrine. E, sim, é a minha cor — lilás, o primo mais frio do roxo. Eu amo como o lilás complementa minha pele negra, delicado, leve e discreto, mas ainda muito bonito.

— Por que você não experimenta? Vamos entrar.

Mas eu não posso. Da última vez em que estive na boutique da Anna, estava com minha mãe e meu pai. Alguns lugares, algumas memórias são delicados demais para serem lembrados; há partes do passado que doem demais quando você as traz de volta ao presente.

— Eu nem sei se vou ao baile. — Não consigo olhar para ela. — Então não preciso de vestido.

Falei de uma forma muito birrenta. Sei que ela está tentando ajudar, mas esse não é o jeito certo.

— Quê? Por que não? A Priscilla vai, não vai? Ela me disse. Você devia ir. Se divertir. Conhecer um menino. — Minha mãe se inclina. — Ou uma menina, ou uma pessoa, você sabe, para dançar. Vá. Se divirta. Arrume um tempo na sua vida para criar novas lembranças.

Seus olhos são como lasers, focados em mim. Eu pisco, mas ela continua tentando.

— Achei que você ao menos ia gostar de ver o vestido, sabe? Experimentar. Eu me lembro de quando você e seu pai...

A APOSTA DO CORAÇÃO 101

— Isso foi há muito tempo, tá? Não. De jeito nenhum. — Eu não queria falar com tanta grosseria. Sei que é a pressão da escola e da vida e minha necessidade de manter tudo sob controle. Mas se eu não fosse assim, o que aconteceria comigo? Com a gente? Minha mãe espera que eu seja... controlada. Ela olha pela janela e eu praticamente posso ouvir seus pensamentos. Para o baile de pai e filha do nono ano, *implorei* a meus pais que me deixassem comprar um vestido na boutique da Anna. É o único lugar na cidade que de fato tem roupas legais, ao contrário da maioria das lojas sem graça daqui que estão atrasadas pelo menos quatro temporadas na moda. Quando eles enfim concordaram em me deixar ver as roupas na Anna, encontrei o vestido mais perfeito... lilás, óbvio. Minha mãe franziu a testa quando viu o preço na etiqueta, mas meu pai só deu de ombros. Eu tento afastar essa lembrança, mas ela se recusa a ceder. Na verdade, aparece ainda mais nítida, com mais foco.

Meu pai e eu fomos ao baile e foi perfeito, como se toda a emoção e as melhores coisas da minha vida fossem reunidas em uma noite. Eu me lembro da energia indescritível de me arrumar e me sentir *linda*. Me lembro de meus pais radiantes, todos nós animados para comemorar uma ocasião especial para mim. Minha vida era cheia de possibilidades. Consigo me lembrar das decorações feitas à mão com corações e estrelas na parede do ginásio da escola. Duas semanas antes do baile, meu pai e eu aprendemos todas as danças que estavam em alta nas redes sociais. E quando essas músicas tocaram, fomos direto para o meio da pista e dançamos como se estivéssemos prestes a ganhar o *America's Got Talent*. Tínhamos talento de sobra. Nós nos divertimos muito naquela noite, só nós dois. Juntos. No nosso momento.

Engulo em seco.

Mas isso foi naquela época.

Agora a situação é outra.

E eu não danço mais.

— Será que a gente pode ir pra casa? — reclamo. — Além disso, estamos fedidas depois de limpar aquela casa.

É um golpe baixo, mas isso deixa minha mãe tensa. Se tem uma coisa que ela odeia, é o cheiro que fica depois da faxina, a maneira como o vinagre e a água sanitária grudam em sua pele e impregnam no cabelo. Como limpar a sujeira de outra pessoa deixa você tão sujo.

Nós nos encaramos. Faço o meu melhor para manter minha postura, olhar frio e rosto sério, embora saiba que ela está prestes a retrucar. Insistir. Apresentar seu caso maternal. Uma pequena parte de mim sabe que devo deixá-la vencer uma discussão. Mas não hoje.

Por fim, ela desiste. Finge um sorriso e liga o carro de novo. Eu expiro.

CAPÍTULO 13

GRUPO DA TRILOGIA

Priscilla 9h15:
pq as segundas são tão péssimas?

Chance 9h17:
não recomendo nem um pouco. 0/10.
Nem consegui levantar da cama hoje.
Vou pra escola depois do almoço.

Sasha 10h15:
Como vocês são tão bons em
mandar mensagem na aula sem
serem pegos?

Priscilla 10h16:
anos de prática, miga.

A segunda-feira se desenrola como sempre. Mais tarde, quando estou na aula de cálculo avançado, mergulhando nas derivadas como se houvesse algum mistério da Antiguidade escondido na página, Marcus Scott abre a porta bruscamente e eu pulo, assustada. Todos se viram para ele, surpresos. Por que ele sempre faz isso? Com as mãos atrás das costas, ele fica parado no batente. *Ah, não, por favor, não... de novo, não, chega de convocações.* Quando consegue a atenção de todos, Marcus tira uma caixa rosa de detrás das costas e caminha pela sala como se a oferecesse.

— O que temos aqui? — pergunta sr. Walsh, meu outro professor favorito (ele e a srta. T estão empatados, mas eu jamais diria isso para nenhum dos dois), animado ao caminhar na direção de Marcus no meio da sala.

— Eu quero uma!

— Deixa eu pegar uma! — Os alunos começam a implorar.

Correção: A Caixa Rosa.

Todo mundo no Skyline sabe o que tem ali — donuts. Não sei bem como nem por que, mas há sempre uma enorme e brilhante caixa rosa de donuts do Red, a padaria local que faz as coisas mais gostosas, indo de uma sala para a outra. Alguém vem trazer ou distribuir ou as duas coisas, porque estão sempre disponíveis. Donuts, muitos e muitos donuts. Não que eu esteja reclamando. Em geral, são para os professores, mas se for alguém como o sr. Walsh, que é bastante generoso, os donuts também vão para os alunos. Como uma criança grande, ele se delicia com os confeitos coloridos em um donut de chocolate e, generoso, compartilha a alegria do açúcar.

Marcus passa por mim e diz com o canto da boca:

— Olha seu celular — em uma voz profunda e dramática. Apropriada.

Meu celular está enfiado no estojo, no modo avião. Eu o pego e vejo uma mensagem de Ezra. Meu coração para.

> **Ezra** 14h25:
> pede pra sair da sala e me encontra na árvore onde você fica durante o almoço. Perto das máquinas de venda automática.

Leio a mensagem e, para ter certeza de que não estou tendo alucinações, leio de novo. Sair da aula? Tipo, de cálculo, agora? Nem pensar. Como ele conseguiu meu número? Stalker.

Paro por um instante e observo o sr. Walsh, que está fazendo algum tipo de dança alegre de professor, balançando os ombros e um dedo indicador no ar, olhando para o donut que está comendo como se fosse um diamante. Jason Tanaka pula da carteira com o celular na mão e diz:

— Ô, sr. Walsh, deixa eu te mostrar esse vídeo! Você vai morrer de rir.

Jason está tentando enrolar ainda mais a aula e, pelo sorriso no rosto do sr. Walsh, acho que vai conseguir. Ao sair, Marcus ergue as sobrancelhas e murmura "celular" mais uma vez para dar ênfase.

Normalmente, o sr. Walsh não permitiria que vídeos de idosos fazendo dublagem de músicas de rap atrapalhassem seu precioso tempo de aula. Mas hoje? Agorinha? O poder do donut, aliado à loucura de fim de ano, venceu. Ele ergue as sobrancelhas para a tela de Jason. A luz do celular reflete em seu rosto.

— Tá bem, três minutos — diz para Jason, que já deu play no vídeo.

Eu não costumo sair durante as aulas, mas pode ser que aquela mensagem tenha a ver com as apostas. E, se preciso ir, agora é o melhor momento. Tenho três minutos. Posso voltar antes que ele termine outro donut. Será que devo...

Ir?

Ficar?

Não.

Hum.

Sarah Hawkins pega o celular e diz:

— Também quero mostrar um! — Dando início ao que com certeza será uma série de vídeos do WeTalk para evitar que a gente aprenda alguma coisa. Típico de alunos do último ano.

Respiro fundo.

Só desta vez.

— Sr. Walsh? Posso, hum... posso ir ao banheiro? — pergunto, mas já estou em pé.

— Rápido — responde ele. Eu me forço a andar devagar, tentando não parecer ansiosa demais, minha respiração saindo em pequenas lufadas de ar.

Ezra está de pé junto à árvore — *minha árvore* —, me observando caminhar em direção a ele.

Seu cabelo está preso com um elástico branco em um pequeno coque no topo da cabeça, e ele veste uma camisa tie-dye rosa-claro com as mangas arregaçadas e jeans escuros e justos, rasgados na barra. Quando me aproximo dele, vejo aquele sorriso, aquelas sardas. Meu estômago revira.

Por mais que Ezra seja bonito, não estou aqui para paquerar. São negócios e nada mais. Pigarreio.

Ezra se endireita, seu corpo comprido recostado na árvore.

A APOSTA DO CORAÇÃO 107

— Ei, e aí? — fala, com um leve brilho nos olhos. Juro que o tom de castanho muda de acordo com o humor dele.

Eu mexo no meu cabelo, sem saber o que dizer ou como agir, e me surpreendo com esse nervosismo. Quer dizer, é só o Ezra, pelo amor de Deus. Eu andava de patins na garagem dele, nossos capacetes, joelheiras e cotoveleiras combinando. Essa sensação de ansiedade deveria ser reservada a outra pessoa, tipo Michael B. Jordan, um homem que pretendo conhecer e me casar um dia.

Ezra dá um passo à frente, diminuindo a distância entre nós.

— Já queria falar faz um tempo, seus dreads estão ótimos. Eram tão curtinhos no nono ano, e agora você tá exalando a energia de Chloe e Halle. — Ele assume uma postura confiante, assentindo.

Fico sem saber o que falar. Tiro as mãos do cabelo. Os raios de sol atravessam uma nuvem e sinto o calor em meu rosto.

— Eu, hm, obrigada. — Calma... o que tá rolando aqui? Desde o elogio até o jeito que ele me olhou enquanto eu caminhava. Ajusto o foco. — Como você conseguiu meu número?

— Isso importa? Eu queria falar com você, só isso. — continua Ezra, piscando com seus longos cílios. — Andei pensando em nós dois quando éramos crianças, muitas lembranças surgiram. — Um dos cachos dele se solta e cai sobre a testa. Ezra o afasta com delicadeza enquanto retribui meu olhar.

— Ezra, por que você me chamou aqui? Eu deveria estar na aula. Calma. Como você sabia em que aula eu estava?

— Ah, para com isso, sj. Não é difícil deduzir sua agenda. É moleza. Walsh só dá aula de cálculo avançado duas vezes por semana, então, se você não está na minha turma, tem que estar na outra. Mesmo desempenho acadêmico, mesmas matérias, lembra? O par de jarras, ou sei lá o quê. — Um sorriso bobo surge em seu rosto, aquele que diz que ele gosta de estar certo. Sinto minhas bochechas esquentarem, e estou consciente do intenso contato visual que estamos fazendo.

Ele ergue um braço, se alongando, e depois desliza a câmera para a frente do peito, tudo em um único movimento que parece de ioga.

— Você devia me deixar tirar uma foto sua. — Os olhos dele brilham.

— Como é que é?

— Um retrato seu. A luz está tão boa agora. Você está aqui, eu estou aqui, a árvore está aqui. Você ficaria surpresa em ver como tem cenários bons para fotos no Skyline.

Sinto um frio na barriga e, quando passa, pisco repetidas vezes, pigarreando.

— O horário de aula não serve pra isso. Tenho coisas muito importantes para fazer e uma bolsa de estudos para conquistar.

— Você só pensa nisso mesmo, né? — Ezra larga a câmera, que fica pendurada em seu pescoço. — Eu sabia que você sofria de hiperfoco, mas...

— Isso... a escola, ser a oradora da turma, a bolsa... tudo isso é importante pra mim, tá? Alguns chamam de plano de cinco anos, outros chamam de metas, mas tenho coisas que quero fazer na minha vida, coisas que quero realizar, e não posso deixar ninguém nem nada entrar no meu caminho.

— Ha! — Ezra dá risada, o que começa a me incomodar. Assim que percebe isso, ele coça a cabeça. — Tá falando sério?

— Estou, muito sério. É isso que eu gosto de fazer, e você chegou pra bagunçar tudo.

— Eu ficaria magoado se não tivesse um plano ainda melhor. E vou compartilhar de graça com você.

Reviro os olhos, mas espero que ele continue.

— Meu plano é não ter um plano. Só aceitar o que a vida me der, sacou? — Ele arregala os olhos, empolgado.

Fazia tempo que eu não ouvia algo tão ridículo quanto o não plano de Ezra, e olha que na semana passada eu participei de uma discussão que se transformou em um debate sobre a existência de vida extraterrestre, tomando rumos muito estranhos muito rápido. Eu só dou de ombros. Impossível sermos um par de jarras — talvez antes, muito tempo atrás, mas é óbvio que agora somos completamente opostos.

Ezra endireita as costas e ergue o queixo para o céu.

— Lembra de quando você ganhou de mim na feira de ciências no oitavo ano?

Fazia muito tempo que não pensava nisso, mas ele desbloqueou uma memória, como se tivesse aberto uma foto live no meu celular que permitisse nos ver e ouvir com clareza. É engraçado como as lembranças se escondem. Elas esperam, ansiosas, até que alguém volte a procurá-las? E, sim, eu ganhei dele, mas aquilo nunca foi uma competição. Logo após a feira, fomos comer pizza, comemorando juntos.

— Fazer o quê? O pessoal adora um projeto sobre osmose.

Ele concorda.

— Adoram mesmo. E você era mais legal do que eu, o que era uma vantagem.

Quê? Ele está falando sério?

Ezra dá de ombros.

— Só tô pensando. Tem sido interessante relembrar como nós éramos... melhores amigos — diz ele, calmo.

— Isso foi há muito tempo. Antes de você... deixa pra lá.

— O quê? Pode falar.

Respiro fundo.

— Antes de você jogar nossa amizade fora. Você sabe o que fez.

Ezra balança a cabeça.

— Ei, tinha duas pessoas naquela briga.

— Mas agora tanto faz. Não somos mais os mesmos. Eu mudei, você mudou. A vida continua. Eu segui em frente.

Ezra inclina a cabeça, como se estivesse vendo meu rosto pela primeira vez.

— Seguiu mesmo?

Inspiro nervosa enquanto Ezra verifica seu relógio, um trambolho de prata volumoso com diamantes ao redor do mostrador azul. Ele semicerra os olhos e acena para alguém à distância.

— Eu tô indo, Ezra.

Ele ergue as sobrancelhas.

— Ah! Antes que eu me esqueça... você quer um donut? — diz.

Ezra se abaixa e tira uma caixa rosa de debaixo da mochila.

— Chocolate com granulado ainda é seu favorito? — pergunta, erguendo a tampa e revela aquelas coisas maravilhosas.

É igual à caixa que Marcus tinha, mas menor e... Ai, minha nossa. Tenho a sensação de que meu coração vai parar. Há quanto tempo estou aqui ouvindo as divagações dele?

Merda.

Antes que Ezra se levante, já estou correndo, voltando para a aula. Olha a hora no meu celular. O sinal vai tocar daqui a dois minutos. Não era para ter demorado tanto.

Na porta da sala de aula do sr. Walsh, respiro fundo antes de entrar. Não quero dar uma de Marcus. Seguro a maçaneta fria e abro a porta, surpresa com o que vejo.

A APOSTA DO CORAÇÃO 111

Conheço essa cena. Conheço esses sons. Lápis e caneta espalhados furiosamente nas mesas de madeira. Os alunos estão em transe enquanto correm para colocar suas respostas no papel, o ponteiro do relógio marcando o tempo que falta para acabar. É UMA PROVA SURPRESA.

A pressão aumenta no meu peito, atrás dos meus olhos, como se de repente eu estivesse inspirando ar demais.

Put...

— Sr. Walsh? — sussurro enquanto caminho em direção à mesa dele. — Posso fazer a prova? — pergunto. Aponto para os alunos e para minha mesa, então uno as mãos, implorando. Ele termina o último pedaço de um novo donut, pequenas migalhas brancas se acumulando em sua barba. O sinal toca.

Ah, não. Não, não, não.

— Aonde você foi, Sasha? Por que demorou tanto?

Merda. Não tenho uma boa desculpa. Eu fui enganada. Talvez seja melhor mentir, mas não tenho coragem de fazer isso. Maldita seja minha natureza boazinha.

Ele faz que não com a cabeça e imagino que seja de decepção, e isso me deixa ainda mais devastada.

— A resposta curta é não, você não pode fazer a prova. A resposta longa é, por favor, não saia da aula por tanto tempo se não quiser perder uma atividade importante. É importante estar na sala de aula. Você sabe disso. — Sua expressão é severa.

— Mas eu... — Quero pedir, implorar e dizer que estava lá fora por causa da droga de uma aposta, que Ezra está acabando com minha vida. Mas assim que esse pensamento surge, percebo o quanto parece ridículo.

— Para com isso, Sasha. — Kerry Patterson entra na conversa. Ela joga a pequena mochila de couro preto sobre o om-

112 DANIELLE PARKER

bro. — Você sabe as regras. Não está isenta delas. Só faltas justificadas são aceitas.

Cerro os dentes e resisto à vontade de virar o pescoço e encará-la na frente do sr. Walsh.

O sr. Walsh assente, concordando com Kerry.

Aff.

Tá bom.

Eu me viro para sair e vejo a caixa rosa dobrada no lixo dos recicláveis. Aquilo me atinge com tudo, como tijolos, como um balde de água gelada na cara. Fico vermelha de raiva. Meu pescoço queima. Estou começando a entender. Isso não foi uma coincidência, foi...

Uma distração planejada? Com isca e tudo!

Ezra, Marcus e os donuts... Ele sabia meus horários, sabia que teríamos uma prova surpresa. Será que planejou tudo isso só para me fazer perder alguns pontos? Para subir no palanque e me dar um sermão sobre minha vida? Fico mexendo na cutícula de um dos dedos.

O sr. Walsh coleta as provas dos alunos conforme eles saem, e eu fico parada ao lado da mesa dele, irritada demais para falar. Por fim decido pegar minhas coisas e sair da sala. Piso com força no chão de ladrilhos, os punhos cerrados.

Do lado de fora, o sol está forte, quase ofuscante. Corro de volta para a árvore, mas Ezra não está lá.

Pego meu celular e pressiono a tela com tanta raiva que mal consigo ver o que estou escrevendo.

> **Sasha** 15h11:
> Você me fez perder uma prova?
> DE PROPÓSITO?

Os três pontinhos não demoram para aparecer na tela.

Ezra 15h11:
o negócio é o donut (referência de Hamlet)

Sasha 15h12:
por que você faria isso?
Eu nunca faria isso com você.

Ezra 15h12:
meio que é esse o ponto...

Ezra 15h12:
tudo é válido no amor e na guerra.

Eu respiro fundo, meu coração acelerado. Sinto que sou o Hortelino e talvez Ezra seja o Pernalonga. Ele deve estar em algum canto, observando a fumaça sair do topo da minha cabeça. *Você me pegou, Ezra. Me pegou.*

Tá bem, pense, Sasha. Perder um teste não pode me desviar *tanto assim* do meu caminho, né? São dez pontos, vinte no máximo. Mas então eu me lembro do seminário da semana passada, aquele em que fiquei sentada que nem uma estátua, e sinto um nó na garganta. Se eu começar a perder pontos nas aulas, talvez não consiga manter minha classificação. Se eu não conseguir me manter no primeiro lugar, como vai ficar tudo isso? Pode ser que Ezra nem precise das apostas. É esse o raciocínio dele? É isso que ele está fazendo, me confundindo ao piscar seus estúpidos cílios para que eu resista menos?

Fecho os olhos e faço o possível para visualizar minha família na plateia na formatura e eu no palco. Eu me esforço, tentando vê-los, todos nós juntos, comemorando minha vitória. Mas a imagem é confusa. Desde que Ezra voltou à minha vida, isso parece fora de alcance. A culpa é toda dele. De que outra forma posso explicar o que aconteceu hoje?

CAPÍTULO 14

A terça-feira corre com agradável previsibilidade na escola (e, de verdade, não ia querer que fosse de outra forma). Então, na quarta de manhã, a sra. Gregg diz as inesperadas palavras:

— Bem, pessoal, eis o momento que vocês estavam esperando. Vou devolver as redações sobre *Hamlet.* — E eu quase caio da cadeira.

O vencedor da Aposta #1 pode, por favor, se levantar?

Eu me endireito, batendo o pé de nervosismo. Ela passa por mim três vezes antes de finalmente colocar minha redação na mesa. Folheio todas as páginas o mais rápido que meus dedos conseguem se mover.

Ah, aqui está.

Deixo escapar um suspiro de alívio. Eu poderia chorar. A nota no papel é tão linda, tão bonita. Já existiu algo tão maravilhoso?

Um 9,9.

Quase perfeito. Foi por um décimo, mas vou aceitar. Não tem como a nota do Ezra ter sido mais alta. Aposto que ele tirou um 9,5, isso chutando alto. Sinto meu corpo relaxar. Estou extasiada de felicidade.

Folheio a redação, relendo os comentários, saboreando o sorrisinho que a professora colocou na última página, e o nó no meu estômago afrouxa um pouco. Priscilla pega a redação dela, verifica a pontuação e vem até mim.

Ela ergue o papel no ar como um troféu.

— Tirei 8,4! Sem zoeira, eu fiz a redação no dia da entrega, de manhã. Odeio admitir o quanto estou ficando boa nesse negócio de procrastinar. Olha... talvez isso seja de fato uma habilidade que a escola deveria nos ensinar, é útil para a vida.

— Com certeza não é — diz a sra. Gregg ao passar por ela.

Priscilla bufa e eu dou risada.

— Bem, se esse é o segredo do ensino médio, então o que eu tenho feito esse tempo todo? Calma... não responde.

— Ela sorri, seu batom roxo escuro fazendo-a parecer mais malandra do que nunca. Fico estressada com a forma como Priscilla procrastina e deixa tudo nas mãos do acaso. Mas ela é minha melhor amiga e, apesar de toda a procrastinação, eu a amo.

Além do mais, ela odeia quando faço o que chama de "discurso de orientador educacional que ninguém pediu". E não posso deixar de revirar os olhos quando ela diz isso, porque, vamos ser sinceras, os orientadores desta escola raramente dão bons conselhos. Como quando fui instruída a me candidatar a apenas uma faculdade porque sou uma "favorita". Eu me candidatei a doze, por segurança.

Saímos juntas da aula da sra. Gregg, e eu seguro a redação em minhas mãos como se estivesse empunhando uma espada.

— Quer uma carona pra casa? — pergunta Priscilla.

A APOSTA DO CORAÇÃO 117

— Acho que não. Preciso encontrar Ezra e mostrar contra quem ele está competindo. — Agito minha redação que mereceu um 9,9.

— Ah, dã. Ezra. Quer que eu espere por você? Por mim, tudo bem. A gente pode sair depois, ir provar as sobremesas daquele lugar novo — oferece Priscilla.

Ergo o queixo para o céu e avalio o tempo. O dia está lindo, azul com nuvens brancas flutuantes. Perfeito para comemorar uma vitória.

Tudo ao meu redor está mais bonito, mais agradável. O mundo sempre foi tão lindo assim?

— Tô de boa, obrigada. Vou esperar por ele e depois volto pra casa. Vai me fazer bem tomar um pouco de ar fresco.

Priscilla dá de ombros.

— Você quem sabe. Me liga ou manda uma mensagem pra contar o que rolou. Você é incrível. Você é um cérebro grande e bonito com pernas longas. — Ela me cutuca quando nos aproximamos do nosso local de almoço, erguendo o queixo na direção da nossa árvore.

Ezra já está lá, encostado no tronco. Está vestindo uma blusa folgada e seus braços são mais definidos do que eu me lembrava. São musculosos, mas não de um jeito ruim. Ele veste uma bermuda de basquete e tênis de cano alto. O cabelo está bagunçado. Os cachos pretos caem em sua testa, cobrindo os olhos, e ele tenta afastá-los.

Respiro fundo e expiro, e de repente percebo que preciso me equilibrar.

— Vamos lá — digo ao me aproximar.

— Ah, oi pra você também, SJ. — Ele ri e vasculha a mochila, tirando a redação que fez. — Como devemos fazer a grande revelação?

Meu corpo parece derreter e tento manter a compostura. Estou um pouco nervosa, mas é impossível que Ezra vença meus 9,9. Eu ergo o queixo.

— Vamos dizer nossa nota no três.

— Tem certeza?

— Sim, sim, tenho certeza. — Minhas palmas suam um pouco.

— Tá, quem vai contar? Você quer fazer as honras? — pergunta. Seu sorriso é tão grande que quase chega a ofuscar.

— Tá bom. — Limpo minhas mãos no moletom. — Eu conto. Vamos, então. Um, dois...

— Dez! — Ezra deixa escapar.

— Ei! Você falou antes!

Ele ri mais alto desta vez, então segura meu cotovelo por um segundo. O toque é leve e quente, mas não consigo me concentrar nisso porque o chão parece ter sumido debaixo dos meus pés.

— Agora me fala sua nota. — Ele solta meu cotovelo e uma nuvem cobre o sol.

— Tirei 9,9 — resmungo.

Eu perdi.

Merda.

— Ah. Sim, hum. Essa nota é boa também. — Ezra ajeita a gola da camiseta. Ele mente muito mal.

Meus 9,9 não foram bons o bastante. Estou me esforçando para tentar entender o que está acontecendo, essa sensação estranha e desconhecida, porque, até então, tudo que já fiz, todos os meus esforços sempre foram incríveis na medida certa.

— Deixa eu ver sua redação — exijo, com uma das mãos na cintura e a outra estendida. Ele me entrega o papel, e

A APOSTA DO CORAÇÃO 119

meus olhos correm rápido pelas palavras que gritam em tinta vermelha. — *Muito bom... Ótima análise... Não tinha pensado nisso... Excelente ponto... Ótimo trabalho ao conectar gênero e classe social na Inglaterra elisabetana* — leio baixinho. — *Essa análise com certeza é digna de um trabalho de faculdade.* — Meus braços ficam arrepiados.

Dou outra olhada nas páginas. Sem chance.

Esse cara?

Alguém que nunca esteve no meu radar enquanto estava no Skyline, até que fui chamada ao escritório do diretor pela segunda vez.

Estou tonta.

— Não dá pra acreditar, eu... — Entrego a redação de volta para ele, o desgosto estampado na minha cara.

— Não dá pra acreditar no quê? Que eu sei escrever? Que tirei uma nota maior que a sua? — Ele mexe o pescoço, erguendo as sobrancelhas como se dissesse, *sério?* Então franze a testa como se estivesse ofendido.

— Não, não acredito em nada disso. Ela nunca dá mais que 9,9, ela... — Eu me atrapalho e me sento no chão. Meu corpo afunda na terra, que provavelmente deveria me engolir por inteiro.

— Eu sabia que você viria com tudo, então fiz questão de me empenhar mais. — Ezra sorri.

Então é isso. 1 x 0. Ele está na frente.

Ezra aproxima o rosto do meu.

— Odeio interromper o que quer que esteja acontecendo com você, mas tenho que ir. Se eu ganhar a próxima, acabou. Uma vitória esmagadora, como dizem.

Certo, Sasha. Foco. Você não perdeu... ainda.

Ganhar a próxima aposta, empatar tudo. Ainda tenho chances.

Nossos rostos estão quase se tocando. Estou com dificuldade de enxergar.

— Como eu ganhei — acrescenta Ezra —, você vai ser minha assistente. Amanhã, depois da aula, na câmara escura. — Engulo em seco, porque é a única função corporal que ainda pareço controlar. Ele continua: — Alô? Terra para Sasha? Você me ouviu? Pisque uma vez se estiver ouvindo.

Eu pisco. Ao menos ainda consigo fazer isso.

— Ótimo. Vejo você amanhã, então?

Preciso de todas as minhas forças para mexer a cabeça. Assinto.

Dois pontos. Dois míseros pontos.

Ezra pula, como um bonequinho na caixa de surpresa.

— É campeão! É campeão! — canta para si mesmo. Ele mexe os braços de um lado para o outro e então faz um dab. Está animado, como se tivesse saído de um videogame. — Isso tá fácil demais.

CAPÍTULO 15

— **Você tá atrasada de novo** — protesta Ben assim que entro na sala da srta. T. — Quer dizer que você tá me devendo salgadinho, Khadijah. — Ele estende a mão para ela.

— Só estou uns dois minutos atrasada — digo, mas a aula de reforço da tarde já começou. Tive que ir até a biblioteca pegar um livro, já que ela estará fechada quando Ezra e eu terminarmos hoje. — Devo ficar ofendida por você apostar contra mim?

— Nem um pouco. Acho que é um bom sinal, mostra o quanto eu conheço você — responde Ben, e covinhas aparecem em suas bochechas rechonchudas quando ele sorri.

Khadijah enfia a mão na mochila e joga um saco de Hot Cheetos fechado para Juan.

— Não me matem, mas na verdade eu tenho que ir — murmuro, dando dois passos para trás.

— O quê? Por quê? — pergunta Juan.

Eu paro. Como posso explicar?

— Eu tenho que... fazer um negócio... na câmara escura.

Khadijah se anima.

— Tem uma câmara escura aqui?

Exatamente o que pensei, mas com menos empolgação.

— Chance? Priscilla? — choramingo. *Por favor, me digam que conseguem cuidar da aula,* penso. Chance ergue a mão e me expulsa. — Venho na semana que vem, prometo. — Eu me viro antes que eles terminem de se despedir.

Atravesso o campus e adentro territórios desconhecidos para ser a ajudante de Ezra. A escola pós-aula está agitada como sempre — alunos andando de skate, um grupo de garotas do segundo ano se preparando para o treino da equipe de vôlei e o som de bolas de basquete quicando no chão de madeira do ginásio. A escola tem toda uma vibe de *O médico e o monstro*. Durante o dia são só negócios, aprendizados e reflexões. Mas, assim que a aula acaba, vira uma espécie de caos organizado, uma combinação emocionante de energia, empolgação e agressividade reprimida. Ao menos para alguns.

Quanto mais me aproximo, mais meus pés começam a se arrastar. Aff. Preferiria estar em qualquer outro lugar do mundo agora, mas fizemos uma aposta.

A sala de fotografia fica afastada, em um prédio antigo perto da pequena quadra de basquete, e não costumo frequentar nenhum dos dois lugares. Acho que ainda tem algumas coisas que preciso conhecer por aqui. Sempre estive tão ocupada tentando tirar notas boas que nunca pensei em tudo o que o Skyline tem a oferecer ou no quanto sua estrutura é boa quando comparado com outros colégios. Pelo menos não até Ezra mencionar isso. Mas é verdade, nem todas as escolas funcionam da mesma forma. Acho que tenho sorte de ter acesso às atividades que temos aqui, mesmo que seja tarde demais para realizá-las. Tem algumas coisas excelentes disponíveis para os alunos do último ano, como a bolsa de orador da turma, por exemplo. Sim, ainda estou pensando nisso. Como poderia não pensar?

Quando chego ao laboratório de fotografia, empurro com força a porta pesada e antiga para entrar. O espaço está vazio, mobiliado apenas com escrivaninhas velhas de madeira. Na parede em frente à porta há uma placa velha pendurada, pintada a mão, que diz CÂMARA ESCURA em letras verdes desbotadas com uma seta. Sigo a placa até outra porta. Quando abro, sou cercada pela escuridão total, mas acho que deveria ter previsto isso. Por instinto, estendo a mão. Por favor, por favor, não deixe ninguém pular ou me pregar peças agora porque tenho certeza de que desmaiaria ou faria xixi nas calças.

Felizmente, sou recepcionada por uma suave cortina preta. Abro caminho através de suas várias dobras e, devagar, vou aos tropeços para um pequeno corredor. Está escuro como breu, mais escuro do que eu jamais imaginei, mas estou surpresa com minha facilidade para andar ali. Então sinto com as mãos outra grande cortina de feltro preto. Passo por uma cortina pesada e depois por outra, quase me sentindo confortável, até que, por fim, encontro outra maçaneta.

Quando abro a porta, congelo, boquiaberta. A câmara escura é... deslumbrante.

Leva alguns instantes para meus olhos se ajustarem, e então todo o preto se desvanece, dando lugar a um vermelho mais suave e bonito. Sedoso. Macio. Sensual.

Para ser sincera, estou maravilhada.

É um lugar confortável para trabalhar, com espaço o bastante para acomodar seis alunos. No meio da sala há várias pias presas a tubos de plástico. A água flui pelos tubos, fazendo um eco suave como o de um riacho. É tranquilo. Grandes máquinas e mesas pequenas revestem as paredes. Fotos em preto e branco em diferentes formas e tamanhos estão penduradas acima das tinas de água, em prendedores de roupa. Do outro lado da sala está Ezra.

Eu não me mexo. Estou presa por esse sentimento indescritível.

O espaço é relaxante. Respiro fundo, faço uma pausa. A preocupação da semana passada começa a desaparecer — diminui como uma música e depois para. Meus batimentos desaceleram e eu relaxo.

Ezra se alonga e se endireita como um gato. Ele está usando um avental comprido por cima da roupa, além de óculos redondos de arame. Ezra de óculos! Eu não vejo isso desde... quando? O sétimo ano? Antes de fazer amizades, se tornar popular no ensino médio e começar a dizer que se chamava "Ez". Eu me esforço para não rir, mas é difícil. Quando a gente era mais novo, ele sempre perdia os óculos (mesmo que estivessem no alto da cabeça, escondidos nos cachos) ou, nas manhãs frias, ficava com as lentes embaçadas quando tentava aquecer as mãos.

Ele apoia o que quer que esteja segurando e ajeita os óculos no nariz.

— Oi. Eu não sabia se você ia vir mesmo.

Ergo as sobrancelhas, a tensão do dia se esvaindo por completo do meu corpo.

— Isso é... — Tento encontrar as palavras certas para o que estou sentindo, mas não consigo. Isso é algo verdadeiramente especial. Mágico, até. Um daqueles momentos em que não há palavras para descrever a emoção porque ela é mais profunda do que a linguagem.

A APOSTA DO CORAÇÃO 125

— Bem, agora que você chegou, preciso que coloque essas tiras de teste naquelas folhas de plástico do projetor. Cuidado com as impressões digitais... a última coisa que preciso são de impressões digitais nelas. Quando todas estiverem nas tiras, vão para os fichários. Mas tome cuidado para manter tudo em ordem. No momento, estão em ordem cronológica e eu gostaria de manter assim.

Tá beeeeem.

— Bom ver você também — murmuro enquanto vou até a cadeira e jogo minha mochila no chão.

— Desculpa, é que tem muita coisa para fazer — responde ele, apontando para a pilha de quê? Duzentas? Quinhentas? Tiras-teste para guardar. Eu suspiro. Perdi a primeira aposta. Vamos adicionar cada tira à longa lista de razões pelas quais NÃO vou perder outra.

— Sua tarefa poderia ser muito pior, sabe? Acredite em mim, pensei muito nisso — avisa ele do canto da sala. — Mas acho que perder já é ruim o bastante. Além disso, preciso dessa ajuda. — Ezra se vira para mim e passa a mão pelo cabelo. — Acho que me atrasei no meu trabalho. É difícil se livrar dos velhos hábitos.

Franzo os lábios. Se ele está falando de mim ou do trabalho, não sei dizer.

Eu me ajeito na cadeira e começo. Ezra e eu trabalhamos em completo silêncio. A cada três minutos, mais ou menos, ele anda pela sala em um movimento circular, como os ponteiros de um relógio. A cada dois minutos, um cronômetro dispara e ele corre para uma bacia de água para remover uma impressão grande. Às vezes acho que posso senti-lo olhar para mim. Outras vezes, paro para vê-lo se mover com tanta fluidez, como um dançarino. Ezra está focado, posso dizer pela respiração e pelo ritmo dele. Quando não consegue entender alguma coisa, ajeita os óculos finos no nariz e puxa a orelha. Fica ali parado, a postura perfeita, e leva a mão ao queixo de vez em quando, como se isso o ajudasse a pensar. É cativante. Eu conheço essa expressão. Sou eu durante uma prova. Sou eu criando a apresentação mais bonita de todas. Sou eu preparando os alunos da aula de reforço para um teste. É a zona de concentração. E Ezra está nela. E por mais que eu o odeie, não posso odiar sua dedicação. Então continuo olhando para ele por um momento ou dois. O brilho da sala faz com que ele pareça, bem... atraente.

Ele deve notar que estou observando, porque se vira para mim e quebra o silêncio.

— Como está indo por aí? Terminou tudo? — Ele caminha em minha direção, depois para no meio da sala, perto das pias.

— Ezra. Eu acabei de começar. Faz no máximo dez minutos que cheguei. Me dá um tempo.

— O quê? Você precisa de um rascunho primeiro? Cadê seus post-its, aliás? E aquela caneta fofinha rosa em forma de pássaro? Ou de gato, não sei.

Eu sorrio.

— Alguém tem prestado atenção em mim. — Assim que as palavras saem da minha boca, quero voltar atrás. Não espero pela resposta dele. — É um flamingo, e não comece a falar do meu material. Agora, não. Estou achando isso tão...

Um sorriso descontraído domina o rosto de Ezra.

— Zen? — A voz dele tem um tom menos debochado.

— Para ser sincera, sim.

Parece um pôr do sol em uma noite de verão. Toalhas quentes e fofinhas saídas da secadora. Ele sorri de novo. Os

A APOSTA DO CORAÇÃO 127

tons de vermelho atrás dele criam um brilho em sua camiseta branca, fazendo sua pele negra brilhar.

Não sei se é o comportamento calmo dele, mas consigo recuperar o fôlego e falar de forma tranquila:

— Você tem sorte de poder trabalhar aqui, e de que isso existe pra quando você quiser usar. É tipo um pequeno santuário.

Todo mundo precisa de um espaço seguro para onde ir e simplesmente... existir. Estou com um pouco de inveja de Ezra por ele ter um. Eu me pergunto qual poderia ser o meu. De certa forma, tenho a biblioteca, mas não é a mesma coisa. A biblioteca ainda está ligada aos trabalhos da escola, e sou boa nisso, mas não sei. Não é libertador ou calmante. Não dessa forma.

— Não é? Sabia que você ia entender. — Ele tamborila os dedos na mesa. — Meu pai me deu minha primeira câmera analógica quando nos mudamos para Nova York, tipo um presente de distração do divórcio. Me viciei desde a primeira foto, fiquei obcecado. Isso meio que me ajudou a entender uma nova cidade e minha nova vida. Me ajudou a ver as coisas de um jeito novo. Uma companhia. — Ele ajeita os óculos no nariz de novo e sorri. — Este é o meu refúgio. A calmaria em meio à tempestade. Todos os outros fotógrafos do último ano ficam no laboratório de informática. Eles são viciados em Photoshop e digitalizam tudo o que podem. Não me leve a mal, o Photoshop é ótimo e fazer memes de vez em quando é divertido, mas isso, revelar as fotos aqui, é mágico. É a minha magia. — A covinha dele aparece.

— Percebi. Até isso... — digo, apontando para a grande pilha à minha frente. — É... impressionante.

Ezra ri.

— É, tem razão. Encontrei muitos negativos antigos dos meus pais dos anos 1980 e 1990. Tenho trabalhado um pouco com eles, revelando alguns. Quer ver uma novidade? Tenho que te mostrar, acho que vai gostar.

Ezra limpa as mãos no avental e caminha até minha mesa. Antes que eu possa me mexer, ele está atrás de mim, seu peito quase nas minhas costas. Os braços, compridos e bem torneados, me envolvem. Ele abaixa o rosto e folheia o fichário. Seu braço roça o meu. A pele dele é delicada e quente. Eu congelo, me perguntando se só eu estou percebendo o quanto nossos corpos estão colados. Quase posso ouvir o coração dele bater. Quando encontra o que quer me mostrar, Ezra enfia a mão no bolso, tira um pequeno visor preto e me entrega.

— Aqui. Usa isso. — Ele dá dois passos para trás.

Eu saio do transe, fazendo o meu melhor para não sentir o cheiro dele — jasmim e sândalo, uma combinação inebriante. Quando levo o plástico ao olho, tudo o que vejo de repente fica mais nítido. À minha frente estão pequenos quadrados de fotos em preto e branco. Tem algumas do pai dele, em locais que não conheço. As outras são da mãe. À primeira vista, as imagens parecem iguais, mas há diferenças sutis.

Ela está no quintal, com a mão na barriga, e há folhas atrás dela. Os tons criam um profundo contraste de claro e escuro nos lugares certos — a pele, o cabelo, o céu. Nas primeiras fotos, não é possível distinguir muito além do enquadramento; mas à medida que vou passando os retratos, as variações começam a aparecer. No rosto, no comportamento, na energia que Ezra consegue captar ao redor dela. E, obviamente, a diferença no tamanho da barriga, cada vez maior. Crescimento. Transformação.

A vida está acontecendo agora e sendo criada.

A APOSTA DO CORAÇÃO 129

— O que você acha? Seja sincera — pergunta ele, ansioso.

— Estão lindas demais. São suas?

Eu me viro e nossos olhos se encontram. Ele assente, tímido. Está orgulhoso.

— E sua mãe?

No mesmo instante, sou levada de volta para sua casa vitoriana clássica, na parte mais agradável da cidade, onde quase todas as casas têm dois andares e uma vista panorâmica da baía. Posso vê-la, ao piano Steinway deles, os olhos fechados e os dedos leves sobre as teclas brancas. Ela praticava seus aquecimentos vocais, arpejos que se tornavam nossa trilha sonora enquanto subíamos e descíamos as escadas. Posso ouvir a voz suave e doce dela, perguntando se eu gostaria de ficar para o jantar de Shabat. Posso ver seus brilhantes olhos azuis no espelho retrovisor do carro quando ela me deixava em casa depois de uma tarde de diversão.

Ela está...

— Grávida. Cerca de sete meses. Se casou de novo faz um ano. Eu vou ser um irmão mais velho. — A empolgação na voz de Ezra é elétrica. Até os olhos dele parecem brilhar.

— Uau. Parabéns a todos vocês. Mazel tov, né?

Ele esfrega a nuca e dá risada.

— É... quer dizer, sim, isso mesmo. Obrigado.

Fico enternecida imaginando a mãe dele, e não posso deixar de pensar na minha. Nunca cogitei que minha mãe pudesse voltar a namorar. Será que ela faria isso? Se casar de novo? Será que gostaria de ter mais filhos? Eu poderia ser uma irmã mais velha ou ficaria com muito ciúme? Acima de tudo, será que ela superou o luto? Eu superei?

No inverno passado, tivemos uma grande tempestade na Península que fez a energia cair no nosso bairro durante a noite inteira. De manhã, minha mãe abriu a geladeira para ver se a comida tinha estragado. Quando abriu a porta do freezer, deu um grito tão alto e agudo que me transportou para outro mundo. Ela se jogou no chão, chorando, com uma dor palpável.

Antes de morrer, meu pai fez uma assadeira de lasanha e enfiou no freezer com suas outras criações. Ele vivia fazendo isso, preparando refeições e congelando *só por garantia*. Embora tenhamos nos mudado para o outro lado da cidade, minha mãe fez questão de guardar o último prato preparado por ele, o último presente físico que nos deu. Mas a tempestade, a queda de energia e o alumínio fizeram a lasanha estragar, apodrecer. Por uma hora, minha mãe pensou no que fazer. Guardar? Jogar fora? Ela pensava sem parar. Por fim, jogou na lixeira da cozinha e eu recolhi o lixo.

Abaixo a cabeça e, em voz baixa, digo:

— Ela está tão feliz.

Ezra semicerra os olhos, quase fechando-os atrás dos óculos.

— Está, sim. Se ela está feliz, eu estou feliz. — A voz dele estremece.

— Isso é o mais importante, né? Ser feliz?

Ezra abre a boca e há um novo nível de incredulidade no rosto dele, que nunca vi antes.

— Não leva a mal, mas você está de zoeira, certo? — Ele se aproxima de mim.

— Hã? Não. Como assim?

— Você é feliz, SJ? Tipo, a felicidade é algo que você busca de verdade na vida? Porque, pelo que percebi, você está obcecada com uma única coisa...

— Não é verdade — interrompo.

— Ah, é? Responde rápido, sem pensar: qual foi o último filme que você viu?

A APOSTA DO CORAÇÃO 131

— Eu...

— Qual foi o último show a que você foi?

— Tudo bem, você está...

— Eu disse sem pensar. A primeira coisa que vier a sua mente. Quando foi a última vez que você foi a uma festa? Você vai ao baile?

Cruzo os braços.

— Isso é uma falsa equivalência... só porque você pensa...

— Tá, me responde só uma coisa: quando foi a última vez que você saiu com alguém? Deu uns beijos?

Ezra está com as mãos na cintura, me olhando como se conhecesse muito bem meus segredos... ou a falta deles.

Não estou mais me sentindo bem. De repente, a sala parece ficar menor. Tem janelas aqui? Preciso de luz solar de verdade. Não há luz vermelha no mundo que vá me acalmar de novo.

— Sei o que você está tentando fazer — digo — ou insinuar, e isso não é nada justo. Eu me dedico aos meus estudos. O sucesso me faz feliz. Essa é minha prerrogativa e como mostro minha dedicação...

— Ai, nossa, você andou falando com meu pai? — pergunta Ezra, beliscando a ponta do nariz.

— O que isso deveria significar? — pergunto. Ele não responde, então eu continuo: — É sério, me explica. Porque, pelo que me lembro, seu pai é um cara incrível, legal, gentil e *dedicado*, então obrigada. Você sabe a sorte que tem por ele estar na sua vida? Ser sua inspiração?

Ezra para e seu rosto fica inexpressivo.

— Foi mal, não quis dizer nada com isso. Eu acabei de...

— Eu sei. — Forço as palavras, mas sinto um nó na garganta de repente.

Quando meu pai morreu, fizemos um funeral pequeno, e Ezra foi meu único amigo a ir. Tá, ex-amigo. Acho que quando você tem treze anos, funerais não são o lugar mais empolgante do mundo. Nenhum dos meus outros colegas conseguiu comparecer, e eu ainda não tinha Priscilla ou Chance. Mas Ezra e o pai apareceram.

O clima na câmara escura mudou. Nós dois estamos pisando em ovos, sem saber como lidar um com o outro. Pode ser que estejamos prestes a atingir o ponto mais vulnerável, compartilhando tudo; ou podemos ignorar o passado e como ele influencia nosso presente e fingir que não sabemos a história um do outro.

Ezra para e me encara com tanta intensidade que me deixa inquieta. Nada em seu rosto ou corpo parece se mover, enquanto eu, por outro lado, estou ciente de cada fio de cabelo meu.

— Que foi? — protesto, constrangida apenas por existir.

— Agora fiquei curioso de verdade. Você vai ao baile? Tem um par?

— Eu... — Minha garganta aperta. Minhas bochechas queimam.

— Último show? — ele volta a perguntar.

Olho para o chão de ladrilhos, que parece um tabuleiro de damas em preto e branco.

— Hummm — diz ele, como se estivesse vingado ou algo assim.

— As coisas que te fazem feliz não precisam me fazer feliz. — As palavras saem da minha boca, mas não soam convincentes.

— Ok, talvez isso tenha soado errado. Você deveria estar feliz. Acho que você merece ser feliz, é só isso que estou tentando dizer.

A APOSTA DO CORAÇÃO 133

— Que breguice, hein? — digo, mas sorrio.

Ezra sorri, depois volta para seu posto e trabalhamos em silêncio por mais vinte minutos. Tento não olhar para suas tiras-teste e fotos reveladas, mas é difícil. A curiosidade que tenho por essa parte dele oscila entre me convencer de que odeio isso (e por extensão, ele) e me maravilhar com seu talento, apesar de tudo (de ele ter arruinado minha tarde e, possivelmente, meu futuro).

Penso na minha mãe e no quanto eu adoraria ter nossos momentos sagrados capturados assim, de forma física, para ter algo em que me agarrar. Há tantas lembranças e momentos da vida que eu gostaria de poder capturar e guardar, porque nossas memórias costumam ser pouquíssimo confiáveis. Eu gostaria de ter mais fotos do meu pai, e sei que deveria me esforçar mais para criar mais memórias com minha mãe.

Depois de um momento, me acalmo e minha curiosidade fica mais intensa.

— Essas fotos são do seu projeto do legado?

Ezra franze a testa.

— Lógico que não. Sem chance. Não vou fazer isso.

— Não, você não vai usar as fotos? Ou não, você não vai fazer o projeto?

— Tanto faz. O projeto do legado é meio tosco, na minha opinião. Eu não deveria ser forçado a saber que tipo de legado quero deixar no mundo. Não agora, pelo menos. Me deixa respirar. Ter que fazer mais do que assistir às aulas para me formar? Eu acho bem estranho.

— Como assim? Por que não começar a pensar nessas coisas? Se não pensar agora, então vai pensar quando? Quer dizer, o projeto do legado não precisa ser definitivo. É só uma maneira de fazer a bola rolar. — Não sei por que, mas me levanto. Minhas mãos me firmam na mesa.

— Perguntar a um aluno do último ano do ensino médio sobre seu legado é péssimo. Uhhhhh. Chato — protesta. Se eu não o conhecesse melhor, acreditaria nele. Mas algo não bate. Isso não faz sentido.

— Que ridículo — digo. Ezra acha que pode me enganar e me fazer pensar que ele é blasé assim, mas não pode. Ele não responde, então continuo: — É por isso que você não se candidatou a nenhuma faculdade? Quais são seus planos pra vida depois de se formar, então? — Fecho o fichário e dou um passo na direção dele.

— Isso é conversa para um segundo ou terceiro encontro, não acha? — Ele finge uma risada.

— Ezra Philip Davis-Goldberg, responda à minha pergunta. Não tente sair dessa com piadinhas. Você é o melhor da sua turma e não tem planos para depois da formatura? Me explique como isso faz sentido. — Nós nos encaramos por um momento, e eu tento outra abordagem. — Você é talentoso demais para não ter um plano. Eu acabei de...

Mas ele nem faz contato visual comigo.

— Até nessas fotos, tem muito potencial. — Ele fica tenso ao ouvir a palavra. — Tá. — Desisto.

—Tá. — Ele repete.

Porém, eu não quero desistir, porque eu me importo. Não por ser o Ezra, mas, sabe, tipo, me preocuparia se fosse qualquer um. Às vezes, só precisamos de um pouco de motivação. Incentivo ou algo assim.

Ezra pendura algumas fotos perto das pias e eu entrego o fichário pesado para ele. Ele junta seus pertences e se aproxima de mim, removendo os óculos com cuidado, deixando marquinhas nas laterais do nariz.

— Fico comovido com sua preocupação. Vamos embora. Podemos comer um donut enquanto falamos disso. Por minha conta.

E lá vamos nós. Outro lembrete de que tudo é uma piada para ele. Incluindo o título de orador e a bolsa de estudos.

— Não, valeu.

—Ah, para com isso. Desculpa por ter tirado você da aula. Não deu pra evitar. Eu juro que não sabia no que ia dar isso do donut. É que, sj, não sei por que ajo assim perto de você.

— Ezra coça a nuca. Nós dois ficamos em silêncio, e então ele continua: — É muito doido, sabe? É como se eu te conhecesse, mas não te conheço, então não tenho certeza de como agir. Você também deve se sentir assim. Eu não sei explicar, mas talvez eu consiga se a gente for comer alguma coisa. O que você acha? Tacos? Tortas? Batatas fritas? Eu pago.

Coloco a mochila no ombro e vou em direção à porta. Não vou cair nessa de novo, seja lá o que for.

— Obrigada pelo convite, mas tenho coisas a fazer.

— Estudar? — Há uma pitada de deboche misturado com curiosidade em sua voz.

Eu dou de ombros.

Ficamos em silêncio, observando um ao outro. O que fazer agora? Usar mais ironia? Mais humor?

Ezra passa a língua nos lábios, e não fico nada feliz em perceber o quanto estou reparando em cada movimento dele.

— A aposta dois ainda tá de pé? — pergunto enquanto ele sorri, tímido.

Ótimo. Porque eu preciso ganhar dessa vez.

CAPÍTULO 16

Vou rapidamente na direção da saída, andando que nem um zumbi, com os braços estendidos, enquanto a luz vermelha se esvanece, dando lugar ao breu. Meus olhos se ajustam à escuridão e as dobras suaves da cortina me recepcionam. Preciso cair fora agora.

Meus dedos esbarram na porta primeiro e dou um empurrão. Nada. Eu me aproximo, sinto o cheiro de madeira mofada quando tento de novo. A porta não abre. Mexo a longa maçaneta e ouço o trinco chacoalhar. Está trancada.

— Merdaaaaa — resmungo. — Péssima ideia, a pior ideia de todas.

Encosto a testa na porta e fecho os olhos — não que isso faça alguma diferença, não consigo enxergar nada mesmo.

Meu cérebro está prestes a colapsar quando sinto a mão de alguém na parte inferior das minhas costas e dou um grito.

— Ei, ei, ei. Calma. Sou eu. — Ezra me agarra pelos ombros quando me viro.

Consigo sentir a respiração dele. O ar faz cosquinhas no meu lábio superior. Ficamos parados na escuridão total por alguns instantes. Meus batimentos estão acelerados. Era para o ritmo do meu coração ter diminuído. É só o Ezra, eu estou bem. Porém, tudo dentro de mim começa a acelerar, como quando tomo café de estômago vazio.

— Vamos. — Ezra segura uma das minhas mãos e me leva de volta para a câmara escura. Ele entrelaça os dedos nos meus, como se eu fosse um balão e ele não pudesse me deixar sair voando.

Quando voltamos para a luz vermelha, ele aperta minha mão.

— Juro que não foi de propósito. Sei o que está parecendo.

Ezra faz uma cara de filhote, de alguma forma fazendo os olhos brilharem, mas não consigo responder. As palavras estão em algum lugar. Não na minha boca. Só consigo prestar atenção no toque dele, na minha mão, nos dedos ainda entrelaçados, conectados.

— Juro que não faço mais piada — continua ele. Eu mereço isso. Kevin... Conhece o Kevin? Aquele altão com um black? Enfim, a gente passou o ano pregando peças um no outro. A câmara escura é trancada por fora. Ele é esperto. Essa foi boa, muito boa. Não achei que ele seria capaz disso.

Ezra dá um passo curto em minha direção. Eu o observo e noto uma sarda na ponta de seu nariz. Cada detalhe dele entra em um foco suave.

— Eu juro que ele deve estar do outro lado do prédio, se acabando de rir.

Ezra ri sozinho e arregala os olhos. Ele inclina a cabeça como se dissesse "é engraçado, né?", mas não consigo pensar nisso. Só consigo sentir a conexão entre nós. Sinto uma agitação no peito. Seja lá o que for isso, não quero que pare.

138 DANIELLE PARKER

— Desculpa. De verdade. Não estava nos meus planos prender você aqui comigo. — Ezra me faz olhar para ele, e deixo que ele me veja por completo. — E eu estava falando sério antes. Não estou tentando ser um babaca, juro de verdade. Tem sido muito estranha essa merda toda. Minha vida parece estranha. Sei que eu usava palavras melhores para me explicar, mas *estranho* é o melhor que consigo agora.

— Hum. Tudo certo em relação ao Kevin altão. — Meu cérebro está parcialmente ligado. Eu tento de novo. — E sinto muito que sua vida esteja estranha agora. — Fico constrangida com minha esquisitice. Se existe um gene que faz alguém ser charmoso, acho que não tenho.

— É que eu odeio essa parte do último ano, sabe? Tipo, eu tenho dezoito anos, mas esperam que eu aja como se tivesse vinte e um, vinte e sete e quase trinta e cinco ao mesmo tempo. — Ele balança a cabeça e olha para baixo. — "Você tem que se decidir, Ezra. O que quer estudar? E a faculdade? E a pós-graduação? O que você escolher agora vai afetar o resto da sua vida, você sabe disso." — A imitação é certeira, uma réplica de todos os adultos ao nosso redor. — O resto da minha vida? Sério? Eu só queria ter dezoito anos por alguns instantes. Só quero *existir,* sem me preocupar com o futuro. Não quero que uma única decisão tenha um peso tão grande. É tão difícil assim? — O único som na sala é o da água fluindo nos tubos. O símbolo perfeito para o tempo, sem começo, sem fim, apenas em movimento contínuo, quer a gente goste ou não. De certa forma, acho que entendo a necessidade que ele sente de fazer uma pausa de vez em quando, parar e curtir de verdade o que temos, antes que desapareça.

Ezra não para:

— Foi mal se estou compartilhando demais. E eu sei, eu sei mesmo o que você tá pensando. Sou mimado. Sei o privilégio que é poder *não* saber o que se quer. Posso me dar ao luxo de sair por aí e descobrir sabendo que ficaria bem. Entendo a ironia. Que tenho sorte de poder fazer as coisas no meu tempo. Que muitos não têm essa liberdade. Mas isso não torna minha confusão menos real. — Ezra se vira.

Ele é mimado. Mas não deixa de estar certo. O último ano de escola é intenso, cheio de questionamentos e planejamento.

— Caramba. Acho que a câmara escura é o lugar de revelar as coisas mesmo. — Ele faz uma pausa dramática. — E você? — pergunta, se animando. — O seu projeto do legado é sobre o poder catártico das dancinhas do WeTalk? — Ele aperta minha mão de novo.

Sinto frio na barriga quando Ezra dá uma risadinha.

— Me diga que estou certo. Por favor, me diga que estou certo, eu ia ganhar meu dia. Esquece... ia zerar a vida toda — diz ele, a alegria de volta na voz.

Amo o fato de ele lembrar disso.

— Odeio o fato de você se lembrar disso.

Minhas palavras são quase inaudíveis.

Ele abre um sorriso que toma conta de todo seu rosto.

— Você sempre sonhou alto. Em ser astronauta, dançarina ou cientista... o céu nunca foi o limite pra você. Era foda só poder te ouvir. Você sempre fez o impossível parecer possível.

Há um ou dois elogios nesses comentários, mas não consigo lidar com isso. Solto a mão dele e apoio a minha na barriga, sentindo tudo dentro de mim revirar. Ezra me faz lembrar de uma época em que eu costumava sonhar, tipo, sonhar de verdade com tudo o que a vida poderia oferecer. Antes que a vida se tornasse real — antes das contas, do trabalho e das coisas burocráticas. Quando éramos mais novos, eu tinha um caderno de ideias secretas, cheio de todas essas coisas loucas e cheias de imaginação. Eu só mostrava para ele, que me dava orientação e apoio onde e quando pudesse.

— As coisas mudam. A vida me levou para um caminho diferente. Mais realista. Sei lá. Eu não penso mais nessas coisas. — Minhas mãos tremem.

— Bem, eu quero ouvir mais sobre isso algum dia. Como anda sua vida agora. Você me ouviu tagarelar. Quero retribuir o favor. — Estou tonta. Ele continua: — E eu contei para minha mãe que voltamos a nos falar. Ela quer que você vá lá em casa para o jantar de Shabat, como nos velhos tempos.

Ele falou de mim para a mãe dele? Estou sem palavras.

Ezra se inclina e seu doce aroma preenche minhas narinas.

— Posso?

Minha voz mal passa de um sussurro quando pergunto:

— Pode o quê?

— Reaprender você?

Acho que parei de respirar. Concordo, dando um passo na direção dele.

— Tá bom, tá bom, você está livre — diz alguém atrás de nós. O Kevin Altão. — Essa foi boa, né? — O Kevin altão acena para mim e cumprimenta Ezra com um tapa e um aperto de mão.

Ezra dá um passo para trás.

— Kev, essa é sj... quer dizer, Sasha. — Ele pisca para mim.

— Uau. Então é você que tá deixando meu mano acordado a noite toda — diz Kevin, indiferente. Kevin Altão caminha até as fotos penduradas e aponta para uma delas, em preto e branco. — Trabalho maneiro, Ez.

Com o canto do olho, vejo os contornos do Ezra. Quero me virar e olhar para ele, perguntar do que exatamente Kevin Altão está falando. Meu coração quer saber. Mas meu cérebro não vai me forçar a perguntar.

— Vocês querem ir comer hambúrguer ou outra coisa? — Kevin Altão olha para nós dois.

Ezra arregala os olhos.

Algo em mim se acalma e sinto vontade de responder que sim, que quero muito, mas não posso.

Em vez disso, falo em um rompante:

— É melhor eu ir embora.

Mas minhas pernas estão pesadas. Ezra fica desapontado, mas não diz nada.

— Se serve de consolo, fiquei feliz por ter passado um tempo com você — comenta Ezra, e o tom seco em sua voz quase me chateia. Kevin Altão expressa sua empolgação erguendo as sobrancelhas, que quase tocam seu black power. Ezra vai até a mochila e procura algo nela. — Antes de ir, pega isso aqui. — Ele me entrega os papéis. — Uma cópia do material pra aula de cívico, do livro. Ideia da Kerry, não minha. Eu juro. — Pego os papéis e os seguro contra o peito. — Obrigado por vir, SJ.

Algo muda dentro de mim ao ouvir as palavras de Ezra, como as marchas de um carro sendo trocadas. É automático e não consigo impedir.

Pego minha mochila, pronta para falar a coisa certa pelo menos uma vez.

— Eu também, Ezra — digo, falando sério.

Ficar presa com ele em uma sala de fotos apertada foi... legal.

Dou uma última olhada e então saio em direção à luz.

CAPÍTULO 17

Tem alguma coisa diferente nas tardes de sexta-feira, a proximidade do fim de semana e os estudantes torturados. É a última aula do dia e estou fazendo tudo ao meu alcance para manter o foco, mesmo que os ponteiros do relógio pareçam estar se movendo para trás, os segundos se estendendo como horas.

Estou na minha carteira, meu material (lápis, canetas, marcadores e notas adesivas) dando as boas-vindas a seja lá o que a aula de inglês avançado de hoje me reserva.

A sra. Gregg caminha pela sala, com as mãos nos bolsos da frente de seu vestido amarelo xadrez. Eu diria que ela é uma das professoras mais estilosas da escola, como se tivesse saído de um catálogo de uma marca fashion e cara: vestidos com bolsos, cardigãs, All Star de cano alto. Ela se dirige para a frente da sala e passa pela minha mesa.

— Ok, que tal um pouco de diversão nessa sexta-feira?
— Ela inclina a cabeça.

Nota: Sempre que um professor disser que vai fazer algo divertido, se prepare. Porque o mais provável é que não tenha diversão nenhuma.

Ela pula para se sentar na mesa, cruzando as pernas.

— Estava pensando em ter uma conversinha improvisada. Vocês acabaram de ler *Hamlet*. Escreveram suas redações. Agora, quero ouvir tudo o que vocês pensaram da peça. Vamos. Podem falar à vontade. — As sobrancelhas dela saltam para cima e para baixo.

Certo, a redação e a aposta. Eu franzo a testa, me lembrando da minha derrota.

Como se estivesse esperando por esse momento a vida toda, Carlos levanta a mão. A sra. Gregg assente, e ele tosse como se quisesse limpar a garganta.

— O resumo da ópera é que eu odiei: a peça, a história, tudo. Detestei. Não recomendo. Não curti nem um pouco.

A sra. Gregg arregala os olhos verdes.

— É sério? Desenvolva, Carlos, por favor.

Pelo brilho nos olhos do garoto, ele está pensando nisso há algum tempo.

— Ah, sério. Sei que vocês vão concordar. Hamlet precisa de terapia. Pra caramba. A peça toda é uma demonstração de luto... do poder e dos efeitos colaterais do luto. Hamlet perdeu tudo, sério mesmo, tudo na vida dele porque não conseguia superar a morte do pai. Que legado bizarro pra se deixar.

Ao meu redor, os alunos murmuram baixinho. Eles concordam. Sinto um embrulho na barriga.

Carlos continua:

— Tipo, tudo bem, foi bem zoado da parte do Claudius matar o irmão, mas ele estava certo quando disse que todos nós vamos morrer algum dia. Hamlet simplesmente não consegue aceitar essa realidade e, nesse luto, deixa a dor acabar com ele. Perde a mãe, a namorada, os amigos, tudo! Porque está perseguindo um fantasma. Isso é tipo o básico de psicologia. Ele poderia ter sido príncipe em paz, mas nããão. Tinha que fazer aquele showzinho. É a prova de que quem é emo demais só se dá mal.

Stacey Clemens se levanta e bate palmas lentamente. A única coisa que consigo fazer é juntar as mãos. Minha pele está esquentando, minha garganta parece áspera e meu coração bate forte, muito forte e alto. Sei que ele não está falando de mim, mas suas palavras parecem pessoais. A palavra *legado* me atinge no estômago. A formatura, o empate, ser oradora da turma, todo o trabalho duro que tenho feito para mim e para minha família está em jogo, e o peso é enorme. E se eu não tiver nenhum legado para deixar?

Carlos se levanta.

— Deixa eu voltar atrás. Tem umas partes da peça que foram interessantes. Ela poderia ter um ato só se Hamlet tivesse coragem de dar um jeito nas merdas... quer dizer, nos problemas dele.

Algumas risadinhas. Carlos põe a mão no peito e conclui:

— Obrigado por comparecer ao meu TED Talk.

Ele faz uma reverência discreta e se senta quando todos os outros se levantam. Metade da sala irrompe em palmas e risadas em igual medida. Evidentemente, aqueles que nunca perderam alguém.

Não consigo mais ficar aqui.

Sem pensar, me levanto da cadeira e saio pela porta, caminhando pelo corredor vazio. Já aguentei coisas bem piores na aula, mas nunca cheguei a me levantar e sair por causa de algo que alguém disse. Mas isso me atingiu de um jeito diferente. Preciso de ar fresco.

Assim que saio, meus olhos querem marejar e uma pressão que eu não sabia que existia faz meu corpo ficar tenso. *Ah, não, agora não. Por favor, agora não.* Mas já é tarde demais. Eu viro minha cabeça para cima. Talvez, se eu ficar parada, as lágrimas não saiam. Talvez a gravidade as detenha. Mas elas vêm. Poças pequenas e quentes no canto dos meus olhos. Eu os fecho com mais força. *Não chore. Não chore. Carlos não estava falando de você. Nada do que ele disse foi sobre você ou sua dor. Era sobre Hamlet.* Eu balanço a cabeça, as palavras dele ecoando em meu cérebro. Só estou cansada. A semana foi longa e estressante. Ainda mais com a nota daquela maldita redação zombando de mim.

Fico de olhos fechados. Talvez, se eles estivessem abertos, se eu não estivesse segurando uma represa de lágrimas, eu o teria visto se aproximar e poderia ter fugido.

— Ei, tudo bem? — pergunta uma voz suave atrás de mim. Ezra.

Não. Agora não. Fecho os olhos com mais força. Quem sabe ele vai embora assim.

— Estava tirando algumas fotos e vi você sair correndo pelo corredor. Você está bem?

Se eu não falar, talvez ele entenda a indireta.

— Tudo bem se você não estiver bem — continua ele. Segundos se passam sem que ele se mexa. — Olha, vou fazer uma coisa que aprendi quando era criança, um remédio comprovado para esse tipo de sentimento. — Ele se aproxima. — Vou te dar um abraço. Sei que deveria pedir seu consentimento, mas como você não está falando, e acho que não responderia com sinceridade, vou fazer isso.

146 DANIELLE PARKER

Ele está falando sério?

Ouço seus passos, mas não me mexo. Posso sentir seu corpo, e arrepios percorrem minha pele.

Ezra me envolve no exato momento em que o ar é sugado para fora da atmosfera. Não consigo me mexer. Então fico ali, de olhos fechados, os braços ao lado do corpo, como uma espécie de alienígena que nunca recebeu um abraço.

Ezra me aperta, e seu toque me traz um conforto desconhecido.

— Você está indo bem, só pra você saber. Vou continuar te abraçando, tá? — A voz dele é suave e faz cócegas no meu ouvido. — A ciência diz que, para o abraço ser eficaz, para liberar oxitocina e tudo o mais, precisa durar ao menos vinte segundos. Então, fica só mais um pouco, porque quero ter certeza de que você vai receber tudo que posso oferecer.

Em nome da ciência, deixo que ele me abrace. Cada momento é longo e confuso; assustador, pesado, flutuante e expansivo. Meus batimentos seguem o dele e começam a desacelerar. Minha respiração também parece mais estável.

Ezra quebra o silêncio:

— Você sabe que pode abrir os olhos agora, né? Acabou. Parabéns, você sobreviveu a um abraço Davis-Goldberg — brinca, ainda me abraçando.

Abro um pouco os olhos e vejo a barba por fazer em seu queixo.

— Você é humana. Essas são reações humanas e não tem problema nenhum em reagir assim. Você chora, eu choro. É catártico, natural e importante em nosso processo de cura. Eu entendo.

Se recomponha, Sasha. Levo algum tempo para abrir os olhos, piscando algumas vezes para me familiarizar com o

A APOSTA DO CORAÇÃO 147

mundo, e ali está ele. Um pouco embaçado, mas está ali. O sol da tarde atrás dele, iluminando-o com perfeição.

Ele não me solta, então eu não me mexo.

Ezra se inclina e o mundo ao meu redor escurece, mas quanto mais o rosto dele se aproxima do meu, mais percebo que há uma parte de mim que quer ver o que vai acontecer a seguir.

— Você se acha muito inteligente, mas eu tô a fim de você, sabia? — Ele faz uma pausa, a voz suave e macia como veludo na minha pele. Ezra espera que nossos olhares se encontrem e, quando isso acontece, suas palavras fazem cócegas em meu ouvido: — Você vai responder a minha pergunta de ontem?

— Q-que pergunta? Pelo que me lembro, foram muitas.

Ele sorri.

— Quando foi a última vez que você beijou alguém?

Não é bem uma pergunta, mas um convite. Há uma pressão magnética de sua mão nas minhas costas que me puxa para ele. Ele envolve meu corpo de novo. Meu coração para de bater e meus lábios se abrem no momento em que os dedos nas minhas costas parecem derreter em minha pele.

Tá... Eu consigo fazer isso...

— Olá! A sra. Gregg me mandou aqui para ter certeza de que você está bem. — Uma voz familiar me chama. Ezra recua primeiro, embora com relutância.

Ai, meu Deus. De novo? O que estava prestes a acontecer?

Stacey Clemens faz uma longa pausa antes de abrir um sorriso que não pode ser contido.

— Fica tranquila, Sasha. Vou dizer à sra. Gregg que você está bem. — Ela pisca para mim, como uma mãe orgulhosa ou uma melhor amiga que sabe das coisas, antes de voltar para a sala de aula.

Dou um passo para trás, depois mais dois, só para garantir. O sangue em meu corpo parece subir para as bochechas, meu rosto quente de vergonha. Ezra passa a mão pela nuca e abre um sorriso tímido.

Quando Stacey vai embora, reúno coragem e digo:

— Eu. Hum. Eu estou aula. Quer dizer, eu estou bem. É melhor a gente voltar pra aula.

Ele me encara e me lança aquele olhar pensativo e perspicaz, com os olhos sérios, mas também cheios de paixão. Eu não gosto disso. É muito forte, como se ele tivesse visão de raio X e pudesse ver o que está dentro de mim. Ou como se ele fosse o professor Xavier e pudesse ler meus pensamentos. É meio sombrio, poderoso e *perigoso*.

Ezra dá de ombros.

— Ou não. A aula não é tão importante assim. A gente pode ficar aqui fora, sabe? Ir embora, fazer o que for preciso para você ficar melhor. Posso ir com você.

Meus lábios parecem estar pegando fogo e nem nos beijamos. Isso não é nada bom. Eu me sinto nua, exposta.

— Quer sair daqui? — pergunta de novo, apontando para os portões da frente.

Matar aula? Com Ezra?

— Tô de boa — respondo, fazendo o possível para disfarçar na voz as emoções que se acumulam em meu corpo. Ele retribui meu olhar, então digo de novo: — A aula está quase acabando. Vamos entrar e fingir que isso nunca aconteceu.

Mas eu não me mexo e ele também não. Ezra enfia as mãos nos bolsos da calça jeans e me observa, os olhos intensos. Ele está esperando que eu tome a iniciativa. Os pensamentos passam pela minha mente de novo. *Ele está esperan-*

A APOSTA DO CORAÇÃO 149

do que você tome a iniciativa! Olho para os meus sapatos e faço a única coisa que sei.

Voltar à aula.

Fingir que um quase beijo não aconteceu não é fácil. De forma alguma. Acredite em mim, tenho tentado. E, para meu azar, agora só consigo pensar nisso. O quase, o "e se", as infinitas possibilidades. Para além de hoje... tá, ontem também, nunca pensei em beijar Ezra, a não ser naquela vez no oitavo ano em que o primo dele perguntou se eu *gostava* dele, mas deixei esse pensamento de lado. Éramos amigos, *só amigos*, e...

— Olá? Terra para Sasha. Sua coisa boa... é a sua vez! — exclama Chance. Fomos para o RJ Burgers depois da aula, o lugar onde tudo começou, essa linda tradição. Sofás enormes e deliciosas batatas fritas quentinhas.

Eu me esforço para voltar ao presente.

— Minha coisa boa? — Eu repito. Saí da aula e Ezra me encontrou e *quase* nos beijamos. Um quase beijo é uma coisa boa? Um quase beijo é alguma coisa? Eu brinco com meu guardanapo. — Eu, hum, minha coisa boa... — Isso não deveria ser tão difícil de responder.

— Nossa! Acho que estamos todos em crise esta semana — diz Priscilla.

Ah, merda, o que eles disseram? Tento me lembrar dos últimos quinze minutos, mas nada me vem à mente. A culpa cresce em meu peito. Um quase beijo me deixou tonta, fraca. Imagine se eu tivesse de fato dado um beijo nele?

Enfio mais uma batata frita na boca, com a certeza absoluta de que o *quase* poderia me desviar do foco, e me recuso a deixar que alguém se intrometa no meu caminho até a vitória.

CAPÍTULO 18

Na manhã seguinte, acordo agitada. Eu me sinto grogue e impaciente ao mesmo tempo. Saio da cama para começar minha rotina de estudos de sábado, mas, quando minha mãe começa a andar pela casa, me deito de novo e finjo que não estou ouvindo. É só quando ela bate na porta que a pressão da semana volta com força total.

—Aigee-ya. Você já está terminando de se arrumar? — Ela está apoiada no batente da porta, o longo cabelo preto preso no alto da cabeça, tirando algumas mechas descontroladas.

Eu me sento e mordo o lábio inferior, mas estou com muito medo de responder.

— O que foi? — Ela anda na minha direção, observando meu rosto como uma mãe detetive.

No mesmo instante, sinto a náusea me dominar, porque pelo primeiro sábado em quatro anos estou prestes a fazer algo que nunca, jamais, faço.

— É que... tenho tanta coisa pra fazer hoje — respondo.

—Ah.

— Desculpa. É que... tudo bem se eu não for hoje? — pergunto.

As palavras pesam de tanta culpa. Meus ombros afundam, como se a grande casa dos Patterson estivesse nas minhas costas. Estou basicamente pedindo à minha mãe que limpe tudo sozinha. Esfregar, tirar o pó, lavar, sozinha.

Eu me sinto em uma gangorra: o peso de uma obrigação me joga para cima e a outra me puxa para baixo. Tenho que entrar no modo turbo para a apresentação de cívico, também conhecida como aposta n.º 2, para que Ezra e eu fiquemos empatados. Assim, ainda estarei no jogo. Então, depois que ganhar, posso voltar a ser eu mesma.

— Não tem problema, querida — responde minha mãe, mas é difícil acreditar nela. Percebo a decepção em sua voz. Cá estou eu quebrando um compromisso de quatro anos.

Minha mãe sai do quarto. Me reviro na cama, os cobertores parecendo mais pesados a cada segundo que passo debaixo deles.

Eu deveria voltar atrás e ir com ela, mas, em vez disso, pulo da cama, pego minha mochila e tiro a agenda e os livros. Minha mãe parece inquieta na porta da frente. Ela não se despede ao sair.

Meu corpo relaxa um pouco e uma onda de animação me domina porque hoje é o dia em que acionarei minha arma secreta: a Série de Palestras Walker Ross.

Ao lado da biblioteca há um pequeno prédio rústico que costumava ser o primeiro edifício do Capitólio da Califórnia, antes de a capital se mudar para Sacramento. Agora é um museu e espaço de arte. E neste mês, tem sido o lar de obras selecionadas de Walker Ross, o superfamoso político e filósofo do condado. Tá, talvez superfamoso seja um exagero. Mas ele

152 DANIELLE PARKER

é popular na cidade. Escreveu dezenas de livros e às vezes aparece no noticiário da noite, dependendo do assunto.

Uma vez, eu o vi na mercearia local. Não tinha certeza se era ele, mas outra mulher mais velha parou e ficou o encarando como se fosse o Brad Pitt, sem nem tentar disfarçar, então eu sabia que só poderia ser ele. Ross é mais velho, deve ter por volta de setenta e cinco anos, a cabeça cheia de fios brancos esvoaçantes e uma coleção interminável de suéteres marrons pesados.

Desde o mês passado, as obras de Ross estão em exibição no museu como uma ode à antologia que está lançando. Para promover o livro, ele tem feito pequenas palestras que terminam com sessões de perguntas. Vi alguns panfletos semanas atrás e sabia que isso me daria uma vantagem para a apresentação do sr. Mendoza, apesar de ter desencanado da ideia quando vi que era em um sábado, o dia da semana reservado para trabalhar com minha mãe. Mas isso foi antes de Ezra e das apostas.

Eu me preparo para a manhã de pesquisa mais extensa que já fiz na vida. Minha mesa está coberta de notas adesivas de todos os tamanhos e cores. Pego uma caneta preta e um marcador amarelo, depois uma folha de papel em branco. A página em branco é uma tela e eu sou a pintora. Quando terminar, será uma obra-prima erudita. Começo lendo um artigo, anotando e fazendo perguntas em grandes notas adesivas, que colo no livro. Para reforçar as ideias, eu as repito em voz alta três vezes.

Depois de uma hora, minha mão começa a cansar, meus músculos doem. Bato uma palma. Fiz um ótimo trabalho.

Por volta da hora do almoço, meu cérebro começa a desligar e entrar em modo de descanso. Dou uma olhada no relógio e vejo que são quase meio-dia, depois deslizo da cadeira, me espreguiço e me levanto. Já está na hora de ir, de qualquer forma.

Quando estou a caminho da porta, meu celular vibra no bolso.

> **Priscilla** 10h15:
> Estou solteira, e estou triste.
> Antes de ligar para Gina e implorar
> pra ela me aceitar de volta, você está livre?
> Topa ir num brechó? Ou tomar sorvete?
> Pintar o cabelo? Fazer uma franja em mim?
> Podemos transformar essa tragédia em
> uma vitória! Vamos criar lembranças.

Meus ombros pesam. A dor nas palavras dela me atinge. Em teoria, estou disponível, mas... Não posso. Ela ia querer que eu fizesse o que estivesse ao meu alcance para ganhar o título de oradora oficial, junto com a grande bolsa de estudos que vem com ele, certo? A tensão domina meu corpo e tento relaxar a mandíbula, movendo-a de um lado para o outro. Tento não me recriminar ao responder.

> **Sasha** 10h16:
> Foi mal, miga, bem que eu queria,
> mas tô trabalhando.

> **Priscilla** 10h16.:
> Com a sua mãe?

Não paro pra pensar, porque se parasse, não conseguiria mentir.

Sasha 10h17:
Sim, com a minha mãe.
Nossa rotina de todo sábado.

Priscilla 10h18:
Dã, é verdade. Talvez Chance consiga
fazer uma franja em mim. Caso contrário,
vou continuar ouvindo "thank u, next"
sem parar. Me manda uma msg mais tarde.
Dá um oi pra tua mãe.
Bjs.

Eu leio as palavras rapidamente e depois viro o celular, como se ela pudesse me ver ou sentir minha mentira.

CAPÍTULO 19

Quando saio, me surpreendo com o quanto essas ruas são vibrantes aos sábados. O sol brilha, aquecendo minha pele no mesmo instante. O clima está perfeito, agradáveis vinte e três graus, e todos na cidade querem aproveitar. Vejo um casal andando de patins de mãos dadas e outro com macacões Adidas combinando em uma bicicleta daquelas para duas pessoas. Risadas ecoam de todos os carros que passam, as janelas abaixadas, deixando os aromas do mar penetrarem e exalarem dos cabelos dos passageiros. A primavera é a época perfeita para uma caminhada e, apesar de não estar participando da diversão do sábado, é bom ver isso acontecendo.

A cada passo que dou em direção ao Museu de História Antiga Ye, as boas vibrações começam a desaparecer. Sinto uma culpa absurda por causa da minha mãe e da Priscilla.

No velho prédio de tijolos, paro do lado de fora da porta e pego o celular, por puro hábito. Parte de mim quer mandar uma mensagem para Priscilla, porque preciso de apoio, incentivo. Mas ela acha que estou trabalhando com minha mãe, que, neste momento, está limpando a enorme casa dos Patterson sozinha. Algo mais forte do que culpa corre por mim, revirando meu estômago e enfraquecendo meus joelhos. Estou obrigando minha mãe a fazer a única coisa que não queria que fizesse: trabalhar demais.

Odeio isso.

Priscilla deve sentir que estou pensando nela, porque meu celular acende com uma mensagem dela no mesmo instante. É uma compilação de vídeos de uma competição de quem come mais batatas fritas e um link para um artigo chamado "O que acontece quando você come batatas fritas todos os dias?" seguido de um *"vale a pena"*. Outra mensagem chega.

> **Priscilla** 13h:
> Atualização: Tenho novidades muito importantes. MUITO. Me liga depois do trabalho, pf?

Engulo o nó na garganta, enfio o celular na mochila e entro no museu. O museu é antigo e feito de paralelepípedos, com um cheiro meio rústico. O sr. Ross está sentado perto da entrada, bebendo uma xícara de chá e assentindo para si mesmo enquanto observa os movimentos de todos. Eu examino a sala e percebo que sou a pessoa mais jovem na plateia, com uma diferença de ao menos cinquenta anos. Mas não importa, estou agradecida por não ter mais ninguém da escola aqui.

O sr. Ross se levanta e todos ficam em silêncio. Ele dá um tapinha no microfone e então começa.

Pego meu celular para gravar o que ele vai dizer e um caderno pequeno para anotar pensamentos importantes.

— Dediquei minha vida ao pensamento, à vida da mente, como dizem. — A voz dele é grave, e as palavras, arrastadas. Ele fala de um jeito que faz tudo parecer íntimo, como se estivéssemos só nós dois, velhos amigos, tomando café. — As pessoas sempre perguntam como é isso, e eu fico confuso, pois vocês não estão fazendo a mesma coisa? Todos nós não dedicamos nossas vidas a alguma coisa? Todo mundo não passou a vida inteira pensando? Entre outras coisas, é lógico.

É quase impossível escrever e gravar em pé, mas eu consigo. Rabisco uma pergunta retórica que ele faz, quando sinto alguém cutucar minhas costelas, fazendo meu corpo sacudir e o celular cair da minha mão. com um baque. O barulho faz quase todas as cabeças se virarem na minha direção na mesma hora.

Pego o celular, aliviada por não ter quebrado. E então descubro que Ezra está parado ao meu lado, fazendo o possível para segurar uma risada incontrolável.

Meu rosto queima. Sinto que vou morrer de vergonha. Faço minha melhor expressão impassível, e ele se limita a erguer um dedo e apontar para a frente. Que cara de pau!

Somos como duas Pringles do meio empilhadas em uma lata, espremidas pela multidão. Nossos braços se encostam e meus batimentos disparam. O que ele está fazendo aqui?

Ezra observa o sr. Ross, absorto, como se estivesse hipnotizado. Ele não se vira ou fala comigo durante o restante da palestra. Sei disso porque olho para ele a cada dois minutos. Se fizéssemos contato visual, não tenho certeza de como reagiria. Ezra está com as costas eretas, os olhos escuros quase tempestuosos de pensamentos. Quando o sr. Ross diz algo complexo, Ezra inclina a cabeça para a direita e um cacho salta em sua orelha. De vez em quando, muda de posição e sua mão bate na minha. Sua pele é macia e quente. Quando termina de falar, o sr. Ross se levanta e o público irrompe em aplausos, o que o faz corar. Eu me recomponho, alisando minha camisa e minha calça jeans. A sala ganha uma vida nova com as conversas, o sr. Ross indo de uma roda a outra.

— Ora, ora, o que temos aqui? — pergunta Ezra, como se não tivéssemos passado a última hora nos provocando. Ele se vira para me encarar de frente, e há pouco espaço entre nós. Nossos peitos estão tão próximos que não posso deixar de notar cada detalhe dele. Está com uma camiseta velha da YMCA com pequenos buracos na gola, uma bermuda de basquete preta e bem longa e tênis pretos de cano alto. Sua pele é radiante e quente, como se tivesse passado a manhã se aquecendo sob o sol.

— Eu poderia perguntar a mesma coisa. — Enfio minhas anotações na mochila. — Você não deveria estar na academia? É sério que você veio aqui vestido assim?

Ele enfia um dedo em um dos buracos da camiseta.

— Assim como?

Como o protagonista gato em um daqueles filmes antigos em que o capitão do time de basquete dá o arremesso da vitória no último segundo de jogo, renovando a capacidade do time de amar, de sonhar ou de ter esperança. Mas ele não sabe ler, ou algo tão traumático quanto isso, e o basquete é sua saída ou talvez sua prisão, ou quem sabe as duas coisas.

Ezra ergue as sobrancelhas.

— Tenho muitas nuances, SJ — responde ele. — Vim para cá depois de uma partida na academia. Também sou fã do sr. Ross e do trabalho dele. Sempre venho aqui para ouvir o que ele fala e, adivinha, sem trazer canetas. — Ele balança as mãos no ar. — Mas por que *você* está aqui?

Por que ele é sempre tão engraçadinho?

Abro a boca e me preparo para falar, mas ele continua:

— Ahhh, deixa eu adivinhar, a apresentação de cívico? — Ele bate na testa. — Você veio atrás de informações mais quentes, beber direto da fonte. Acha que isso vai te dar mais vantagem para ganhar a segunda aposta. Um pouco óbvio, mas entendo.

Ele ergue o queixo, todo presunçoso, e eu o odeio por estar certo. É como um terrível jogo de xadrez, e estou sempre uma jogada atrás de Ezra. Ou talvez eu esteja jogando damas e ele, xadrez. A multidão ao nosso redor se move, então nós a seguimos e vamos em direção à saída.

— Você quer me mostrar suas anotações? — pergunta ele. — Quer conversar sobre suas ideias? Eu não me importo.

Paro para olhar para Ezra, bloqueando a passagem. Ele aponta para as portas, e atravessamos o saguão, saindo juntos para a rua.

— Eu até mostraria minhas anotações — diz ele —, mas não costumo escrever nada. Gosto de deixar no digital. Processo o que aprendi em casa, onde posso pensar em paz. Pronto, agora você sabe por que nunca tenho lápis.

Então, o que... ele só absorve e armazena informações até escrever o que precisa no computador? Quase não consigo acreditar.

Ele me segura pelo cotovelo.

—A gente podia estudar juntos algum dia, se você quiser.

Lá fora, o sol de antes se foi. O céu está coberto de nuvens cinzentas e pequenas poças d'água cobrem o chão. Alguma força desconhecida nos mantém juntos. Eu me concentro na mudança de tempo. É muito difícil pensar com a mão dele ainda no meu braço.

Estou prestes a soltar um suspiro ou um sorriso tímido quando o sr. Ross se aproxima. Ele é mais baixo do que eu imaginava e anda com a ajuda de uma bengala de madeira muito bem polida. Ele para ao lado de Ezra, e seus olhos brilham daquele jeito alegre dos idosos.

— Ah, Ezra, estou muito feliz por você ter vindo. O que você achou? Gostou?

— É um prazer, senhor, como sempre — diz Ezra. — Obrigado pelo seu tempo. E, hum, esta é Sasha Johnson-Sun, minha melhor amiga e uma das mentes mais brilhantes da nossa geração.

— É uma honra conhecê-lo, senhor — digo, embora minha mente ainda esteja presa no elogio de Ezra.

O sr. Ross me cumprimenta e retribui meu olhar por alguns instantes, então se afasta. Quando ele some do nosso campo de visão, dou um gritinho e um tapa em Ezra.

— Você conhece ele?

— É. — Ele dá de ombros. — Só da série de palestras. Já vim algumas vezes. Faço perguntas. Ele ouve e responde. Bem tranquilo.

Ezra e o localmente famoso Walker Ross conversam e é "bem tranquilo"? A verdade tem que ser dita... Ezra é o maior nerd da península. Ele é um superfã. Esse fato é quase suficiente para me fazer desmaiar.

— Ah, mais uma coisa: melhor amiga? Sério?

— O quê? Eu ia dizer "melhor amiga para sempre", mas não queria passar essa vergonha. — Ele aperta meu cotovelo, e a combinação de sua risada e toque envia um choque prazeroso pelo meu corpo. — Você tem alguns minutinhos livres?

A APOSTA DO CORAÇÃO 161

Pelo bem da arte, da natureza e da beleza de viver neste exato momento? Acho que você vai adorar.

Pelo bem da arte, da natureza e da beleza de viver neste exato momento, eu concordo.

Confie em mim, seus olhos dizem.

Meu coração acelera. Deixo que ele me guie até o carro.

CAPÍTULO 20

Viajamos em total silêncio enquanto observo o mundo lá fora, tudo um pouco nebuloso por causa da chuva. São as mesmas ruas pelas quais passei a vida toda, mas agora nada me parece familiar. Quando atravessamos o túnel de Monterey, fecho os olhos e prendo a respiração. É um ritual. Mas... não sei o que desejar. Sempre desejei as mesmas duas coisas: que minha mãe tenha saúde e deixar minha família orgulhosa. Desta vez, no entanto, quero pedir algo diferente, uma coisinha para mim. O que meu coração quer? O veículo faz um barulho, tudo escurece e, quando saímos do outro lado, abro os olhos e expiro.

Ezra desacelera e procura nas ruas um lugar para estacionar. Estamos no paraíso dos turistas: restaurantes com ensopado de mariscos, o aquário e lojas repletas de bugigangas da vida marinha. Apesar do clima, a área é movimentada. A temporada turística está mais viva do que nunca.

Já vi esse mirante antes, mas acho que nunca estive aqui.

Ezra contorce seu longo torso, e suas costas ficam perto do meu rosto. O corpo dele desliza entre o pequeno espaço do banco do passageiro e do motorista, da frente para atrás do carro. Posso sentir o cheiro dele — aquela mistura de jasmin com uma fragrância amadeirada.

Então ele volta para seu lugar, radiante.

— Achei — Ele me entrega um binóculo preto. — Vamos. Você vai adorar.

Ele tem razão. Assim que saio, estou adorando. Ficamos perto da água, o ar fresco após a chuva. A água do mar está azul-escura, quase acinzentada; as ondas rodopiam, poderosas, enquanto batem contra as rochas. O céu é de um cinza sedoso; as nuvens ficam por perto como se anunciassem mais uma tempestade.

Espio pelos binóculos de Ezra, parado ao meu lado, seu braço tocando o meu. Sei que ele está me observando ver o mundo. Tento me concentrar no que está na minha frente. Leva alguns instantes para meus olhos se ajustarem. Penso no oceano, no fato de ser 90% desconhecido. Achamos que entendemos alguma coisa, porém, na realidade, não temos a menor ideia de nada. Porque, assim como Ezra, a maioria das coisas tem muitas nuances. E muitos de nós vemos apenas a nuance mais superficial, só começando a entender a vastidão de tudo isso.

— Você está vendo alguma coisa? Golfinhos? Baleias?

— Ezra dá um passo para trás. Percebo quando nosso toque diminui, como se perdesse uma conexão importante. Com a câmera na mão, ele aponta para longe e tira uma foto.

— Não, nada ainda. — Cerro os olhos, o que só piora as coisas. Ajusto o foco. — Estou vendo uma foca ou uma lontra. Com certeza é uma lontra. Aqui — digo, entregando o binóculo para ele.

O ar está fresco e limpo no meu rosto. Esfrego meus braços e tento não olhar para Ezra se admirando com o mundo. Ezra espia através do plástico preto, com a cabeça curvada, a única vez que o vi meio desleixado.

—Adoro vir aqui e me perder contemplando o mar, ainda mais depois de grandes tempestades. Teve uma vez que vi uma família de golfinhos nadando. Outra vez, vi um arco-íris duplo *e* uma baleia. Foi épico. Juro que quase me caguei. — Ele abaixa o binóculo e se vira para mim. — Tem coisas bem legais aqui. Você só precisa de tempo para encontrar.

Meu coração palpita e minhas bochechas esquentam com a perspicácia dele. O rosto de Ezra se ilumina, cintilante. Aquilo me sensibiliza de algum modo.

— A iluminação está perfeita agora. Deixa eu tirar umas fotos suas. Por favor? — pergunta ele, se curvando e pegando a câmera.

— O quê? Não. Eu? Acho que não consigo. Não estou pronta — digo em um rompante.

É tarde demais. Ezra ajeita uma mecha atrás da minha orelha e abre um sorriso tão imenso que acho que poderia transbordar do rosto. Faço o que posso para conter a alegria contagiante, que começa a se infiltrar em mim, mas não consigo.

— Não precisa pensar muito, é só tentar. Vai ser legal. Confia em mim. — Essas palavras batem em meu coração, e meu peito infla.

— Tá bom. Dez minutos, no máximo. — Não acredito nas minhas próprias palavras. Quem é essa?

— Da hora — diz Ezra, balançando os ombros de empolgação. — Tá, só vou deixar você relaxar um pouco, se fa-

A APOSTA DO CORAÇÃO 165

miliarizar com a câmera. — Ele anda para trás e mexe nas lentes. — Quero que você caminhe em minha direção, com confiança, que nem patroa. Bem brincalhona. É só andar — acrescenta, já tirando fotos.

Dou dois passos confusos em direção a ele. Não sei se já estive tão constrangida com meus movimentos antes. Ele continua tirando fotos. Eu tento relaxar colocando a mão no quadril, mas isso só me faz sentir mais esquisitona, como um robô que precisa de óleo.

O rosto de Ezra surge por trás da lente da câmera.

— Começou bem. Foi ótimo! Mas dá pra ser mais ousada, *mais ainda.*

Faço beicinho. Mais?

— Sou muito desajeitada — resmungo. — Além disso, o chão tá encharcado por causa da chuva. — Ezra nota nossos sapatos enlameados e olha em volta.

— É verdade. E se você... subir ali? — sugere, olhando para uma grande pedra cinza atrás de mim.

Acho que conseguiria me sentar ali. Há pequenas ranhuras na lateral que eu poderia usar para subir.

Caminhamos até a rocha e, após três tentativas do que equivale a uma barra fixa, meus músculos enfim me levam ao topo, a cerca de um metro e meio do chão. Eu me sento, a calça jeans me protegendo da rocha fria, minhas pernas balançando, Ezra a vários metros de distância de mim.

— Ótimo. Agora relaxa. Pode agir naturalmente. Vou fazer algumas perguntas e você pode responder. Deixe o corpo solto, seja você mesma. Eu vou capturar tudo.

Tento fazer uma pose como já vi as modelos fazerem na televisão, mas é bem mais difícil do que parece. Em vez disso, endireito a postura e viro a cabeça, olhando para longe como se estivesse na capa de um álbum de uma banda independente.

— Isso, assim mesmo. Fica nessa posição — pede Ezra, e eu obedeço. — Tá, você preferiria...

Deixo escapar uma risada discreta.

— Nossa, você se lembra disso? — É óbvio que ele se lembra.

— Dã. Como eu poderia esquecer? Era uma das nossas brincadeiras favoritas — diz, afastando o rosto da lente da câmera. — Tá, você preferiria ter um botão para pausar ou para rebobinar sua vida?

Minha expressão muda de boba para mais séria.

— Acho que rebobinar. Você?

Ele não hesita.

— Pausar, com certeza, mas você já sabia disso.

É verdade. Penso no quanto ele ama a fotografia, a câmara escura, em todas as diferentes formas que tem de se apegar ao tempo, à vida, seu compromisso em vivenciar a beleza em suas fotos. Enquanto eu sei que parte de mim gostaria de voltar no tempo para viver alguns momentos de novo.

Eu me endireito rápido e faço uma pergunta antes dele:

— Você preferiria comer a melhor pizza do mundo uma única vez na sua vida *ou* ter pizzas mais ou menos disponíveis sempre que quiser?

— Aff, que tortura. Como você faz uma pergunta dessas? Você sabe muito bem o quanto eu amo pizza. — Ezra dá um suspiro brincalhão.

Ele sempre amou pizza. Não sei por que fico tão feliz em saber que ainda ama.

— É pra ser difícil mesmo. Qual é a resposta?

Ezra leva a mão ao queixo, cobrindo a boca com os dedos.

A APOSTA DO CORAÇÃO 167

— Isso é tipo... é melhor ter amado e perdido do que nunca ter amado antes? É isso que você está perguntando? Foi uma pergunta metafórica?

Ergo uma das sobrancelhas, interessada.

— A melhor pizza do mundo, sem dúvida — responde ele. — Espero que seja a pizza toda e não só um pedaço, pelo menos. E digo o mesmo para o amor... Eu quero, pode me dar, me deixar afogar nele, arrancar meu coração se for preciso, mas me deixe viver isso enquanto puder. Escolheria um amor arrebatador em vez de uma dúzia de paixões mais ou menos, a qualquer hora.

O vento fica mais forte ao nosso redor e as folhas começam a dançar no ar. As palavras de Ezra parecem ficar gravadas em mim. Eu olho para o mar e quase esqueço o que estamos fazendo.

— Incrível. Fica parada assim — diz ele, no minuto em que eu me mexo. Nós dois rimos.

Ezra me dá instruções, e eu faço o meu melhor para agir com naturalidade muitas outras vezes. Sorrio e tento fazer uma pose. A cada movimento, recebo um elogio dele.

— Então, estou morrendo de vontade de saber: NYU ou Columbia?

— Hã?

— Ah, sim, é essa expressão mesmo. — A câmera clica, capturando cada movimento que faço. — Eu queria perguntar desde que as pessoas começaram a receber cartas de aceitação. Só pra ver como a SJ do passado e a SJ de agora se alinham.

Ezra abaixa a câmera de novo.

— Lembro que você só falava em fazer faculdade em Nova York. Morar em Greenwich Village? Verões em Fire Island? Não sei, acho que você disse que teve vontade de morar em Nova York por causa de alguma babá. Stephanie? Sam... Sar... O nome dela começava com S, como o seu. Isso era, tipo, seu maior desejo. Você tinha que ir pra faculdade em Nova York. Sei que tem nota pra isso e os resultados das suas provas permitiriam que você entrasse. Então, o que decidiu? Pra qual faculdade vou perder você?

Eu franzo a testa, sem saber como lidar com essa pergunta.

— Você não vai me contar? — insiste ele. — Se eu tivesse que adivinhar, diria NYU. Mas, sabe, talvez eu esteja errado. Você tem uma vibe da Columbia também, aquela coisa elitista. Meus pais ainda estão chateados porque eu não me candidatei a nenhuma faculdade. Não sei, vou descobrir. Posso me transferir da faculdade comunitária, se quiser. A faculdade não vai embora. Ainda tenho tempo para me inscrever nas aulas. Tenho tempo para descobrir o próximo passo.

Ezra fica contemplativo, as sobrancelhas franzidas.

— Tá, mas essa é a minha opinião. Agora, e você?

Eu faço que não com a cabeça.

— De novo, não consigo acreditar que você lembre tantas coisas sobre mim.

Ezra fica assustado.

— Por que não?

Sinto um aperto no peito. É como se Ezra tivesse algum controle remoto especial que pudesse rebobinar e reproduzir partes da minha vida que guardei com tanto cuidado. Essas lembranças estão repletas de emoções e de esperança. Passei muito tempo do ensino fundamental sonhando com a faculdade. Os professores nos falavam da faculdade como se fosse um pote de ouro, um bilhete premiado para uma nova vida. E, na época, eu abracei essa ideia. Sabia que poderia me dedicar, que tinha poder sobre minhas notas, que podia controlar meu desempenho na escola. Que eu poderia ser a primeira da minha família a terminar a faculdade. Fizemos um projeto de pesquisa e o conhecimento de *Stacy* (de *O clube das babás,* Ezra chegou perto) e minhas habilidades com o computador me guiavam rumo a Nova York. Eu soube que precisava ir para lá assim que vi todas as luzes brilhantes, todas as possibilidades. Queria morar em uma cidade grande e agitada, diferente dessa pacata cidade costeira. Eu queria aventura, passeios de metrô, bagels sem fim e paisagens do topo de arranha-céus.

A vulnerabilidade de Ezra me leva a me abrir, só um pouco.

— Eu meio que esqueci que me inscrevi para lá, parece que faz tanto tempo. E, sim, eu entrei, mas a ajuda financeira que recebi não foi tão boa, e isso é uma droga porque a mensalidade das universidades de fora do estado não é acessível, não. Vou para a Universidade de Monterey. Tomei a decisão de ficar por aqui, sabe? Tenho que ajudar minha mãe com o trabalho. É mais prático. É assim que a vida é.

Meus olhos ardem.

Ezra engole em seco e diz:

— Sabe, às vezes a depressão e a ansiedade podem afetar nossas lembranças. Nosso cérebro esquece as coisas para se proteger.

Essa frase parece sugar a vida de dentro de mim.

Ezra deve ter percebido que minha alma desapareceu. Ele continua, mais suave e devagar desta vez:

— Não quis ofender. De verdade. Só sei que você vivenciou o luto, e que pode contar comigo. Sempre estive aqui e sempre estarei.

Fecho os olhos e, quando volto a abri-los, ele está perto da rocha, perto de mim.

— Aqui. — Ele oferece a mão e eu aceito, segurando-a para pular.

Quando meus pés tocam o chão, a lama engole meus velhos tênis Nike e me suga um centímetro para dentro da terra.

— Ah, não! — grito.

Ezra puxa meu braço ao mesmo tempo que tento sair da lama na ponta dos pés. Caio em cima dele, que, com uma força surpreendente, consegue sustentar nosso peso. Demoro um pouco para perceber que ele ainda está segurando uma das minhas mãos, que agora está em seu peito, acima do coração.

Ezra envolve minha cintura, e, se eu quisesse me mover, agora seria a hora. Mas não quero. O ar à nossa volta parece mais quente, a cidade para; o trânsito para. Ele me aperta mais. Nossos corpos estão entrelaçados, sua boca carnuda perto da minha. Meu cérebro desliga, porque meu corpo já sabe o que vai acontecer.

A boca de Ezra é como uma fronha de seda contra a minha, e nosso beijo é suave e lento antes de se tornar mais intenso. Meu corpo relaxa por um momento e o mundo para de girar.

Ele aperta minha cintura. Eu colo mais o meu corpo no dele, igualando a pressão. Meu corpo está flutuando. Nossos lábios se movem juntos como parceiros de dança profissionais, como se já tivéssemos feito isso antes, como se fosse algo em que somos excepcionais.

Depois de vários segundos felizes, dou um passo para trás, me desvencilhando de seu toque.

Meus olhos encontram os dele. Ezra morde o lábio inferior, com um sorriso sensual no rosto. Meus lábios, minhas bochechas, inferno, até meus dentes estão pegando fogo.

Ezra passa a câmera do peito para as costas.

A APOSTA DO CORAÇÃO 171

— Tudo bem? — pergunta.

Eu concordo. *Mais do que bem*, quero dizer, mas é muito difícil falar agora. Acho que minha vida será dividida entre antes e depois desse beijo.

— Desde os doze anos que espero pra fazer isso — sussurra ele.

Arregalo os olhos, chocada.

— Calma, você sabia, não? Não é possível... — diz ele, disparando as palavras.

Meu coração bate forte. Balanço a cabeça, envergonhada.

Ezra agarra minha mão e nossos dedos se fecham.

— Vem. Vamos. Posso contar mais desse crush gigante no carro.

CAPÍTULO 21

Estamos em silêncio absoluto dentro do carro. Tudo que consigo pensar é na boca dele na minha, minha alma saindo do meu corpo e as palavras "desde os doze anos" e "crush gigante" me causando arrepios. Ele aumenta o volume do som, o que é bom, porque tenho quase certeza de que consegue ouvir meus pensamentos, de tão altos que estão. H.E.R. toca ao fundo — entre a guitarra melódica e a voz calorosa, parece que ela está cantando para nós. É a trilha sonora perfeita para este início. Sinto que vou entrar em combustão. De novo.

— Eu desço aqui — gaguejo quando ele para o carro em frente ao meu prédio. Ezra se aproxima de mim, seus olhos pedindo mais. Talvez seja melhor conversarmos antes de... você sabe.

— Você desce aqui — repete ele como um papagaio.

Seja responsável, eu penso. Seria tão fácil me entregar a isso — bem, *o que é isso?* Já li muitos romances sobre pessoas que se deixam levar pela... luxúria. Mas elas também não vivem felizes para sempre? Cala a boca, lógica.

A APOSTA DO CORAÇÃO 173

— Obrigada pela carona, Ezra — digo, mas tenho certeza de que ele consegue perceber a incerteza em minha voz.

— Vou com você até a porta — responde ele.

— Não precisa. — Mas ele já saiu do carro. É óbvio que ele é um cavalheiro.

Ele me segue no caminho até meu apartamento. Viramos em direção ao prédio e minha mãe se aproxima pela esquina. Ela nos vê e seu rosto se ilumina.

— Oh, mo. — *Ai, meu Deus,* ela disse. Deve estar mesmo muito surpresa, se deixou o coreano escapar. — Quem é esse? — Ela se inclina e então arregala os olhos ao reconhecê-lo. — Ezra? É você?

Fico boquiaberta. Ela se lembra dele?

— Mãe, por que chegou tão cedo em casa?

Ela me ignora e sorri para Ezra como se ele fosse um melhor amigo com quem perdeu contato e está reencontrando depois de uma guerra. Não consigo me lembrar da última vez que a vi tão animada.

— Anyoung hasaeyo — cumprimenta ele em coreano, confiante, fazendo uma reverência exagerada. Ele faz um *insa* profundo, uma demonstração de respeito. Eu estreito os olhos, sem entender o que estou vendo. Nem eu faço uma reverência dessa para os mais velhos. Como ele sabe fazer isso? Minha mãe assente, impressionada.

— Querido, que bom ver você! Não sabia que você viria. Sasha, por que não me contou? Entrem, entrem.

— Mãe, a gente pode... — Mas é tarde demais. A porta da frente já está aberta.

— E quando você aprendeu coreano? — pergunta ela, praticamente nos empurrando para dentro. Tento fazer um sinal, falar com ela em silêncio, mas mamãe não aceita. Entrou no modo anfitriã, e não há nada que eu possa fazer para impedir. — Só preciso de uns instantes para me refrescar do trabalho. Então vou cortar algumas frutas e podemos conversar. Ezra, quero ouvir tudo de você e da sua família. Cinco minutinhos. — Ela corre para o quarto, sem esperar por uma resposta.

Ezra está parado na porta com um sorriso satisfeito enquanto tira os sapatos. Ele nunca esteve aqui antes, mas se lembra das regras. E não é nada tímido. Começa a circular pela casa, admirando as fotos penduradas nas paredes, como se estivesse em um museu. Ele para em nosso altar improvisado. Estou vários passos atrás, de braços cruzados. Não sei por que, mas me sinto muito exposta por tê-lo aqui.

Ele morde o lábio e exala alto pelo nariz.

— Seu pai era um cara muito legal. — Ele se vira para mim e o brilho provocador de seus olhos desaparece. Outra coisa o substituiu. — Lembra quando ele levava a gente pra jogar basquete? — pergunta.

Sinto um nó na garganta. Quando Ezra aparecia, geralmente passávamos tanto tempo lendo ou jogando videogame dentro de casa que meu pai pedia — implorava — para sairmos. Mas não sabíamos o que fazer quando saíamos. Foi só quando meu pai nos arrastou para o parque com uma bola que começamos a brincar e fazer outras coisas além de ler mangás e escrever fanfics.

Penso no que Ezra disse antes. Que outras lembranças eu guardei? O que mais ele guardou que eu esqueci?

Ezra tem uma luz nova e suave nos olhos.

— Foi mal. Espero que não tenha problema em ter mencionado isso. Eu... — Ele pensa por um momento. — Tenho muitas lembranças boas com ele. Com a sua família. Aposto

A APOSTA DO CORAÇÃO 175

que é difícil. Só sei que ele deve estar muito orgulhoso de você, só isso.

Ezra e eu estamos nos vendo de verdade pela primeira vez em muito tempo. Ao menos é o que parece. Como se nos conhecêssemos desde sempre. "As pessoas são como espelhos para a alma", dizia meu pai.

Ezra não tem medo do silêncio, então o momento se estende. Por instinto, puxo a ponta do cabelo. Ezra inclina a cabeça, abrindo um pouco os lábios.

— Pronto, acabei. — Minha mãe sai do quarto e interrompe nosso transe. Ela dá um tapinha nos ombros de Ezra, ficando na ponta dos pés, e ele ri.

— Anda. Senta. Vou trazer comida — diz ela, enxotando a gente para o sofá.

Fica calma, Sasha. Isso se chama hospitalidade, ser uma boa anfitriã.

Ezra e eu sentamos em lados opostos do nosso velho sofá, afundando nas almofadas. Na cozinha, ouço a faca bater metodicamente na tábua de cortar. Conhecendo minha mãe, ela vai sair dali com comida suficiente para alimentar um exército.

Minhas emoções ficam à flor da pele. Ele não deveria ter vindo, mas agora está aqui, fazendo minha mãe rir e compartilhando boas lembranças sobre meu pai.

Antes que eu possa analisar mais memórias, minha mãe volta para a sala e coloca um grande prato de frutas fatiadas na mesa. Ela pegou maçãs, laranjas, peras coreanas e uvas. Não tem só frutas, mas também nozes, mel e lulas secas. Olho para Ezra para ver se está se contorcendo por causa da lula, mas ele bate palmas, empolgado.

— *Gomawo.* — "Obrigado", disse ele, com seu melhor sotaque coreano.

— Seu coreano é muito bom. — Minha mãe está agindo como se nunca tivesse ouvido um americano falar coreano antes.

— Você é muito gentil, sra. Sun. Tive a sorte de viajar para o Japão e para a Coreia no verão passado para um programa de intercâmbio. — Aquela voz suave, capaz de derreter alguém, está de volta.

— O sotaque dele é ok — digo.

Minha mãe me ignora e fala com ele.

— Tão esperto. E tão bonito. Querido, você ficou tão bonito.

Todo o meu corpo parece despertar. Ezra analisa meu olhar em busca de aprovação, e sinto arrepios subindo e descendo pelo meu braço.

— Tão bonito — afirma ela de novo, balançando a cabeça. Minha mãe volta a atenção para mim. — Sasha, você não acha?

— Ai, meu Deus, mãe!

Ezra me dá uma cutucada discreta, como aquela de antes no museu. Mas desta vez, quando faz isso, revivo mentalmente o momento em que ele envolveu minha cintura e nossas bocas se encontraram. E ela está certa — ele é bonito. *Tão bonito.*

Minha mãe pega uma fatia de uma laranja brilhante.

— Está bem, está bem. Vou parar, vou parar. Mas é verdade. — Minha mãe sorri para nós dois. — Antes que eu me esqueça, você conhece os Patterson? Eu estava conversando com a sra. Patterson hoje, e parece que a filha dela também estuda no Skyline.

— Vocês conhecem os Patterson? — pergunta Ezra para nós duas.

— Sim, eles são meus novos clientes. Estamos limpando a casa deles. Família legal.

Ezra se vira para mim. Nunca tive vergonha de minha mãe e de seu trabalho e não pretendo começar agora. Ela faz sinal para que Ezra coma mais e ele come. Sabe as regras. Minha mãe ficaria chateada se ele não aceitasse. Iria considerar grosseria, e eu ia ouvir falar disso por dias a fio. Ezra pega um punhado de nozes e as joga na boca, uma a uma.

— Então, Ezra, como anda a escola? — pergunta minha mãe entre bicadas na comida. Uma pergunta tão previsível de mãe.

Mas Ezra também está se divertindo.

— Incrível. Só nota 10. Estou mandando muito bem. — Ele mastiga sua maçã e sorri para mim.

— Você ouviu isso? Notas muito boas! Ele é inteligente e bonito, Sasha. Aposto que você estuda o tempo todo, que nem a Sasha.

Não posso deixar de revirar os olhos.

— Ah, para, sj — diz ele —, não sou tão ruim assim. Você contou para sua mãe do nosso empate para...

— Não — interrompo. — Hum... nada. Não. Pode parar.

Ezra ergue as sobrancelhas, mas não termina a frase. Ele entende e pisca algumas vezes.

— E por falar nos Patterson, você sabia que Kerry está em terceiro lugar? Talvez esteja em quarto, mas, se tudo der certo, em terceiro, se conseguir o que quer. — Ezra diz outras coisas, mas meu cérebro está fervendo.

Kerry é a terceira? Merda. Lógico que é. Isso explica aquela palhaçada com o livro. Todo mundo está fazendo de tudo para ficar em primeiro. Tenho estado tão envolvida com Ezra nos últimos dias que me esqueci do resto da turma do último ano.

Será que o mundo poderia rodar mais devagar só por um instante? O medo dá um nó na minha barriga. Corro o risco de ficar... em terceiro lugar? Não sei o que dizer. Eu deveria falar alguma coisa para aliviar a tensão, mas fico quieta.

— Tá. Vou deixar vocês dois terminarem... o que quer que estivessem fazendo. Me avisem se ficarem com fome, posso fazer uma sopa. — Minha mãe se levanta e aperta a bochecha de Ezra. — Estou feliz que você veio. Volta logo, tá? Fico feliz que vocês tenham se encontrado de novo.

Fico boquiaberta. É isso que ela acha?

Ezra assente e me dá um sorriso.

Eu sorrio de volta, mas ainda estou pensando no que ele disse.

— Kerry sabe das apostas?

Ezra assente de novo e dá de ombros. Ele estende a mão e aperta meu ombro. Mas quase não noto porque, simples assim, Ezra revelou outra nuance de toda essa confusão.

CAPÍTULO 22

Eu só consigo balançar a cabeça, como se dissesse "puta merda, não acredito".

— Onde é o banheiro? — pergunta Ezra, se levantando. Eu aponto para o armário, ou o banheiro, ou um portal para outro mundo, e Ezra caminha até lá.

A pequena revelação bombástica de Ezra me faz lembrar que a competição ainda não acabou; na verdade, está bem longe disso. A culpa que senti durante o dia, a boca de Ezra e o meu projeto do legado estão em uma espiral no meu cérebro, me deixando confusa. Inclino a cabeça, olhando para o espaço que ele acabou de ocupar. Ezra na minha casa. Ezra e minha mãe, juntos. É tudo confuso demais. Então algo brilha para mim, chamando meu nome. As chaves de Ezra. Estendo a mão para pegá-las e noto algo prateado e brilhante, que diz: "Oi, Sasha, aqui!" Um pen drive prateado. *Notas digitais.* As palavras de Ezra voltam à minha mente. Espio por cima do ombro, tentando ouvir passos.

Nada.

Minhas mãos se movem mais rápido do que posso respirar ou pensar e, antes que perceba, o pen drive está girando, girando, girando do chaveiro de Ezra para o meu bolso. Se Ezra tem uma vantagem injusta — Kerry como apoio — por que não posso ter também? Eu disse expressamente a Priscilla e Chance para não se envolverem, mas Ezra não se aguentou. Ele convidou Kerry para nossa... situação.

— Vocês dois estão bem? — pergunta minha mãe do corredor. Enfio as mãos entre os joelhos e tento ao máximo não parecer suspeita.

— Tudo bem! — grito de volta bem alto.

Quando Ezra sai do banheiro, finjo um sorriso inocente. Ele se senta de novo e eu mexo nas almofadas do sofá, afofando-as com a mão. Não consigo encará-lo. Se eu fizer isso, ele vai perceber. De alguma forma, ele sempre sabe o que se passa na minha cabeça. É como se me conhecesse melhor do que eu mesma na maior parte do tempo.

Os olhos de Ezra queimam minha pele. O pen drive está quente e pesado no meu bolso.

— Você está bem? — pergunta ele.

— Sim, só estou com a cabeça cheia, com tudo, sabe? — Faço um gesto com as mãos.

— Entendi. — Ele pigarreia. — Uma última coisa que passou pela *minha* cabeça.

Ah, não.

Ele engole em seco.

— Foi mal por ter sido um babaca com você na festa surpresa do nono ano. Sei que foi ali que nossa briga começou. Nunca foi minha intenção, e, se eu pudesse voltar atrás, com certeza voltaria. — Ezra se inclina e pega um punhado de

A APOSTA DO CORAÇÃO 181

nozes do prato da minha mãe. Ele mastiga e depois suspira.

— Eu admito que era um garoto muito difícil aos treze anos. Descontei muita raiva nas pessoas erradas e odeio isso. Porque você era minha amiga, minha melhor amiga.

Eu respiro fundo.

— Eu... — começo a falar.

— Desculpa. Faz muito tempo que te devo desculpas. Você pode não acreditar em mim, mas depois da nossa briga, escrevi várias mensagens pra você. Mas estava com medo demais pra mandar. Não sei. Aí a gente se mudou. E parecia que muito tempo tinha se passado. Espero que talvez seja melhor tarde do que nunca.

Achei que estava preparada para muitas coisas, mas parece que não para isso. Isso foi... Há quanto tempo ele queria dizer isso? Há quanto tempo está pensando em mim? Em nós?

— SJ? — A voz dele é suave. Eu me inclino para trás no braço do sofá, esperando que o espaço desacelere meus batimentos. — Fala alguma coisa.

— Eu não sei o que dizer. — Mentira. Isso é o mais fácil a se dizer.

Não sei como dizer que eu também sinto muito. Ou que senti falta dele. Que o quero por perto. Que quero ouvir tudo o que aconteceu na vida dele desde que nos separamos. Que nunca mais quero brigar. Que quero puxá-lo para perto e sentir o gosto de sua boca.

Meu cérebro não permite.

Porque qualquer verdade parecerá mentira enquanto seu pen drive estiver no meu bolso.

— Tá de boa — diz Ezra antes que eu possa responder de alguma forma.

182 DANIELLE PARKER

Ele esfrega as mãos na parte superior das coxas. Depois de um longo momento, olha para mim, seus longos cílios roçando em seu rosto. Ezra observa a sala, e eu olho para a porta.

— Desculpa, é só que... — É tudo o que consigo dizer.

— Não, não. Eu entendo, de verdade. Vou nessa. Fala pra sua mãe que foi bom vê-la de novo e agradeça pela comida. Ele pega as chaves e o restante de suas coisas depressa. Então nós dois nos levantamos e Erza vai até a porta da frente. Saindo sem se virar.

Fico parada por alguns instantes, a confusão se instalando em meu corpo. Só que meu corpo não parece meu corpo. Esta não sou eu. Eu não sou assim. O beijo, o pedido de desculpas, a novidade sobre Kerry. É muita coisa.

Eu me viro em direção ao meu quarto e vou praticamente correndo. A cada passo, uma forte curiosidade me domina. Estou frenética. Abro o computador, a adrenalina bombeando com tanta força em mim que meu coração parece prestes a explodir.

Quando a tela acende, coloco o pen drive na entrada e aguardo.

Não demora muito para que eu seja transportada para as profundezas do cérebro de Ezra. E é, em uma palavra, *magnífico*.

Ou *meticuloso*.

Tá, talvez mais três palavras: *organizado, detalhado, minucioso*.

— Puta merda — murmuro. Movo a mão pelo touchpad, clicando, abrindo um novo mundo. Sou como uma cabeça flutuante observando meu corpo violar a privacidade dele. — Horrível — digo baixinho —, isso é horrível. — Minhas mãos estão possuídas. Esta não sou eu. Mas sigo em frente, meus dedos ainda se movendo.

A APOSTA DO CORAÇÃO 183

Antes de mais nada, o nome do pen drive dele é Cerebellum. Que nerd. Mas dentro do Cerebellum existem pastas de arquivos com códigos de cores para cada uma de suas aulas. Dentro da pasta principal, encontro subpastas: Referência, Notas pessoais, Notas de palestra e Projetos. Eu clico. E clico. Clico. Clico. Mergulhando cada vez mais fundo no cérebro dele.

Dentro de cada subpasta, há páginas e páginas de esboços, notas e hiperlinks que levam a artigos, que levam a textos acadêmicos, que levam à raiz dos pensamentos de Ezra. As anotações dele fazem meu sistema codificado por cores parecer primitivo. Estou tanto fascinada pela delicadeza quanto aterrorizada pelo talento.

Sem falar que tem *coisa demais*. Uma enciclopédia digital.

Olho por cima do ombro e me inclino para a tela. Se eu tivesse algum juízo, fecharia isso, ou esconderia o pen drive sob uma tábua velha no chão, ou enterraria do lado de fora, ou jogaria no mar. Qualquer coisa menos bisbilhotar. Eu não deveria fazer isso. Não é meu e com certeza não tenho a permissão dele. Eu deveria parar. Eu poderia simplesmente devolver.

Porém, continuo clicando.

Uma pasta azul chamada *Cívico* chama minha atenção e sinto um aperto no peito. Preciso encontrar a apresentação dele. Mais dois cliques e o PowerPoint está aberto na minha tela.

Ezra compareceu a todas as palestras de Walker Ross, incluindo a de hoje. Ele tem muitas anotações e gravações, além de fotos dele e do sr. Ross. Em uma delas, Ezra está com uma camisa de botão e calça cáqui, um sorriso enorme, o braço em volta do ombro do sr. Ross, como se fossem melhores amigos. Em outra, Ezra está segurando um exemplar de *A vida da mente*, livro do sr. Ross, que sorri para a foto .

Eu me inclino para trás na cadeira. Um suor frio cobre meu corpo.

Vou perder.

Se ele entregar a apresentação do jeito que está agora, não tenho a mínima chance. Quero chorar, mas não posso. A surpresa dentro de mim é grande demais para eu me emocionar. Tamborilo na mesa, nervosa. Eu pisco, e o demônio que possuiu meu corpo clica na pasta e a balança sobre a lata de lixo na minha tela.

Eu poderia deletar o trabalho dele.

Acabar com ele, com o empate, essa confusão, agora mesmo. As coisas poderiam voltar ao normal.

Meus dedos não se mexem. Neste momento, eu tenho o poder de acabar com tudo. Eu posso mesmo jogar sujo? Balanço a cabeça e seguro minha própria mão, deixando escapar um enorme suspiro.

Não posso. Isso não. Talvez eu possa, tipo... remover *alguns* dos arquivos? Excluir algumas de suas fontes?

Uma batida na porta.

Sem esperar que eu responda, minha mãe entra no quarto devagar. Eu me atrapalho para fechar a tela.

— Querida, cadê o Ezra? — pergunta ela, olhando ao redor.

Será que consegue sentir minha traição? Está muito na cara? Tem uma seta gigante escrito "culpada" apontando para mim? Ela sabe que eu me tornei... *o que eu me tornei?* Isso é pior do que o que Ezra fez?

Minha mãe me olha, tentando entender meu silêncio e a maneira como estou lutando contra meu laptop e os papéis ao mesmo tempo.

— Bem, foi tão bom vê-lo de novo. Seu pai e eu sempre gostamos dele. Sei que os pais dele devem estar orgulhosos... — A voz da minha mãe falha quando ela começa a fechar a porta. Ela faz uma pausa. — Não é sempre que se encontra um menino assim, sabe?

Quando ela sai, posso ouvir a voz do meu pai, toda ameaçadora. Posso imaginá-lo ao meu lado, alto, pensativo. Posso ver nós três no parque. Penso na formatura e na imagem que pintei de mim, em cima daquele palco. Posso ouvir a voz do meu pai — tão nítida, como se ele estivesse na sala — falando sobre integridade, caráter e valores. Meu peito aperta e então tudo se tensiona.

O que estou fazendo?

Papai, o que estou fazendo?

Não posso... Eu não posso ganhar assim.

Abro a tela do computador de novo e o cursor paira sobre um último arquivo, intitulado Extras. Clico para abrir. A pasta tem outras pastas dentro, mas a que chama a minha atenção se chama Legado.

Engulo em seco, o mesmo medo começando a crescer dentro de mim. Eu clico para abrir a pasta. Uma mensagem aparece na minha tela: *insira a senha,* e o cursor pisca na caixa.

Agora já é tarde demais. Não posso voltar atrás.

Roo uma unha, a tensão em meu corpo crescendo como se eu estivesse desativando uma bomba. Escrevo o aniversário dele. Faço uma pausa antes de apertar enter.

Senha incorreta, diz o computador.

Tento outra combinação do aniversário.

Senha incorreta, diz o computador de novo.

Nada mais justo. O aniversário dele seria óbvio demais. Merda. Sou uma péssima hacker. Pense, cérebro. As senhas de computador tendem a ser algo único ou muito especial para o usuário, algo estranho, mas não tão estranho a ponto de você esquecer toda vez que precisar logar.

Então eu me lembro, a placa preta vintage da Califórnia no quarto dele, EZYGZY11, acima da cama. "Easy G", um apelido que o avô deu para ele, e o número favorito de Ezra. Ele nunca foi fissurado em carros que nem alguns dos nossos amigos do ensino fundamental, mas sempre disse que, assim que tirasse a carteira de motorista, encomendaria placas personalizadas com seu apelido.

Escrevo cada letra com muita atenção para não errar.

Engulo em seco.

Meu dedão paira acima do botão de enter. Assim que aperto, a pasta abre.

— Meu Deus do céu — murmuro.

Consegui?

Consegui!

Dentro da pasta há centenas de fotos, todas em preto e branco, de Ezra e da família dele. *É óbvio que ele tem algo preparado.* Algumas fotos são recentes, as que vi na câmara escura. Algumas são muito antigas, de quando ele era criança, agora digitalizadas. Passo por séries intermináveis de fotos. Porém, as que mais chamam a atenção são as dos pais dele. Há uma pasta inteira com Ezra, a mãe e o pai juntos. É a mesma foto, mas em versões diferentes. Ele modificou as cores e os tons. E cada uma é, de alguma forma, mais impressionante do que a anterior. Por quê? Para revelar algo novo, ver de outra forma? Eu estudo a fotografia, a maneira como os rostos de seus pais se enrugam, o jeito que se abraçam forte. Não consigo me lembrar da última vez que vi a família dele assim. Talvez Ezra também não consiga. Talvez seja por isso que tem essa pasta.

— Puta merda — digo, tomando consciência da magnitude da minha descoberta. Por que Ezra mentiu para mim?

Não temos muito controle sobre nossos pais, o que eles fazem e como se comportam. Ou como eles nos influenciam. Fecho o computador e enrolo o pen drive em um cachecol, enfiando-o na mochila. Não sei por onde começar ou o que pensar. Por mais que esteja de volta em minha vida, tem coisas que Ezra não quer me contar. E, pela importância que dá a essas fotos do passado, quando seus pais ainda estavam juntos, Ezra parece estar em busca de algo. Uma pista, um sinal, algo para entender onde está agora. Não demora muito para eu perceber que existe mágoa naquelas fotos, mesmo que ele não queira admitir isso para mim. Será que compliquei mais as coisas?

CAPÍTULO 23

Quando Priscilla vem me buscar na segunda de manhã, quase não a reconheço. Além da nova franja, ela está usando óculos redondos de aro preto. Está séria e pensativa, um contraste com seu jeito alegre e animado de sempre. Ela veste uma camisa de gola rolê preta e jaqueta jeans preta com tachinhas nos punhos, as unhas pintadas da mesma cor.

— Quando você fez tudo isso? — pergunto ao afivelar o cinto de segurança dentro da Menina de Ouro. — Nada de Chance? — Mas a resposta é óbvia, porque estou no banco da frente.

— Disse que vinha meio-dia. — Priscilla acelera e o carro dá um solavanco. — Você odiou? — Ela acaricia a testa como um gato.

— Ah, não. Eu amei. Mas você não está com calor? Estamos em maio. Vai passar dos vinte e poucos graus. — Do lado de fora da janela, o sol já está brilhando. Priscilla murcha, então tento de novo. — Eu não sabia que você ia mesmo fazer a franja, é só isso. E de óculos? Mas achei a estética boa, no geral. Você sabe que sempre fica linda.

— Já vou logo falar: esse final de semana foi cheio de emoções. Você não me ligou de volta e, pra ser sincera, eu precisava fazer alguma coisa, esquecer, desapegar. Então, Chance foi lá em casa e me ajudou a cortar a franja. Não era pra ficar desse jeito... mas ainda assim! — Priscilla dá uma risada nervosa.

— Para. Ficou linda! Além disso, é só cabelo mesmo. — Tento tranquilizá-la.

— Ah, é? Olha quem fala. Você sempre quis fazer alguma coisa de diferente no cabelo e nunca fez. — Priscilla me olha de soslaio.

Eu quero contrariá-la, mas não posso. Ela tem razão. Eu queria mudar meu cabelo, tipo raspar a parte de baixo, ou pintar de uma cor bem alegre, ou raspar *e* pintar, mas não consigo fazer isso. Meu pai me ajudou a colocar meus dreads e, ainda que pense em tentar alguma coisa diferente, não consigo. Sei não deveria ser tão sentimental com o cabelo, mas sou assim.

— Gina terminou *comigo*.

Ah, puta merda. Não estava esperando por isso.

Priscilla não olha para mim enquanto fala, então não olho para ela. Ficamos sentadas em silêncio por um momento enquanto ela passa em todos os sinais verdes e vamos para a escola, o interior do carro parecendo uma bomba-relógio.

— Ah, que merda. Sinto muito.

Eu me esforço para me lembrar dessas informações. Corria o risco de isso acontecer? Quando foi a última vez que conversamos? Com certeza conversamos. Sei que o fim de semana foi muito intenso para mim, mas parece que os últimos dias foram ainda piores para ela.

— Imagina a minha surpresa. Sim, eu sei que também queria terminar, mas fiquei mal mesmo assim. Tipo, eu não fazia ideia. Gina disse que estava se sentindo assim há algum tempo. Nós duas estávamos fingindo, eu acho. Mas por quanto tempo? Como pude ser tão cega? O que isso diz sobre mim? Que não consigo ver se outra pessoa também está infeliz?

Acaricio a mão dela.

— Vai ficar tudo bem. E, olha, me desculpa se eu não tenho... — Meu celular vibra e o nome de Ezra pisca na tela.

> **Ezra** 7h44:
> Oie.
> Não consigo parar de pensar no fim de semana, e sei que é um tanto aleatório, mas deixei meu pen drive na sua casa?

— Ai, Jesus — murmuro.

— Sido uma amiga muito presente? — ela completa a frase por mim. — Sei como você pode compensar. Todos nós no baile? Chance disse que poderia ser persuadido. Consegue imaginar?

— Ah, que inferno — digo, resmungando de novo.

— O quê? O que foi? — Priscilla estaciona o carro, ignorando as linhas no terreno. — Oi? Você vai me contar? Fala alguma coisa, por favor.

— Foi mal. Espera, desculpa, eu só... — Começo a digitar de volta, ansiosa para enterrar a angústia.

> **Sasha** 7h46:
> Não, foi mal, não vi.

Assim que envio a mensagem (a pequena, minúscula mentira), contorço os lábios, sufocando o que quer que esteja tentando surgir em meu corpo. Não tinha a intenção de mentir para Ezra, mas não sei como explicar a situação do pen drive por mensagem. Para ser sincera, muito se perde no texto. Não posso escrever *sim, desculpa, ficou comigo. Eu roubei quando você foi no banheiro.* Posso ser sincera pessoalmente, e vou fazer isso. Quando for a hora certa. Vou devolver o pen drive e podemos continuar sendo fofos e nos beijando. Beijando mais.

Pensar na boca de Ezra faz meu coração bater mais forte. Não noto Priscilla e seus olhos brilhantes.

— Tá bom, não precisa falar — diz ela, com certa raiva.

Em um único movimento, Priscilla sai do carro e pega as coisas dela no banco de trás, enquanto ainda estou procurando as minhas. Ela bate a porta e eu saio, tentando alcançá-la.

— Desculpa. Era o Ezra. Eu... — Apesar de estarmos do lado de fora, estou falando muito alto.

— E por que ele tá mandando mensagem pra você? Às 7h45 da manhã, ainda por cima.

Tudo bem. É uma pergunta justa. Puxo as alças da mochila, mas não respondo. Só contei para Priscilla e Chance a parte das apostas que fiz com Ezra. Com certeza não expliquei nosso momento de felicidade perto do mar. Vou fazer isso, obviamente, assim que entender tudo que está acontecendo. Quando as coisas estiverem mais evidentes, quando tivermos decidido o que somos, posso contar para eles.

— Vai me contar ou não? Porque você está agindo como se tivesse visto um fantasma.

— Ele... Ezra foi até a minha casa.

— Como é que é? Tipo, onde você dorme à noite? Como assim? Até onde eu sabia, a gente odiava esse cara. Não faz sentido nenhum, Sasha. Pode começar a explicar.

Coço o colarinho.

— Eu vou. Vou mesmo. Mas agora seria melhor... seria melhor irmos pra aula, não?

— Agora, Sasha — exige Priscilla, séria.

Ao nosso redor, os alunos avançam, indo para a aula, onde precisamos estar. Faço um esforço para relembrar o fim de semana e os eventos estranhos que aconteceram.

— Eu me encontrei com ele sábado, no museu para Walker Ross, e, e...

— *Sábado?* Quando você teve tempo de ir ao museu? — pergunta ela.

— Fui de manhã, mas...

Ah, droga. Meu coração para.

Priscilla franze a testa.

— Achei que você estava trabalhando.

— Eu... eu ia trabalhar com minha mãe. Mas me envolvi...

— Sim, sim, sim. *As apostas.* Eu sei. — A voz afiada de Priscilla perfura minha pele. — Então por que você mentiu? Ou, pra ser mais específica, mentiu pra mim? Por que você não poderia só dizer "não vou trabalhar, preciso fazer uma coisa" ou "não posso falar esse fim de semana, depois a gente conversa"? Por que não admitir logo o que está fazendo em vez de continuar o que quer que seja isso?

— Na verdade, eu ia fazer isso agora. Ou vou, eu só...

— Sabe, isso é uma merda, sério. Estou tentando apoiar você e tudo o mais porque estou torcendo por você. De verdade. Mas você poderia ter me contado. Não precisava mentir. É igual à situação com a Gina. Nós somos amigas? Por que você não pode ser sincera quando o assunto é importante, Sasha? Eu nem te reconheço mais.

Priscilla dá dois passos rápidos na minha frente e eu a seguro pelo pulso. Ela está bem próxima a mim.

— Tá bem, tá bem. Eu entendi. E vou explicar, só preciso de algum tempo para processar tudo. Para entender o que estou sentindo primeiro. E depois eu explico. Mas ela não acredita, ou não consegue entender, ou as duas coisas. Está tão inexpressiva que chega a assustar. Nunca a vi assim antes. Ela semicerra os olhos azuis, a expressão fria. Assim que Ezra e eu conversarmos, as coisas farão mais sentido, eu sei disso. Outro momento doloroso se passa e então Priscilla vira as costas e segue para a aula.

Dizem que atletas profissionais conseguem esvaziar a cabeça quando estão jogando. Sem pensamentos, só execução. Eu meio que me sinto assim esta manhã, de uma forma estranha. Quando o sr. Mendoza me chama para a frente da aula de educação cívica, é oficialmente hora de executar.

O sr. Mendoza carrega minha apresentação no projetor, e eu me lembro do que funciona — manter minhas costas retas e meu queixo erguido enquanto estou na frente da sala. Agarro o pequeno controle preto com tanta força que tenho certeza de que ele pode quebrar em um milhão de pedaços. Mas não. Pelo menos não enquanto eu o segurar. Encaro a turma, vinte e oito pares de olhos voltados para mim, variando de animados a entediados.

Respiro fundo outra vez, endireito os ombros e observo o ambiente. Deixo para lá todas as coisas estranhas que aconteceram nas últimas duas semanas. *Eu consigo. É hora do show.*

Assim que começo, tudo flui, do jeito que pratiquei. Os slides, cada um contendo pelo menos uma foto ou um gif, prendem a atenção de todos. Após seis minutos de apresentação, digo as palavras mais fáceis:

— Essa é a minha apresentação, obrigada.

Todos batem palmas e o sr. Mendoza me dá um aceno de aprovação. A aposta #2 está completa.

Bem, pelo menos para mim.

— Adorei o que você acrescentou sobre o sr. Ross — diz o sr. Mendoza. Pisco algumas vezes, percebendo que ainda estou na frente da sala.

— Algum outro aluno conseguiu assistir à série de palestras dele? — A maioria dos alunos o olha sem expressão, e os que estão acordados apenas balançam a cabeça negativamente. — Não importa. Mais um trabalho excelente, Sasha.

Eu me sento em minha carteira, esperando me sentir aliviada, mas isso não acontece. Tudo o que consigo ouvir são as palavras de Priscilla sobre honestidade, dizendo que não me reconhece e perguntando qual é a minha — e não sei como responder.

— Bem, isso é estranho — diz Chance na hora do almoço. Estamos sentados no nosso lugar de sempre, perto do pátio e embaixo de uma sequoia. Ele não está errado, a energia está pesada. Nosso trio agora virou uma dupla.

— Não quero que você se sinta no meio de um fogo cruzado — digo entre mordidas no meu triste sanduíche de manteiga de amendoim e banana.

— Não estou me sentindo assim, sério. Mas prometi pra Priscilla que ia me encontrar com ela no pátio pra alguns jogos hoje. Parece que estão distribuindo moletons da turma

A APOSTA DO CORAÇÃO 195

ou algo assim. — Chance dá de ombros e me lança um sorriso de pena.

Eu faço o meu melhor para corresponder o sorriso.

— Vai lá então, sério. Sem problemas — digo.

— Tem certeza?

Confirmo com um aceno de cabeça, e Chance coloca a mochila no ombro. Ele faz um sinal de paz e se afasta.

Fecho os olhos, desesperada para me livrar desse sentimento estranho. Quero me sentir empolgada com a apresentação de hoje, mas não consigo. Só me sinto ainda mais confusa.

CAPÍTULO 24

Depois da aula, Ezra está encostado no meu armário como se a gente fosse um daqueles casais de filme adolescente que não suporta ficar separado.

— Oie. — Meus ouvidos se animam com o som da voz dele.

Uma coisa é pensar nele o fim de semana inteiro; outra é vê-lo aqui, depois da aula, me esperando. Meu coração está transbordando. A gente pode se beijar aqui? Pode se beijar na escola? Quer dizer, sei que as pessoas fazem isso... e muito mais. Mas eu conseguiria? Depois de sair da minha aula favorita com meu professor favorito?

Ezra se inclina como se quisesse um abraço. O cheiro dele, uma mistura de jasmim e luz do sol despontando entre as árvores da floresta, paira no ar. Isso me atrai, e meu cérebro entra em curto-circuito. Ele acaricia minha bochecha antes de dar um passo discreto para trás.

— Quer ir comigo pra câmara escura? — Os olhos dele brilham.

Eu o cutuco bem em sua barriga definida.

— Isso parece um código para fazer mais do que revelar os filmes.

— Você não está errada.

Mordo o lábio, uma pequena parte de mim querendo ceder à tentação.

— Eu quero, mas não posso hoje. O dia está meio... estranho.

Penso em Priscilla e no pen drive de Ezra e, por um momento, desejo não ter me envolvido tanto. Não poderia só aproveitar essa química? Esse flerte gostoso?

Ele balança a cabeça ao apoiar as mãos de leve na minha cintura. Eu me inclino para um beijo discreto. *Eu poderia fazer isso o dia todo.*

Ezra puxa meu braço de novo, querendo juntar nossos corpos, mas eu o interrompo antes que nos deixemos levar pelo meu corredor favorito, o que dá na sala em que acontece minha aula favorita.

— Tem certeza? — Ele faz cara de filhotinho de novo. — Nem um pouquinho?

A covinha vence.

— Só um pouquinho — cedo, ainda que algo dentro de mim esteja me dizendo para voltar para casa.

Ele segura minha mão, sem esforço, e caminhamos em direção à câmara escura. Quando entramos, tudo é tão romântico quanto antes. A luz vermelha está mais brilhante e deixa Ezra mais quente do que há dois minutos. Ele mexe em uma máquina e algo emite um ruído.

— Eu amo isso aqui — digo, porque meio que amo mesmo —, mas se ficarmos presos nesta sala de novo, vou ficar traumatizada. Tem como garantir que isso não vai acontecer?

Ezra ri.

— É, verdade. Eu já volto. Não some, hein?

Ele larga a mochila e dá meia-volta, olhando para trás por um instante antes de desaparecer.

Agora é minha chance de consertar as coisas.

Mais rápido do que nunca, tiro o pen drive do estojo, abro a frente da mochila dele e o jogo ali. Pronto. Devolvido ao seu legítimo dono, Cerebellum. Pode ser que Ezra ache que o tinha colocado no lugar errado. Minha consciência pode ficar limpa e posso fingir que isso nunca aconteceu.

Sem pensar duas vezes, fecho o zíper da mochila e volto para o meu lugar perto da bacia de água.

Sou tão inteligente quanto ele, se não mais. O donut e o livro parecem brincadeira de criança, quando paro para comparar. Um sorriso surge em meu rosto, e não disfarço. Consegui as informações de que precisava sem prejudicar ninguém e sem que ninguém soubesse. Uma verdadeira lenda. Mentalmente estou me dando um tapinha nas costas.

Passos interrompem meu elogio, e então ele reaparece.

— Que sorriso bonito — diz ele, entrando na sala.

Eu me abaixo e pego minha mochila.

— Obrigada! Então, mudança de planos... na verdade, tenho que ir. — Faço uma voz superdoce para que ele não possa protestar. — Vamos deixar pra outro dia, tá? — Fico na ponta dos pés e dou um beijo rápido na bochecha dele. Antes que Ezra possa responder, saio pela porta e solto o ar.

Quando enfim chego em casa, sou recebida com um silêncio confortável. Tiro os sapatos e, antes de chamar por ela, vejo minha mãe esparramada no sofá, dormindo profundamente.

Como assim? Mal passou das cinco da tarde. Ela não se mexe quando entro e fecho a porta. E é assim que percebo que ela está cansada, *bem* cansada. Deve ter se levantado cedo para trabalhar hoje. Ou talvez seja porque ela nunca para — minha mãe nunca teve mais do que um dia de folga em anos. Sempre tem que limpar as coisas de alguém. Minha preocupação é que ela nunca encontre tempo para cuidar de si mesma.

Vejo um cobertor azul-escuro pequeno na ponta do sofá. Eu o desdobro e a cubro. Ela se remexe um pouco nas almofadas, mas continua dormindo.

Noto a mesa de centro, cheia de coisas: um copo com água, um saco vazio de salgadinhos de camarão, uma embalagem de chiclete e o celular dela. Pego o controle remoto em cima de um guardanapo para desligar o k-drama que ela deixou de fundo, mas então paro, surpresa.

Ironias do amor.

Os rostos familiares dos personagens aparecem na tela. Cresci com a história de amor deles.

Minha mãe sempre comentava de uma série de k-dramas e tentava assistir a alguns de forma ilegal, já meu pai nunca gostou muito de nenhum. Mas *Ironias do amor*? Era seu filme preferido, uma história de amor escrita só para ele. Meus pais assistiam sempre, o que significa que eu também assistia. Gostávamos de tudo, mais ainda de como o começo e o fim se ligavam. E, óbvio, como os dois se reencontravam, não importavam as circunstâncias. O amor sempre vence.

Sinto um nó no estômago.

Acho que não a vejo tirar esse DVD do armário... faz algum tempo. A dor em meu coração fica ainda mais profunda porque sei que isso significa que ela andou pensando no meu pai e no amor deles. Uma pequena parte de mim quer acordá-la, sentar no sofá e colocar o filme.

Mas isso não parece certo. Ela precisa descansar.

Com um clique rápido de um botão, a tela escurece.

Pego o copo de água para levar para a cozinha e, ao pisar no corredor, algo me chama a atenção: há uma enorme sacola branca pendurada na porta do armário, se camuflando perfeitamente com a parede. Dou mais um passo à frente. O que... Sinto uma pontada no coração. Não pode ser... Puxo o zíper o bastante para ver a cor lilás e a renda... é o vestido da boutique da Anna, aquele que vimos na vitrine no outro dia.

Eu suspiro.

Analiso o vestido, sentindo o cheiro do plástico, que lembra o de uma roupa ou bolsa nova. Pego o vestido devagar, como se estivesse tocando vidro. É lindo. O tecido é bem macio, com pequenos cristais costurados na renda. Da última vez que coloquei um vestido tão bonito, no nono ano, todas as preocupações desapareceram, e minha vida parecia... perfeita. Toco o decote delicado e um nó se forma em minha garganta. Com os olhos ardendo, pisco até sentir que estou de volta ao controle, ao menos um pouco. O vestido me faz pensar na dança de pai e filha, o que me faz pensar em meu pai, minha mãe e No Plano, nosso felizes para sempre, juntos.

Eu toco o vestido de novo, com medo de respirar perto dele.

Por instinto, dou uma olhada no forro, com a esperança de encontrar uma etiqueta, mas não acho nada.

É caro, dá para perceber pela costura. É por isso que trabalhamos nos Patterson? Sei que ela está sempre ralando por minha causa, mas isso é demais, não é?

Não podemos nos dar ao luxo de ter despesas grandes e supérfluas como esta. Não quero que minha mãe pegue trabalho extra por minha causa. O que estou fazendo por ela? Penso na bolsa de estudos. Quero que ela saiba que todo o seu trabalho árduo como mãe valeu a pena porque, no fim, provei que era a melhor do Skyline.

Enfio o vestido de volta na capa protetora e fecho o zíper. Abro a porta do armário e vejo outra coisa no canto: a velha mochila da mamãe.

Vou até meu quarto na ponta dos pés, tomando cuidado para não acordá-la quando fecho a porta. Na minha mesa, olho para a mesma foto desbotada da minha família enquanto vou de um pensamento a outro. Expiro e tento reprimir a culpa que cresce em meu peito. Eu me inclino para trás na cadeira e fecho os olhos.

Descreva o que define você. As perguntas do legado gritam para mim. Será que deixei o desejo de ir bem na escola determinar quem sou?

Pense no seu futuro: como você o imagina?

Ezra surge na minha mente, no meu corpo. Ele se lembra de tantas coisas sobre mim, sobre nós. E eu meio que juntei todas as nossas lembranças e as escondi no fundo da mente, como roupas que sei que não vou mais usar.

Deixo meus pensamentos vagarem. Tento me lembrar de coisas sobre mim que talvez tenha esquecido, de propósito ou não. A lista começa pequena — ler quadrinhos, explorar o espaço, minha obsessão por Hello Kitty — e depois fica maior, mais detalhada. Dançar. Viajar. Ezra e eu uma vez conversamos sobre fazer um mochilão pela América do Sul durante o verão. E, é lógico Nova York.

Sei que não fui sempre a pessoa que só se preocupava em tirar boas notas. Eu tinha muitas outras vontades, outros sonhos também.

O futuro é assim: ele está pronto para ser criado, inclusive o meu. Talvez meu futuro possa ter tudo: a escola, o garoto, os diplomas. Eu giro na cadeira, esperançosa.

CAPÍTULO 25

— **Toc, toc** — diz uma voz familiar. É quinta-feira à tarde e estamos na sala da srta. T quando Ezra surge na porta, sorrindo, confiante. Eu me endireito na cadeira e apoio as mãos no colo. Os alunos inclinam a cabeça, curiosos. Chance e Priscilla não vieram à aula de reforço (provavelmente para evitar ficar perto de mim). Então, de última hora, convidei Ezra.

Eu pigarreio, mas parece que estou engasgando com a comida.

— Nossa... você está bem? Quem sabe fazer a manobra de Heimlich? — grita Marquese, se levantando de sua mesa.

Juan olha com desdém, como se eu o envergonhasse na frente de pessoas importantes. Eu pigarreio de novo, do jeito normal dessa vez, antes de falar:

— Pessoal, esse é o Ezra — digo, minha voz mais rouca do que gostaria.

— Ahhh. Ele é um gato. É seu boy? — Khadijah não perde a chance.

— O qu... quê? Não, eu... — Meu rosto esquenta.

Ezra, meu boy? Quer dizer, sim, temos nos beijado muito, mas ainda não decidimos nada, tipo, oficial.

Khadijah faz uma cara que diz "responda a minha pergunta, porque não quero ter que repetir".

— Não. Eu só... quer dizer, é o Ezra.

Ezra ri enquanto desliza para a mesa ao meu lado.

— Prazer em conhecer vocês. — Ele está tranquilo, mesmo diante de alunos intrometidos do ensino fundamental.

Todos eles olham para nós.

— Seu "talvez", então? Ou é complicado? — pressiona Khadijah, os olhos fixos em Ezra.

Minha língua parece presa. É no mínimo complicado.

Apesar de não ser minha intenção, eu o olho de cima a baixo, absorvendo todos os detalhes. Ele está vestindo uma calça jeans azul-clara com rasgos nos joelhos, uma camiseta de algodão preta que mostra os músculos de seus braços. Parece inabalável, os ombros largos e as costas retas. E, lógico, tem aquele rostinho dele.

Nossos olhos se encontram.

Ezra abre um sorriso.

— É minha namorada — diz ele para a sala, confiante.

— Galera! — Eu levanto as mãos, a fim de tentar recuperar um pouco do controle. — Calma aí, calma aí, calma aí. Este é o Ezra. Ele está aqui para ajudar com a lição de casa e nada mais. — Eu amo as crianças, mas elas não precisam saber tudo a meu respeito.

— Se vocês não estão namorando, então como se conheceram? — pergunta Khadijah a Ezra do outro lado de sua mesa.

Ezra se vira para ela.

A APOSTA DO CORAÇÃO 205

— Sasha e eu nos conhecemos há muito tempo. Bota história nisso. — Khadijah está visivelmente intrigada. — Ela foi minha primeira amiga de verdade. Minha melhor amiga.

— Ezra também é brilhante e um excelente tutor, então está aqui para ajudar. Agora, se vocês acabaram de me interrogar, vamos começar, *por favor*?

Ben olha para Ezra através dos óculos.

— Você acha que pode me ajudar com matemática? Chance costuma me ensinar. — Ben também está no nono ano, mas é o mais baixinho do grupo. Ele é pequeno e tem uma carinha de bebê muito fofa, com olhos esverdeados brilhantes, e está sempre perdendo seus trabalhos, apesar de sua enorme mochila do Bob Esponja. — Eu odeio matemática, sério. — Ele suspira, abrindo o livro enorme.

— O quê? — Ezra se aproxima e se agacha ao lado dele.

— Você não pode odiar matemática! Cara, você já ouviu falar de Benjamin Banneker?

Ben nega com a cabeça. Os outros alunos escutam. Também presto atenção; não me lembro desse nome.

— Benjamin Banneker era *o* cara. Nasceu anos atrás, um homem negro livre em Maryland e praticamente autodidata. Era um gênio da matemática e inventou o primeiro relógio dos Estados Unidos. O relógio! Onde estaríamos sem ele? Loucura, né? Ele era seu xará, e esse foi o legado dele.

Ben arregala os olhos e seu rosto se ilumina.

— Nossa! — diz o grupo.

Eu tenho que me segurar para não pular e me intrometer na conversa deles. Fico feliz pela facilidade com que Ezra se conectou com Ben. Quase tinha me esquecido o quanto Ezra era obcecado por fatos aleatórios. Costumávamos assistir a *Jeopardy!* e *Wheel of Fortune* juntos, e ele brincava, ou ao menos eu achava que era brincadeira, que queria competir no programa quando crescesse, para ganhar um veleiro e viajar pelo mundo.

Pelo canto do olho vejo Khadijah balançando as mãos no ar. *Terra para Sasha. Oi, volte para cá!*

— Srta. Sasha, pode me ajudar com isso? — pergunta ela, com os olhos arregalados.

— Hã? Lógico, desculpa. Álgebra?

— Sabe como é. — Ela abre o livro grosso e o vira na minha direção.

Após cerca de quarenta minutos de polinômios com Khadijah e mitose com Juan, os alunos estão inquietos, se mexendo nas cadeiras, um bocejo atrás do outro. Chegamos ao nosso limite. E eu não os culpo. Uma intensa sessão de aula de reforço após um longo dia na escola é coisa demais. Até para mim.

— Estou ficando com fome. Alguém tem algo para comer? — O rosto redondo e os olhos esverdeados de Hector parecem desanimados. Ele tira o boné dos Dodgers, sinalizando o fim de nossa sessão de trabalho, e olha para o relógio na parede.

— Eu comeria alguma coisa. — Khadijah deixa cair o lápis.

Ben deita a cabeça na mesa, escolhendo descansar em vez de comer.

— Srta. Sasha, Ezra é muito bom em matemática. Ele explica muito bem. Você já sabia disso?

Ben tem dificuldades com matemática desde que começamos com as aulas de reforço. Ele sofre de discalculia, o que significa que consegue ler e escrever bem, mas a matemática é complicada demais para ele. Agora, porém, Ben está sorrindo para Ezra como se ele fosse um Pokémon raro.

— Não, cara — responde Ezra. — Isso foi obra sua.

— Tá, mas... matemática é difícil, e você nem sempre vai estar por perto pra ajudar. — Ben se senta bocejando e fecha o caderno.

Ezra o cutuca com o ombro.

— A gente consegue fazer coisas difíceis. — Ele gesticula para a planilha. — Olha a prova. Viu? Nunca se esqueça disso.

Ben se anima.

— Tá bem, é verdade.

Khadijah observa, olhando de Ezra para mim e de volta para ele.

— Será que você pode voltar? — pergunta Ben.

Ezra pisca para mim com expectativa. As crianças estão maravilhadas, e eu também. Ele é gentil. Gentil de verdade. Sabe seguir o fluxo. É fácil estar perto dele, eu acho. E ele também tem uma risada muito gostosa. E é inteligente. Nossa, como ele é inteligente. Não tem medo de ser intelectual. Na verdade, é o oposto disso. O pen drive dele é um bom exemplo — os arquivos são detalhados e organizados, mas com certo humor, já que Ezra o batizou de Cerebellum. Ele sabe que aprender é bom, mas não permite que isso o controle, e, para ser sincera, sinto inveja.

Puxo uma mecha do meu cabelo. Caramba, ele sempre foi assim? A mistura perfeita de inteligência, generosidade, bom humor e beleza?

Não acredito que estou pensando tanto em... *Ezra*.

— Sim? — diz ele.

Merda, eu falei em voz alta?

— Nada, eu... era só, hã, do que a gente estava falando?

— Se eu posso voltar. — Ele ri.

— Hum. Quer dizer, óbvio que sim, se você quiser.

Ele se anima.

— Lógico que quero. Faz tempo pra caral... caramba que não me divirto assim.

As crianças murmuram entre si, felizes.

Todos começam a enfiar livros nas mochilas, arrastando cadeiras pela sala.

Em um piscar de olhos, todos se foram. Khadijah chegou a fazer uma cara cheia de insinuação para mim antes de sair. Agora estamos só nos dois. Ezra desliza a cadeira para perto de mim.

Está tão quente aqui?

Posso ver a curva de seu nariz e os cílios cheios.

— Queria saber se você pode me ajudar com uma coisa. — Ele desdobra um pedaço de papel pautado e o desliza na minha direção.

Estou com medo de abrir, mas Ezra está me olhando com aqueles olhos arregalados e entusiasmados, então eu abro.

SJ, *quer ir ao baile de formatura comigo? Marque embaixo: sim ou não.* Eu encaro as duas opções; a caixa do sim é cerca de dez vezes maior do que a caixa do não.

Ele se inclina.

— Toma, eu trouxe até um lápis pra você. — Ele me entrega um lápis Ticonderoga de um amarelo chamativo e apontado que eu sei que pegou na mesa da srta. T.

Não preciso pensar, só fazer. Desenho um coração na caixa do *sim*, pinto por dentro e devolvo o papel para ele.

— Sábado, então? — pergunta Ezra.

— Sábado. — Eu me inclino, selando o bilhete com um beijo.

CAPÍTULO 26

Não sei dizer como consegui fazer com que nos reuníssemos para outra Sexta-Fritas. Talvez eu também tenha lá meu charme? De todo modo, cá estamos, no McDonald's, no nosso sofá favorito, que fica nos fundos, e nossas comidas favoritas: três batatas grandes, dois cones de sorvete (a máquina de McFlurry ainda está quebrada) e seis tortas de maçã (cada um gosta de levar uma para casa). E, felizmente, todos chegaram na hora certa.

— Coisas boas? — pergunta Chance, espremendo um pacote de ketchup até formar uma poça.

Priscilla gira o canudo no copo, o gelo nadando e fazendo barulho dentro dele. Tento avaliar seu humor, desde o cardigã preto e branco de bolinhas até a calça rosa com estampa floral... Não sei, são muitas estampas. O que isso quer dizer? O quanto ela está brava comigo?

— Passo — responde ela.

Saquei.

Pego uma batata frita e Chance dá um tapa na minha mão.

— Ai! — grito.

— Peça desculpas primeiro. Seja educada. — Ele me lança um olhar brincalhão.

Ele tem razão.

— P, me desculpa. Sei que tenho estado estranha. Chance, me desculpa também, se andei, sei lá, ausente. — Priscilla relaxa, e vejo um sorrisinho se formando em seus lábios. — É sério. Espero que a gente possa falar disso agora. Estou aqui pra responder qualquer pergunta e fazer as pazes. — Ergo o guardanapo quadrado. — Pronto, aqui está a bandeira branca. — Eu o sacudo.

— Bem brega, mas a Suíça aceita seu pedido de desculpas — diz Priscilla.

— Achei que eu era a Suíça — brinca Chance.

Os ombros de Priscilla relaxam. Ela mergulha uma batata frita no sorvete.

— Hoje não. Quero saber tudo. — Ela me encara. — Assim, me explica por que a Jessica com a tatuagem no ombro me disse que viu você e Ezra se beijando? Na escola?

— Também ouvi essa fofoca — acrescenta Chance.

— Então acho que Ezra é minha coisa boa. — Hesito em dizer as palavras, mas, quando começo a falar, não consigo parar. Conto do final de semana para meus amigos, das conversas, dos beijos no corredor. Então me lembro da cereja no topo do bolo. — Ah, e nós vamos no baile de formatura — digo, tímida.

— Uau. — Priscilla pega um punhado de batatas fritas. Não sei o que achar da resposta dela.

— Chance, baile?

— Não é amanhã? Além disso, acho que não. Ainda tenho uma advertência ou sei lá o quê por causa da frequência, ou falta de frequência. Mas! Comprei a passagem de avião. Para a Inglaterra. É oficial. — Chance sorri como um louco. A alegria no rosto dele é contagiante.

— Quando? — pergunta Priscilla. — Já comecei a fazer uma lista de restaurantes que você tem que visitar. Eu e meus pais também queremos voltar neles. Vai e me manda fotos suas com as sobremesas. Ai, caramba, posso transformar você naquela série de livros, *Flat Stanley*, mas vai ser *Flat Priscilla*.

— Topo a comida. O resto... vamos ver — responde ele.

— Mas se preparem para o porém: a data de partida é na noite da formatura. Um pouso noturno em Heathrow.

— Muito legal, Chance, de verdade — digo a ele.

Mordiscamos batatas fritas por mais um tempo antes de Priscilla levar as mãos ao rosto, mexendo os dedos, bem-humorada.

— Vamos fazer uma festa de despedida pra você — sugere ela.

Chance nem hesita.

— Adorei. Pode ter um tema europeu, mas sem futebol americ... quer dizer, lá é só futebol. Nada relacionado a esportes.

— Amei a ideia — afirma Priscilla, a euforia em sua voz quase exagerada.

Pego uma torta de maçã e abro a caixa devagar, notando o desenho perfeito, desde o formato da embalagem até os orifícios de ventilação para mantê-la crocante.

— P, você não chegou a dizer sua coisa boa. — Não consigo olhar para eles. Em vez disso, ergo uma das abas da caixa, libertando a torta.

— Bem, não sei. A semana foi uma merda, mas é bom estarmos juntos de novo. Senti saudades de vocês dois.

— Temos, tipo, três Sextas-Fritas até a formatura — diz Chance. Evitamos contato visual, com muito medo de reconhecer o que já sabemos.

— Acho que tudo que é bom tem que acabar — acrescenta Priscilla.

Tem mesmo?

CAPÍTULO 27

— **Bem-vinda ao SPA** do baile de formatura — diz Priscilla com uma reverência enquanto abro a porta do quarto.

É sábado, noite do baile. Priscilla está de pé no meio do meu quarto, radiante, os braços tão abertos quanto seu sorriso. Ela está usando um terno azul-marinho com um caimento perfeito, com abotoaduras e pulseiras douradas que combinam. O cabelo, com grandes cachos, foi preso para trás, exibindo sua maquiagem: sombra azul e dourada e rímel azul-escuro.

Meu quarto foi transformado em uma elegante loja de departamentos. Há roupas penduradas em todos os cantos. Ela acendeu pelo menos trinta velas pequenas, e SZA toca ao fundo, suave e relaxante. Talvez este seja de fato um novo começo para nós. Ela até trocou a lâmpada da minha luminária de mesa, que agora emite um tom intenso de vermelho.

— O que é tudo isso? — pergunto, perplexa.

— É importante definir o clima certo. O que achou? — pergunta ela, girando rápido ao gesticular para tudo que está por perto.

Uma das grandes vantagens de ser amiga de Priscilla é que ela demonstra seu amor de maneiras nada convencionais. E quando demonstra, como agora, é impossível não sentir seu calor. É bom ter alguém cuidando de você.

— Eu... Eu nem sei o que dizer.

— Diga que é fabuloso, como nós. — Ela me dá uma piscadinha.

Eu me sento na cama ao lado de um vestido rosa-claro com alças finas que poderia ser uma camisa. Não mesmo. Do meu outro lado está um conjunto preto de jaqueta e calça de couro sintético. Também não. Essas roupas são da Era Extravagante de Priscilla.

Estou pensando na renda e no lilás quando Priscilla interrompe:

— Não sei se você percebeu, mas as roupas vão de mais discretas até mais ousadas, se é que você me entende. — Ela sobe e desce as sobrancelhas.

Nós duas rimos.

— Em qual vibe estou agora? — pergunto ao apontar para o vestido rosa e depois para o couro sintético. — O que significam essas roupas?

— Ótima pergunta. Você está no meio, uma vibe meio selvagem, mas sensual. Então, pense no vestido rosa-claro com uma maquiagem mais pesada, preta. Ou na roupa de couro com glitter nos olhos. Deu pra entender? Me diz que você pegou a visão. — Ela balança as mãos na frente do rosto.

Eu faço que não com a cabeça.

— Tudo bem. Vai fazer sentido em breve. Por que você não experimenta? — Ela gesticula para todas as roupas, então eu lhe obedeço.

Por um momento, esqueço onde estou. Tantas roupas novas, tantas possibilidades. Quem eu poderia ser com essa combinação de saia xadrez e jaqueta? Ou com esse macacão listrado? Priscilla até trouxe uma... uma peruca?

Seguro a peruca perto do rosto e, por um momento, me pergunto sobre as outras Sashas que poderiam existir neste mundo. O que a Sasha de peruca roxa gosta de fazer? Como é a vida dela? Não consigo deixar de pensar em motocicletas, jantares chiques e um coração cheio de amor. Eu sorrio com o pensamento.

— Ah, sim. Essa é a Ruby. Ela é das boas. Experimenta.

— Priscilla me dá uma cutucada, então eu a satisfaço por dois minutos antes de voltarmos a nos concentrar.

— Que fofo — digo, apontando para um vestido preto simples com brilho. Se eu tiver que ir ao baile, acho que devo usar preto. Atemporal. Clássico.

— Sim, sim. Isso... isso é da Janine, você acredita? — Janine é a mãe de Priscilla.

Priscilla chama a mãe pelo primeiro nome desde pequena. Ela diz que era mais fácil encontrá-la assim, em meio a um mar de outras pessoas que também atendiam por "mãe". A minha mãe nunca me responderia em público se eu fizesse isso.

Levanto o vestido preto, e o tecido de chiffon parece falar comigo.

— Eu sabia que você ia escolher esse. Um clássico da Sasha. Uma previsibilidade adorável — comenta Priscilla atrás de mim.

— Por previsível, você quer dizer chata? — pergunto enquanto dou uma olhada na hora. Temos cerca de trinta minutos antes de Ezra chegar.

— Sinceramente, não seria má ideia fazer algo diferente às vezes — diz ela, sentando-se à minha mesa. Sem olhar para mim, ela acrescenta: — Acho bom dizer que estou fazendo tudo o que posso para não mencionar o fato de que você só vai hoje por causa do Ezra. Vou ignorar isso pra me divertir e criar novas memórias com minha melhor amiga... e ser madura. Além disso, para crescer. Estou evoluindo, sabe? Resmungo. É óbvio que ela *ainda* está brava, então.

— Olha, eu... — começo, com a voz trêmula.

— Não estou brava. Só quero que você se sinta confortável para me contar o que está acontecendo.

Priscilla anda pelo meu quarto, e fico parada, totalmente confusa. Não estou cem por cento pronta para explicar seja lá o que Ezra e eu somos ou não somos.

Eu gosto da companhia de Ezra, é lógico. Gosto que ele me conheça, do fato de já termos uma história, de eu ser importante o bastante para ter espaço dentro do coração dele. Gosto do cheiro dele e, com certeza, os abraços são bons também.

— Você está bem? — pergunta ela.

Deixo esses pensamentos de lado e assinto.

Priscilla aponta para o vestido.

— Não quero apressar, mas você precisa se trocar para que eu possa colocar seus cílios antes de a gente sair. Ezra vai chegar em breve e vou me encontrar com um pessoal na casa dos pais de Alicia... não é o que você está pensando, não é um encontro nem nada do tipo, é só pra tirar fotos... e depois quero ir ao baile para fazer uma entrada triunfal.

Sem dizer outra palavra, coloco o vestido preto. Mas, quando paro na frente do espelho, meu coração dispara, e não de um jeito bom. É fofo, até, mas não era o que eu imaginava quando o vi no cabide. É muito formal e tal.

Priscilla leva um dedo ao queixo e aperta os olhos.

— Muito sofisticado. — Porém, posso ouvir a hesitação na voz dela, ou talvez eu esteja imaginando.

Penso no meu pai, como os olhos dele brilharam quando me viu com o vestido que usei para o baile do nono ano. A admiração em seu rosto, como se eu fosse a coisa mais linda do planeta.

— Um segundo — digo, com a voz rouca, e não espero Priscilla responder antes de sair pela porta do quarto. Abro a porta do armário e examino o conteúdo novamente; desta vez, o espaço não parece tão vazio. Pego o vestido da boutique da Anna. Pode ser que, às vezes, as coisas só precisem esperar um pouco antes de estarem prontas.

Um nó se forma em minha garganta quando corro de volta para o quarto. Tiro o vestido preto e coloco o lilás, ignorando o olhar de Priscilla. No momento em que fecho o zíper, eu sei. É elegante, mas suave. Sofisticado, mas afetuoso. Minha mãe sabia.

É isso. É esse.

— Ai, meu Deus — cantarola Priscilla.

— É... É muito...

— É *perfeito* — acrescenta ela. — Por que você não me disse que tinha comprado um vestido?

— Eu não comprei — respondo, coçando o pescoço. — Minha mãe comprou. Longa história.

— Uma graça. Bem, é esse mesmo. Fica sentada aí e não se mexe. Preciso colocar seus cílios.

Passamos os últimos dez minutos nos arrumando, ou melhor, Priscilla me arruma. E quando ela termina, eu me olho no espelho. Ficou legal. Bonita, até. Meus dreads longos estão trançados do lado esquerdo. Priscilla colocou cílios simples e um batom rosa suave que ilumina meu rosto marrom. Ela até me emprestou um par de brincos de diamantes — diamantes de verdade — que me fazem sentir uma celebridade.

— Parecemos milionárias — diz ela, tirando uma selfie rápida. — Agora vamos. Sua *carona* vai chegar a qualquer instante, e eu tenho coisas a fazer.

Nós nos dirigimos para a porta no momento em que ela se abre. Minha mãe entra tropeçando, deixando as sacolas caírem e, quando nos vê, fica paralisada. Por um instante, não consegue falar. E quando vejo o sorriso trêmulo e o brilho em seus olhos, engulo em seco.

— Te encontro lá. — Priscilla diz oi e tchau para minha mãe antes de sair pela porta da frente.

— Corri pra casa pra te ver — diz minha mãe. Ela está descabelada, e posso ver um dia inteiro de trabalho em seu rosto. — Você está tão linda. — A voz dela é suave. — Vira. Dá uma voltinha.

Dou uma volta rápida.

— Obrigada pelo vestido, mamãe — digo, dando um beijo em sua bochecha. — Me desculpa por...

— Ah, meu bem. — Ela me envolve em seus braços, apertando forte, a voz embargada.

— Não, não! Para. Não me faça chorar. Priscilla acabou de fazer minha maquiagem. — Eu enxugo as laterais dos olhos, tomando cuidado para não estragar a sombra da Fenty nas pálpebras, mesmo quando estou sorrindo.

— Seu pai está sorrindo agora. — Ela leva as mãos ao peito.

Meu telefone acende.

— Ezra chegou. Tenho que ir.

Ela franze as sobrancelhas, confusa.

— Ele não vai subir?

— Não, não precisa. — Posso ir ao encontro dele.

Beijo a bochecha dela de novo e ignoro sua expressão confusa enquanto saio.

CAPÍTULO 28

Assim que chego à calçada, vejo Ezra correndo na minha direção.

— Ei, o que você está fazendo? Eu teria... eu ia subir — diz ele, diminuindo a velocidade ao se aproximar.

Ezra passa a mão na nuca. Está vestindo um terno azul-escuro justo, bem passado. Colocou uma camisa branca por baixo e uma fina corrente de ouro envolve seu pescoço. Quase não consigo acreditar que é ele. Está um *gato*. Gato mesmo, tipo um modelo da GQ. Ele cresceu mais durante a noite? De repente, parece mais alto e mais sensual.

— Eu não queria deixar você esperando.

Ezra coça o queixo recém-barbeado.

— Não me importo de esperar por você.

Minhas bochechas queimam e eu olho para meus pés. Ele gesticula para caminharmos até o carro. Andamos lado a lado, meu braço roçando no dele e, como sempre, meu coração acelera cada vez que nos encostamos. Ele não se afasta, então eu também não. Ezra aperta o alarme e a porta destrava.

— Estou com o carro da minha mãe hoje — diz ele. É um Volvo branco elegante que acabou de ser lavado. — Cá estamos. — Ezra abre a porta para mim, curvando-se como um motorista, e não consigo conter o riso. Acho que ninguém nunca abriu a porta para mim antes. A não ser, talvez, meu pai.

— Obrigada. Um cavalheiro — brinco.

Ele cora antes de deslizar para o banco do motorista.

— Você está...

— Obrigada por...

Nossas palavras se atropelam. Ficamos em silêncio.

— Desculpa, pode falar — diz ele.

— Não, não. Tudo bem. O que você ia dizer?

— Não, não tem problema. Vai, fala. Desculpa, não queria interromper. — Ezra se vira no banco para me encarar. Eu espio o meu condomínio pela janela em busca de um breve alívio. Tento ignorar meu nervosismo. Meu Deus, por que fico tão nervosa perto de Ezra?

Respiro fundo.

— Só queria agradecer por vir me buscar, por me convidar para o baile — digo.

Ezra se inclina para perto de mim.

— O prazer é todo meu — responde, e sinto todo meu corpo formigar. — Eu ia dizer que você está, hum... demais. Eu, hã, quer dizer... linda. De verdade.

As palavras dele fazem meu coração transbordar e meu rosto corar.

— Obrigada. Você também está bonito.

Ezra sorri e pega algo no banco de trás.

— Espero que não tenha problema, comprei isso pra você.

— Ele segura uma caixa de plástico transparente contendo

uma variedade de flores lilás, brancas e douradas. — Eu ia te dar lá dentro, mas...

Prendo a respiração.

— É maravilhoso.

Ezra tira o arranjo da caixa e o segura. É do tamanho da minha palma. As flores estão arrumadas de forma perfeita, um buquê para o meu pulso.

— Eu... eu não sabia o que você ia vestir. Mas lembrei que sua cor preferida é lilás, né? Eu só... — Ele morde o lábio e franze o nariz. É tão fofo que tenho que segurar o riso. Ele também está *nervoso*?

— É perfeito. — Estendo a mão, e Ezra desliza o buquê em meu pulso. Seus dedos roçam levemente na minha pele, e arrepios sobem pelo meu braço.

Nós nos encaramos de novo. Eu olho para a jaqueta dele. Então tiro algo da minha bolsinha.

— Eu... eu fiz uma flor pra sua lapela. — Eu seguro o papel creme e com tinta preta dobrados em uma única rosa com duas pequenas folhas de papel verde atrás dela. — É um livro para a lapela... usei algumas folhas do *Fullmetal Alchemist,* mas, agora que estou vendo você todo arrumado, acho que deveria ter comprado flores de verdade. Seu terno é tão lindo, eu achei...

Ezra balança a cabeça, chocado.

— Não acredito que você se lembrou do meu livro favorito.

Dou de ombros, e fazendo minha melhor voz de robô como Alphonse Elric, respondo:

— Algumas lembranças *foram* feitas para deixar marcas.

Ofereço a flor, e Ezra a tira de meus dedos suavemente e a ergue para examinar cada detalhe.

— É absurdo de tão perfeito — diz ele, com a voz rouca.

— Isso é... Não, você mandou bem, muito bem.

Ele se inclina, suas palavras me deixando trêmula. Preciso de toda minha concentração para prender a flor no paletó sem espetar nenhum de nós. Já pensou se o alfinete estiver velho e enferrujado e tivermos um caso estranho de tétano ou algo assim? Eu afasto o pensamento.

Ele liga o carro e seguimos em direção ao centro da cidade. Conversamos sobre coisas simples, como o tom de rosa do pôr do sol e as novas luzes que brilham nas árvores, e quando não conseguimos pensar em mais nada para falar, ouvimos música, como se cada uma delas fosse feita para nós. Toda vez que olho para Ezra, ele está radiante, e eu o pego olhando furtivamente para mim também.

— O quê? Por que você está sorrindo? — pergunto.

— Eu... não é nada — começa Ezra.

— Me conta.

Ele sorri.

— Eu não parei de sorrir desde que você voltou pra minha vida.

CAPÍTULO 29

Quando chegamos ao baile, mal consigo acreditar. Ezra abre minha porta de novo, e estou começando a me sentir mais... mais... mais feliz do que já me senti... em toda minha vida?

Caminhamos pelo saguão do hotel sob as luzes brilhantes e uma música lenta. Turistas nos admiram com nostalgia, as palavras "também já fomos jovens" pairando em seus lábios. Quando entramos no salão do banquete, fico surpresa. A sala está cheia de nuvens 3D em tons pastel que descem do teto e encostam nas paredes. Há um grande arco de balões e a iluminação é sofisticada e de alta tecnologia.

— Mais do que um sonho — sussurro quando vejo o tema na parede do fundo, ao lado de grandes frases em letra cursiva como *Sonhe alto* e *Você é um sonho que se realizou*. A decoração é perfeita — sonhadora, fina, leve. Priscilla e a comissão de formatura fizeram um trabalho fantástico. Não acredito que quase deixei de ver isso pessoalmente.

— Quanto capricho — digo a Ezra.

Um grupo de pessoas se move ao nosso redor, e eu me apoio no ombro dele, que fica de braços dados comigo. Ezra levanta minha mão e dá um beijo nela. Fico atenta a seus movimentos. Ele deve estar assistindo a filmes de romance, porque tudo o que está fazendo é... *extremamente eficiente*.

Do outro lado da sala, Priscilla e eu nos encontramos. Ela vem na nossa direção.

— Ai-meu-Deus! — grita ela, a voz ficando cada vez mais alta conforme se aproxima. Ela agarra meu braço, vidrada no buquê. Então, dá uma cotovelada em Ezra e uma piscadinha.

— Tenho que admitir que seu boy tem estilo.

Ezra balança os ombros e sorri.

— Alguém liga para os bombeiros! Você tá uma gata, vocês são uns gatos, e juntos, dá até calor! Um médico, por favor! — exclama Priscilla, agitando os braços, fingindo nos abanar. Os movimentos dela fazem vários adultos virarem o pescoço para nós, vendo se realmente há alguém precisando de atendimento médico.

— Nem em um milhão de anos eu esperava ver você aqui — comenta alguém atrás de mim. Eu me viro e vejo Kerry se aproximando. Ela está com um vestido branco justo com grandes e grossas joias douradas, o cabelo preso em um rabo de cavalo alto com cachos.

— Você está bonita — elogio, fazendo o possível para não ser uma hater, porque ela está mesmo.

Kerry me faz uma pequena reverência.

— Você também — diz ela.

Nós nos olhamos por alguns instantes, as bocas ligeiramente abertas, como se quiséssemos dizer mais alguma coisa. Como se pudéssemos nos sentar, conversar e nos divertir juntas. Como se talvez, só talvez, houvesse mais semelhanças

A APOSTA DO CORAÇÃO 225

do que diferenças entre nós. Talvez ela se preocupe com as mesmas coisas que eu, como o fato de que ter dezoito anos, às vezes, é... difícil. Que talvez, ao competirmos, tenhamos perdido uma amizade. Mas não falamos de nada disso. Um cara alto e loiro de smoking branco se aproxima, agarra a mão dela e a puxa. Ela olha para mim por cima do ombro e acena. Eu levanto a mão e aceno de volta.

Ezra e eu vamos até uma das mesas perto da pista de dança, observando todos cantarem Bruno Mars alto. Estou prestes a comer outro biscoito da perigosa e deliciosa cesta na mesa quando Anderson Paak começa a tocar, e a cantoria aumenta em um estrondo, a pista de dança lota no mesmo instante. Os professores também vão para lá, o que me deixa de queixo caído. Educadores de dia, dançarinos de noite? Porque agora os professores estão se soltando, balançando os quadris e os ombros em sintonia. Eu até vejo a srta. T ir até o chão como quem sabe o que faz. Aliás, ela *sabe* o que faz. Desce ainda mais quando alguns alunos ao lado começam a gritar. Agora, tenho certeza de que ela já fez isso antes.

Ezra puxa minha mão. Levo os dedos à boca e limpo as migalhas de biscoito.

— Você está aqui, eu estou aqui. A pista de dança é ali. O que acha?

Ele faz beicinho e arregala os olhos, a cara de filhotinho que sempre faz. Deveria ser contra a lei ser tão fofo. Como posso sobreviver a isso? Mordo o lábio e suspiro discretamente. Cheguei à conclusão de que não vou.

— Vamos — digo, me surpreendendo.

Ele me dá a mão e me conduz à ação. Assim que piso na pista de dança, meu cérebro desliga e meus quadris encontram o ritmo da batida. Ezra tem mais ritmo do que eu me lembrava, balançando os ombros enquanto dá dois passos e um giro, os movimentos de dança parecidos com o do pai, mas que ficam fofos nele. O DJ toca Doja Cat e depois outra música pop. Logo, pequenas gotas de suor se acumulam em minha testa.

— Vamos pegar alguma coisa pra beber? — grita Ezra para ser ouvido apesar da música.

— Depois dessa... — Mas não termino, porque a multidão está animada demais.

O DJ começa a tocar uma série de músicas populares do WeTalk, uma atrás da outra e, como se nossos cérebros tivessem algum chip programável, todos começamos a dançar em sincronia. As danças não são difíceis — são sobretudo gestos com as mãos e alguns giros de pescoço — mas eu acompanho os passinhos, com um carão aqui e um movimento extra ali. Ezra entra no meu ritmo e, antes que eu perceba, um pequeno círculo se forma ao nosso redor, as pessoas gritando como se estivéssemos em uma batalha de dança. Até vejo alguns alunos pegarem seus celulares para nos filmarem. Sinto uma onda de pânico se aproximar, mas Ezra segura minha mão e me gira para perto dele. E então deixo qualquer medo ir embora.

Passamos cerca de trinta minutos dançando antes que eu perceba que o suor está formando frizz em meus cabelos e meu vestido está colado no corpo.

— Tá bem. Foi mal, Megan Thee Stallion. Meus joelhos precisam de uma pausa — comenta Ezra, respirando exausto.

Eu solto uma risadinha.

— Vamos. — Seguro a mão dele e o levo de volta aos nossos lugares.

A APOSTA DO CORAÇÃO 227

É preciso ter habilidades especiais para sair da pista de dança, se desviando de lindos vestidos e corpos em movimento. Sem dizer nada, ele pega duas garrafas de água da mesa de bebidas e me entrega uma. Bebemos tudo quando nos sentamos, nossos corpos trêmulos, como se tivéssemos acabado de correr uma maratona.

Respiramos fundo para recuperar o fôlego, um sorrindo para o outro. Mesmo com a iluminação fraca, Ezra está radiante. E quando vejo minha alegria refletida no rosto dele, eu me alegro também. Essa luz sempre esteve em mim, ou ele só me ajudou a relembrar como brilhar?

Estou prestes a falar, quando as luzes do salão se atenuam e ouvimos a voz suave do DJ. A espuma branca cai em flocos do teto. Estendo os braços para pegar a magia.

Todos os veteranos estão nas nuvens, nessa neve mágica. Eu estou encantada. Ezra parece ter saído de um sonho — sem paletó, com as mangas arregaçadas, uma gravata-borboleta pendurada no pescoço e o colarinho da camisa desabotoado.

Ele me envolve em seus braços, mas desta vez parece diferente. Sinto uma urgência em seu abraço que faz meu coração bater mais rápido e mais alto enquanto nos dirigimos para a pista de dança. Eu retribuo o gesto e deixo nossos corpos se entrelaçarem. Ele não diz uma palavra. Só me abraça, e noto o quanto nos encaixamos bem, como há espaço em sua clavícula para minha cabeça, como meus braços ficam confortáveis ao redor de seu pescoço. Ele leva as mãos até a minha cintura e toca minhas costas, o que me faz sentir cócegas. Eu rio. Ezra tira as mãos, e meu corpo já parece sentir a falta dele. Ele me toca de novo, com intimidade, e meu corpo volta a se alegrar. Todo som parece ter sido sugado da sala, porque só ouço meu coração batendo, como um metrônomo. Ezra mantém uma das mãos na parte inferior das minhas costas, e a outra acaricia minha clavícula nua.

— Você está muito linda hoje. — Seus lábios roçam minha orelha enquanto as palavras percorrem o meu corpo. Ezra passa as pontas dos dedos na lateral do meu rosto.

— Posso mandar a real rapidinho? — sussurra ele. Atrás de nós, a sala brilha. Luzes douradas e prateadas refletidas nas paredes como se fossem refratadas por diamantes.

— Pode, lógico.

Ezra é como todas as minhas coisas favoritas: um livro novo, com as páginas intocadas; praia no comecinho da manhã; flores que acabaram de se abrir. Ele passa o polegar pelas minhas costas, fazendo pequenos círculos.

— Não acredito que a gente tenha se reencontrado, sabe? Depois de todos esses anos — murmura ele. — Não acho que seja coincidência. Não pode ser. Quando percebi quanto tempo deixei passar, quase me odiei por ter sido tão tapado. Talvez eu não seja tão inteligente quanto achava.

Eu aninho o rosto no peito dele antes de perguntar:

— Como assim?

— É só que... você é minha melhor amiga, sabe? Você é a estrela mais brilhante do meu universo. Eu não acho, eu sei que... que te amo há muito tempo, SJ.

Ele arregala os olhos, provavelmente imitando os meus. Porque é como se tivéssemos esperado a vida inteira por isso. E talvez tenhamos mesmo. Sinto que vale a pena esperar por momentos como esse. Ele sorri e uma covinha surge na bochecha. Gravitamos um em direção ao outro e nossos lábios se encontram. Este beijo é diferente de qualquer um dos outros que já demos. É um beijo que vem de um amor aprovado pelo cosmos. É como se o amor estivesse voltando para casa, para seu legítimo dono. É apaixonado, tanto que posso sentir que nós dois ficamos mais altos, mais fortes, juntos. Quando nos afastamos, sei que desbloqueei um novo poder sobre-humano.

Nossas cabeças giram por alguns segundos. Antes que qualquer um de nós diga mais alguma coisa, o DJ começa a tocar uma música de hip-hop bem alto, a batida rápida e animada demais para o momento que acabamos de compartilhar. As luzes piscam de forma desagradável e uma multidão de corpos inunda a pista de dança.

De mãos dadas, Ezra e eu caminhamos até nossa mesa. Observo o lugar, as nuvens, os rostos sorridentes, os vestígios de neve falsa, a empolgação. Nunca, jamais poderia ter imaginado nada disso. Estive tão focada na escola, nas notas e na ideia de ser a melhor. Não achei que poderia existir neste mundo, estar aqui, com este ser ao meu lado. Livres.

Talvez isso seja mais do que um sonho.

CAPÍTULO 30

Ezra mudou o título dessa conversa para 😵💫🔪🖤🧑

DOMINGO

Ezra 12h45:
Já tô com saudade do baile.
Queria poder voltar no tempo.

Sasha 12h47:
Eu também. Foi... perfeito.

Ezra 12h47:
Perfeito ao quadrado.
O mais perfeito dos perfeitos.
Busco você na escola amanhã?

Sasha 12h48:
Sim, por favor

SEGUNDA-FEIRA

Ezra 9h15:
Você preferiria ser um alienígena
ou um zumbi?

Sasha 10h00:
Alienígena. É o mais próximo que vou
chegar de uma viagem espacial, dã.
E você?

Ezra 10h11:
Zumbi. Mas só se você for zumbi comigo.
Quer sair pra comer alguns cérebros?
Eu levo o molho picante.

Sasha 10h12:
Tentador...

TERÇA-FEIRA

Sasha 11h00:
Você preferiria falar qualquer idioma
que quisesse ou falar com animais?

Ezra 11h11:
Animais. E você?
Ah, faça um pedido.

Sasha 11h12:
Tá bom, Eliza Thornberry. Eu escolho falar qualquer idioma. Odeio que meu coreano seja tão ruim.

Ezra 11h13:
E se você fizer aulas ano que vem, na faculdade? Nunca é tarde para começar. Tente algo novo, se surpreenda.

QUARTA-FEIRA

Ezra 20h15:
Você prefere ler o livro ou assistir ao filme?

Sasha 20h15:
Você não me conhece não?

Ezra 20h16:
É verdade. Ler o livro. Eu também. Só pra confirmar!

Sasha 20h17:
Será que a gente devia voltar a usar aquele treco?

Ezra 20h18:
É só escolher o livro, vou ser seu audiolivro em versão humana.

QUINTA-FEIRA

Ezra 7h30:
Aula de reforço hoje, né?
Tenho uma coisinha pro Ben.

Sasha 7h31:
Maravilha. O quê?

Ezra 7h33:
Essa informação é confidencial.

Sasha 7h33:
Tudo bem. Vou espiar vocês.

Ezra 7h34:
Da hora. Vejo você em breve.

Sasha 7h34:
bjs

SEXTA-FEIRA

Sasha 10h00:
Você preferiria ser beijado
ou abraçado todos os dias?

Ezra 10h02:
Por você?

Sasha 10h02:
...

Ezra 10h03:
Você sabe o quanto eu amo um bom abraço. Mas aceito tudo que puder.

SÁBADO

Ezra 13h15:
Vou pra academia e depois talvez ver um filme. Topa?

Ezra 13h15:
Ou jantar?

Sasha 15h45:
Desculpa, tenho que trabalhar com minha mãe hoje.

Ezra 15h45:
Manda um oi pra ela.

DOMINGO

Ezra 21h15:
Não quero ir pra escola.
Acho que vou tirar um dia de folga.
Vem comigo?

Sasha 21h17:
Não posso. Mas posso pegar uma carona com P de manhã.

Ezra 21h18:
Vou sentir saudades. Te amo, SJ.

Meus dedos pairam sobre o celular. Aff, é tão fácil para Ezra dizer "saudades" ou "eu te amo" quando está se sentindo mais carinhoso. As palavras parecem deslizar da boca ou dos dedos dele. Sempre que tento escrever e vejo as palavras me encarando, entro em pânico.

Eu amo Ezra? Assim, sei que amo ficar com ele. Amo estar com ele e, óbvio, beijá-lo é muito bom. Escrevo as palavras de novo e, assim que termino, pressiono o botão de apagar, fazendo meus pensamentos sumirem. Sei que não é a mesma coisa, mas envio um emoji de coração. Ezra nunca me pressionou para dizer que o amo. Ao menos, ainda não. Quero fazer isso um dia. Quero conseguir dizer como me sinto.

Sinto um nó na garganta. Não existe nenhum manual para relacionamentos e, no momento, eu meio que gostaria que existisse. Acho que não amo ninguém com tanta intensidade assim há tanto tempo que esqueci como fazer isso.

CAPÍTULO 31

O brilho pós-baile e a vertigem duram duas gloriosas semanas. Duas semanas perfeitas de Ezra e sj, de escola, de troca de milhares de mensagens, das coisas que antes eram mundanas e agora têm um toque especial. O brilho do amor é real.

Na manhã da quinta-feira seguinte, estamos no carro do Ezra, indo para a escola de mãos dadas. Ele para no estacionamento e, antes de desligar o carro, se inclina, me encarando.

— Você confia em mim?

Eu sorrio.

— Confio, lógico. Por quê?

— Deixa sua manhã livre pra mim.

Espio pela janela do carro, confusa.

— Mas já estamos na escola. Como assim?

— Posso trazer você de volta na hora do almoço e, óbvio, a tempo das aulas de reforço — diz Ezra, confiante. Ele ergue as sobrancelhas e faz carinho na parte de cima da minha coxa. Eu me derreto como manteiga na torrada quente.

— Tudo bem, mas precisamos estar de volta no fim do almoço. — Tento parecer mais confiante do que me sinto. Também posso dar uma de veterana, né?

Ezra engata a marcha ré, e somos o único carro saindo do estacionamento.

Ficamos sentados em um silêncio confortável por dez minutos enquanto ele pega a estrada. Eu respiro fundo e Ezra ri.

— O quê? O que vamos fazer? — pergunto.

— Sei que você odeia surpresas, então não vou te fazer sofrer.

— Na real... obrigada. — Se você me ama, precisa me conhecer de verdade.

Ele aponta para o porta-luvas.

— Ali. Tá ali. — Então ele leva as duas mãos ao volante.

Eu me inclino para a frente e pressiono o botão frio de plástico. O porta-luvas se abre, fazendo cair um envelope branco e brilhante que estava em cima de uma pilha de guardanapos e papéis.

— Anda, pode abrir. — Ezra lança um olhar furtivo para mim e então volta a se concentrar na estrada.

Pego o envelope; é leve. Quando o viro, tiro dois ingressos.

— Fala sério — exclamo, lendo as palavras uma, duas, três vezes —, apresentação de Alvin Ailey? Como você conseguiu?

— Minha mãe e o maestro são bons amigos, tocavam juntos em São Francisco. Ela fez esse favorzinho.

— Isso é demais. Sempre quis ver uma apresentação desse grupo de dança, eu... — Olho os ingressos de novo, tentando ignorar o preço no canto. — Aah, assentos na orquestra?!

Dou um beijo na mão dele. Está tocando Doja Cat, e Ezra sacode os ombros na batida. Não consigo conter a ansiedade, então faço minha dancinha favorita. Cabeça e braços se movendo em sincronia, e ainda que esteja de cinto de segurança, consigo mexer os braços e rebolar enquanto Ezra tamborila no volante. Dançamos no carro por trinta minutos, até as janelas começarem a embaçar e Ezra ligar o ar-condicionado, nos lembrando de respirar.

Durante a hora que se segue, fico na ponta do assento na primeira fila, hipnotizada. Estou maravilhada com a beleza, a maestria, a alegria na dança, assim como a expressão física do meu povo e da nossa história. Eu me sinto conectada a algo maior do que eu, como se minha alma estivesse falando com outras almas através de algum portal do tempo. Acho que não pisquei uma vez sequer. Assisto à apresentação com mais atenção do que já assisti a qualquer coisa na minha vida.

As luzes se acendem e os dançarinos no palco dão as mãos, fazendo uma reverência sincronizada. Sou a primeira a ficar de pé, aplaudindo alto. Ezra também bate palmas, e então, uma por uma, as outras pessoas na plateia seguem nossos movimentos. Os dançarinos fazem outra reverência e aplaudo ainda mais alto, com mais intensidade. Cada palma contém toda a minha alegria, meu prazer, minha gratidão, então me certifico de que eles possam ouvir. As portas se abrem e uma onda de sentimentos percorre meu corpo, em seu apogeu. Pequenas lágrimas se formam. Lágrimas de alegria. Eu me permito chorar, sinto gosto salgado em minha boca. Esfrego os olhos e me viro para Ezra.

Ele se inclina para mim, os olhos arregalados. Estamos de pé, de mãos dadas.

— Calma aí — digo enquanto as outras pessoas se dirigem para o corredor central para sair.

A APOSTA DO CORAÇÃO 239

Analiso a plateia. Quem são eles, que tipo de vida mágica levam que permite irem a um espetáculo de dança no meio do dia? Como é incrível poder tirar um tempo da sua vida para honrar e aproveitar as coisas que você ama.

— Foi tão maneiro. Quer ir andando? — pergunta Ezra, apertando minha mão.

Estou tonta. Olho para todos os cantos do lugar.

— E se... e se a gente esperar? Uns dois minutos, três, talvez. Os dançarinos vão vir para a plateia, eu sei disso. Podemos tentar tirar uma foto?

— É isso aí! Eu amo essa energia.

Ezra começa a caminhar pelo corredor. A plateia se dissolve rapidamente e, como era de se esperar, dois dançarinos descem como se fossem se juntar a nós. Ele me acaricia e minha perna estremece, só um pouco.

Vejo uma das dançarinas principais, Michelle Simon. Está ali parada, alta e magra. Lembro dela em todas as coreografias, na frente, comandando o público. Sua pele é retinta, o tom impecável, quente e brilhante. Está usando um collant preto com Uggs marrons curtos. Ela passa a mão pela cabeça recém-raspada. A cada passo que dá em nossa direção, juro que sinto o chão abaixo de mim tremer. Os outros dançarinos a seguem.

Ezra não perde um segundo.

— Com licença — chama ele.

Michelle para na nossa frente e sorri. Ela tem uma pequena tatuagem na clavícula, uma borboleta com asas no formato da África.

— Somos grandes fãs. Tudo bem se tirarmos uma foto? — pergunta ele.

— Com toda a certeza — responde Michelle.

Até a voz dela é linda, suave e melódica. Sem hesitar, ela coloca o braço em volta do meu ombro, e nós posamos, a princípio mais sérias, e então, como se por comando, fazemos o sinal da paz e biquinho.

Ezra se junta a nós e os outros dançarinos também. Somos nós e a equipe de dança do Alvin Ailey curtindo após a apresentação. Nada de mais, né? Sim, é grande, enorme, a maior coisa que já aconteceu em minha vida.

— Vocês são daqui? — pergunta Michelle. Há um leve sotaque do sul na voz dela; meio que soa como a tia mais velha do meu pai. Ezra dá um empurrão no meu braço.

— Daqui de perto — respondo. — O show foi incrível demais. — Agora eles sorriem, orgulhosos.

Dançarinos de Alvin Ailey, em carne e osso, na minha frente.

Vai em frente, Sasha. É só perguntar.

— Como vocês, hum, como vocês fazem isso? — As palavras mal saem da minha boca, mas eu preciso saber.

— As danças? — pergunta outra dançarina. Ela tem um leve sotaque estrangeiro, mas não consigo identificar de onde.

— Tipo, sim, mas também... — Paro de novo. Preciso de alguns instantes para alinhar meus pensamentos. — Foi mais do que dançar. Como vocês... tipo, onde vocês aprenderam a... — *Merda*. — Desculpa. É que tinha tanta emoção, tanta história, tanta paixão em cada movimento. Já dancei antes, mas nunca, nunca consegui...

— Essa paixão já está em você. O espírito que você precisa para se libertar está todo aí dentro. É só confiar no seu instinto, sabe? — diz ela enquanto nos olhamos. Ela assente discretamente e depois tira a mão. Atrás dela, mais dançarinos começam a caminhar em direção à saída principal.

Há uma dança no show chamada "Revelations", e sinto que é isso que está acontecendo agora comigo. Como se ela tivesse acabado de me dar a chave para desbloquear a magia em minha vida.

— Bora, hora de comer! — grita alguém do grupo. Michelle dá uma voltinha discreta, mas graciosa, acena para nós e vai embora.

Eu me viro para Ezra e lhe dou um beijinho.

— Foi perfeito. Obrigada.

CAPÍTULO 32

— **Eu não quero me atrasar** para as aulas de reforço — digo.

Brinco com os dedos para esconder a irritação na minha voz, mas é difícil. Qual é Lei de Murphy? Na única vez que decido matar aula? O que era para ser uma hora de carro se transformou em duas, o trânsito na rodovia causado por um pneu furado de uma caminhonete. Olho pela janela, com medo de que Ezra veja a preocupação em meu rosto.

— Merda, eu sei. Não tem nada que eu possa fazer. De acordo com o GPS, vamos chegar bem na hora das aulas de reforço. Não é tão ruim assim se você se atrasar um pouco, né?

Eu não respondo. Estar atrasada não é a pior coisa do mundo, mas também não é a minha favorita.

Entramos no estacionamento da escola cinco minutos antes de o sinal da última aula tocar.

— De volta bem a tempo. — Ezra desafivela o cinto de segurança. Ele pressiona as costas contra a porta, de frente para mim.

— Graças a Deus. — Pego meu celular e, por força do hábito, abro o GradeSavR, aplicativo da escola que exibe as notas e a frequência dos alunos. Eu o verifico diariamente, porque, bem, sabe como é. — Ah, merda. — Congelo. — Mendoza postou as notas da apresentação. Ele deve ter anunciado hoje.

— Jura? — Ezra desconecta o celular do cabo auxiliar e digita na tela. Demora um pouco, mas então a nota dele aparece. Faço o possível para não espiar por cima do ombro, mas não consigo evitar.

— Quanto você tirou? — A ansiedade em minha voz preenche o carro.

— Tirei 9,5! — Ezra relaxa. — Legal.

Algo em mim muda e sinto um aperto no estômago.

Ezra dá um empurrão no meu ombro.

— E você?

Eu pisco.

— Tirei 9,9.

— Fala sério. Além de gata, é inteligente. — Ele dá uma piscadinha.

Aguardo alguns instantes, esperando que Ezra diga alguma coisa. Meu corpo enrijece. Ele não comenta mais nada, então decido dizer:

— Isso significa que eu ganhei de você.

— O quê?

Engulo em seco e me inclino para trás, o espaço diminuindo. Do lado de fora, o sinal toca e as portas se abrem.

— Eu disse... — Eu me esforço para suavizar meu tom. — Eu disse que ganhei de você. Venci.

Ezra faz uma expressão de confusão, o que me irrita. Ele se esqueceu da aposta? Ou está se fazendo de desentendido?

— Sim, é verdade. Mandou bem na apresentação. — Mas a voz dele é áspera, como aquelas esponjas amarelas e verdes que uso nas faxinas nos fins de semana. — Acho que você também ganhou alguma coisa. O que vai ser? Um encontro com sorvete?

Eu paro.

— Não é bem assim. Isso significa que precisamos decidir a aposta final, pra... você sabe, a bolsa de estudos e outras coisas. Já que estamos, bem, empatados de novo.

Ele não esconde a irritação no rosto, a frieza nos olhos. Não, decepção.

— É sério? A gente ainda vai fazer isso?

Ergo as mãos.

— Era esse o plano, não? O que a gente combinou? Para com isso, não faz tanto tempo assim que fizemos a aposta. — Relembro as últimas quatro semanas. Sei que não chegamos a falar das apostas, mas com certeza não cancelamos nada.

Ele abaixa os ombros.

— Sim, eu meio que presumi que isso não ia mais rolar. Agora que estamos juntos, sabe? — Ele aponta para mim e para ele. — Pra ser sincero, não tenho pensado nem na bolsa, nem no título.

— Por que isso não me surpreende? — digo sem pensar, chocada com meu próprio sarcasmo.

Ezra suspira, mas felizmente não responde. O constrangimento que paira no carro deixa um gosto amargo na minha boca. Ficamos sentados em silêncio por mais um tempo, e então Ezra se anima e pega minha mão.

— Tive uma ideia. E se a gente dividir o título e a bolsa?

Tá ficando doido?

— O quê? Não dá pra dividir. Não é uma pizza — respondo.

A APOSTA DO CORAÇÃO 245

— Tenta imaginar, Sasha. Se você parar e pensar, não é má ideia.

Ele me chamou pelo nome, não pelo meu apelido. Seus olhos castanhos queimam os meus como se estivessem tentando encontrar algo. Estou tão surpresa que quase esqueço que ele está segurando minha mão.

— Que foi? Não sou bom o bastante pra dividir o título de orador com você? — Ele finge uma risada. Eu não respondo, isso não tem nada a ver com ele. Os olhos de Ezra estão inexpressivos, mas sua expressão é firme. — Tá bom. Você quer apostar? Para a aposta três, em vez de um projeto de legado ridículo, aposte seu coração, Sasha Jalisa Johnson-Sun. — Apesar de sua boca estar tremendo, seu tom é incisivo. Ele força um sorriso.

— E o que isso quer dizer, Ezra? Você não está falando nada com nada.

— É um sentimento! Significa, tipo, seguir seu coração e não a razão, pela primeira vez na vida. Apostar em você e em mim. Confiar que nosso amor vai nos guiar na direção certa. Foi ele que nos trouxe aonde estamos, não foi? Deixa seu coração apontar o caminho e eu vou fazer a mesma coisa. Os trabalhos finais vão passar. A escola é só isso, a escola. Não importa o que aconteça com a bolsa, é só deixar acontecer. Isso entre nós dois é de verdade, eu sei que é. E você também sabe.

Não consigo me mexer. Sinto um aperto no peito. Estou perplexa, e a raiva começa a crescer dentro de mim.

Ezra olha para mim e para a escola, um teste dentro do teste. É uma pegadinha. Não me parece haver uma resposta certa.

Silêncio.

Ezra solta minha mão.

— Você precisa falar alguma coisa — diz ele, a voz suplicante. Sinto um aperto no peito ao ouvir aquele tom. — Sei que fui um babaca no começo. Eu só queria abalar um pouquinho sua ética de trabalho. Vi de perto como focar em uma coisa só pode destruir relacionamentos, sabe? Talvez você não tenha visto. — Ele faz uma pausa, depois recomeça, mais lento e resignado. — Foi isso que aconteceu com meus pais. A obsessão pelo trabalho fez os dois se distanciarem. Você já viu o que uma semana de trabalho de noventa horas faz com um relacionamento? Talvez isso seja um tanto extremo, mas é que... eu quero *ficar* com você, Sasha. Mas isso significa estarmos abertos para o que vier a acontecer na escola. E se eu ganhar a bolsa? Você vai...

A represa que estava segurando minhas emoções se rompe e, de repente, tudo dentro de mim escorre, fluindo e arrastando o que quer que esteja no caminho.

— Entendi. Admite logo, Ezra. Você quer ganhar tanto quanto eu. — Há uma rispidez em minhas palavras que mal consigo reconhecer. — E, sabe... é engraçado, porque você nem precisa do dinheiro... — Balanço a cabeça.

Não estou acreditando. Concordamos em fazer as apostas e ainda quero ganhar. Por que essa confusão? Como é possível que ele não entenda isso?

Meu cérebro lateja, então não respondo. Neste momento, estamos nos afogando em um rio de emoções — confissões, amor, medo e um vislumbre de dor. Não sei o que significa ser arrastada rio abaixo.

A voz de Ezra fica rouca.

— sj, você está ignorando o mais importante. Eu não dou a mínima para essas apostas, de verdade. Quero nós dois. As apostas foram só... eu só concordei com elas para me aproximar de você. Achei que você estava fazendo a mesma coisa. Me diga que você se importa mais *comigo* do que com essa porcaria de título e de bolsa. Por favor.

Uma raiva que nunca senti começa a crescer dentro de mim.

— Não me peça para escolher entre você e meu futuro, Ezra.

— Por que uma coisa precisa excluir a outra? Eu não faço parte do seu futuro?

Meus batimentos aceleram, mais altos e mais rápidos, como se meu coração estivesse martelando em meus ouvidos.

— Não é isso que estou dizendo. Caramba. Você não faz ideia do que é fazer uma coisa por outras pessoas. Ter essa pressão constante nos ombros.

— E você não faz ideia do que é fazer alguma coisa por você! Notícia urgente: autocuidado é importante. — Ele suspira. — Era isso que eu queria dizer. Será que você pode nos colocar como prioridade? Se colocar como prioridade?

— protesta Ezra, a voz embargada. Eu ignoro. Ele tenta suavizar o olhar, o tom, mas ainda estou magoada. — Não estou pedindo que você *não se importe* — reforça ele, erguendo as mãos. — Sei como você se sente. Pra ser sincero, eu amo que você seja tão apaixonada, tão dedicada. Só queria que você se *importasse* comigo tanto quanto se importa com suas responsabilidades, com a escola e com as suas notas. Você tem permissão pra ser feliz na vida, sabia? Você pode se empenhar, ter paixões e...

— Você jura que quer me dar lição de vida? Você é um hipócrita, sabia? E o pior de tudo é que não consegue enxergar isso.

Ezra se afasta. Há uma parede entre nós, grossa e impossível de ser escalada. Estamos em lados separados.

— E o que isso quer dizer?

Meu coração me diz que preciso parar, mas é tarde demais. É como se tivéssemos treze anos de novo, fazendo o possível para atingir os pontos mais dolorosos do outro durante uma discussão.

Então eu falo tudo:

— Você adora falar de fazer o que é importante pra gente, né? Então, eu peguei seu pen drive ridículo e vi o que você colocou na pasta do legado. Aquele projeto que você disse que não ia fazer. Era tudo mentira. Você tem tantas fotos que dava pra encher um depósito. É, eu vi.

— Mas... a pasta tem senha...

— Eu me lembro de mais coisas a seu respeito do que você acha, Ezra — digo bruscamente. Algo em mim me impulsiona a continuar: — Você adora falar de mim. Mas e você, hein? Do que você tem tanto medo? É uma porcaria de projeto do ensino médio, e daí? E por que essa indiferença toda com seus planos de vida depois da formatura? Hein? Não tem problema em não querer fazer faculdade, mas não ter *nada* em mente é... Prefiro me importar demais com alguma coisa do que fingir que estou nem aí para nada. Quer que eu me importe com você? Comece *você* a fazer o mesmo.

— Minha voz é enfática, talvez até demais. A honestidade deveria ser a melhor política, certo? Só que agora parece a pior de todas.

Ezra coça a orelha.

— Você... eu perguntei. Você mentiu sobre o pen drive?

— A perplexidade o domina e ele estreita os olhos, a expressão séria. O calor sobe pelo meu pescoço.

Eu não respondo.

— Então você pegou minhas coisas, mentiu a respeito disso, invadiu minha privacidade e, o quê? Ia fingir que nunca viu meu trabalho? Até quando? Até a gente brigar? E agora quer jogar essa informação na minha cara?

A expressão séria de Ezra perfura minha pele, então me concentro no chão. Ele estende a mão para trás e pega um grande envelope pardo. Ele me encara, os olhos vazios.

— Toma, entrega isso para o Ben e pode ficar com esse outro aqui. Com certeza não quero mais isso. — Ezra empurra os envelopes na minha mão e eu os aperto contra o corpo enquanto ele continua: — Você não para de falar do seu legado, mas não consegue enxergar o mais importante. Conheço sua família, e isso inclui seu pai. Ele ia querer que você fosse sincera comigo e com as outras pessoas à sua volta. Que você vivesse, de verdade. — A voz dele é baixa e fria.

Sinto um nó na barriga.

A tensão entre nós é densa, palpável.

— Bem, eu digo o mesmo, Ezra. Acho que você não enxerga o mais importante do *seu* pai, tudo que ele conquistou e todos os sacrifícios que fez por você.

Não era minha intenção dizer isso, mas as palavras escapam da minha boca. Eu nem sei o quanto de verdade há nelas. De qualquer forma, agora já é tarde para voltar atrás.

Ele faz que não com a cabeça.

— Só pra constar, não era assim que eu queria que essa conversa acabasse, Sasha. Eu queria que a gente conseguisse fazer isso dar certo. Mas acho que isso não importa mais.

— Não, acho que não — murmuro, e a raiva em minha voz se dissipa quando vejo que os olhos de Ezra estão marejados.

Meu tom, meu jeito de falar, grosseiros demais.

Ele pigarreia, tentando recuperar a voz.

— Tá bom, Sasha — diz ele, derrotado. — Acho que você estava certa esse tempo todo. Eu não te conheço. Talvez nunca tenha conhecido. Porque a pessoa que eu achava que conhecia... — Ele faz uma pausa, e juro que vejo cada versão nossa, cada instante, cada segredo, cada risada, passar pela minha cabeça como os créditos finais de um filme.

Que merda. É assim que as coisas vão terminar?

Ele dá de ombros.

— Talvez eu te conhecesse, mas não conheço mais. — As palavras pairam no ar, por tempo o bastante para revelar a mágoa no meu rosto.

Pego minha mochila e seguro a maçaneta da porta. Paro de lado, as pernas para fora do carro. Ainda fico um tempo lá dentro, esperando que um de nós pare este trem antes que ele se destrua completamente, que a gente desfaça os estragos antes que se solidifiquem, mas nada acontece. Ezra vira a cabeça para a janela do outro lado. Entendo como minha deixa para sair, e bato a porta do carro com força. Ando até a calçada enquanto ele dá a ré e vai embora.

CAPÍTULO 33

No verão em que completei oito anos, ganhei uma bicicleta nova que era épica. Estrelas rosadas e prateadas se espalhavam por ela toda. Um dia, quando estava dando minha volta de costume pela vizinhança, caí da bicicleta e quebrei o braço. A descarga de adrenalina foi tamanha que passei mais uma hora andando de bicicleta antes de enfim voltar para casa. Foi só quando cheguei que percebi o quanto estava doendo. Chorei, é lógico, e gritei. Acho, que se meus pais não tivessem agido na hora, teria desmaiado.

É assim que me sinto agora — aquele choque, a incerteza de não saber o que é de verdade, o que está doendo. O tamanho do estrago e, mais importante, como vou sobreviver.

Estou no fundo da sala da srta. T, observando Priscilla e Chance darem aula, observando os alunos, mas nada parece fazer sentido. Aquela conversa com Ezra se estendeu pelo que pareceram anos, quando, na verdade, durou só alguns minutos.

Assim que a aula de reforço acaba, após passar uma hora fingindo estar alegre, as crianças vão embora e eu desmorono. Chance puxa uma cadeira perto de mim, virando-a ao contrário para se sentar, como os professores fazem antes de um discurso encorajador. Priscila se senta em uma das mesas, os dois concentrados em mim.

— A gente... a gente perdeu alguma coisa? Parece que seu corpo foi dominado por alguma espécie alienígena. — Chance balança uma das mãos na frente do meu rosto.

Eu faço que não com a cabeça e pisco para conter as lágrimas de tristeza, ou frustração, ou ambos. E então repasso o dia para eles, de Alvin Ailey à nossa briga. Dou todos os detalhes, reproduzindo palavra por palavra, sem imprimir minhas opiniões nas imitações e no tom de voz. Chance e Priscilla ouvem, atentos, assentindo conforme falo. Meus amigos me entendem.

Ou ao menos era o que eu achava.

Quando termino, Priscilla nem tenta esconder sua confusão.

— Olha... acho que não ia ser tão ruim assim dividir, ia? Pode ser fofo compartilhar, né?

E lá vamos nós. De novo.

— Não é como um milkshake de morango ou uma carona. Não tem como dividir isso.

— Ah, não sei. Não me parece uma ideia tão ruim assim. — Priscilla ergue as sobrancelhas. — Chance? O que você acha?

— Sendo sincero? Entendo os dois lados. — Ele junta as mãos, tentando parecer imparcial, mas sei que concorda com Priscilla.

— Não precisa ser diplomático — murmuro. — Pode mandar a real pra mim. — Chance se prepara para falar, mas eu o interrompo. — Mas antes de dizer qualquer coisa, tente

A APOSTA DO CORAÇÃO 253

se lembrar de que nada disso é importante para ele. Tipo, a vida dele é só... as notas dele são... quer dizer, ele não *quer* isso tanto quanto eu. Ele não merece.

Chance se aproxima.

— Mas se ele ganhar o título, não vai ser por que mereceu? Ele não se dedicou tanto quanto você? Se está empatado, é porque isso tem algum significado, por mais que seja pouco, por mais que os motivos dele sejam completamente diferentes dos seus.

— Se ele ganhar? Quê? Por que você está dizendo isso? Por que jogar isso para o universo? — retruco. Chance ergue o queixo e percebo que ele quer continuar falando.

Priscilla se intromete:

— Trabalhos escolares à parte, você o ama, certo? Alvin Ailey foi um presente tão atencioso e perfeito pra você. Muito específico. Algo que só quem te conhece de verdade compraria. Já parou pra pensar nisso? Talvez seja bom tentar. Ele te ama, está mais do que na cara.

Ezra diz "te amo" uma vez no baile de formatura e, de repente, devo abrir mão de tudo que batalhei a vida inteira para conseguir? E *por que* Chance chegou a mencionar uma realidade em que Ezra poderia ganhar? Estou perplexa.

— Vocês dois não estão me ouvindo? — Eu jogo as mãos no ar. — É, conseguir ingressos para um show do Alvin Ailey foi legal, mas isso significa que devo desistir do que passei quatro anos tentando conquistar? Por causa de algumas horas? Isso é ridículo. Concordamos em ir até o fim com as apostas e, de repente, não vamos mais. Eu ainda quero o primeiro lugar. Ainda quero lutar pelo que é meu. Não sou uma pessoa ruim por querer... querer... — Mas estou confusa. Tento me manter firme no que acredito, mas parece

254 DANIELLE PARKER

que estou na areia movediça. As pessoas que pensei que me apoiariam me deixam afundar cada vez mais. Melhores amigos não agem dessa forma. — Queria que vocês entendessem o que estou falando...

— Não, acho que nós entendemos bem. Você que está escolhendo não entender o que dissemos — responde Chance na mesma hora.

Isso é absurdo, de verdade. De novo a mesma coisa. As pessoas dizem que entendem, até que param de entender. Faço que não com a cabeça.

— Eu entendi, mas não sei se quero fazer isso. — Balanço a cabeça sem parar até perceber que talvez só precise me defender. — Com todo o respeito, Chance, mas o que você sabe de escola e de sucesso? Como estudar de verdade para conseguir alguma coisa? Você não fez nem o mínimo que precisa para se formar. — Eu me viro para encarar Priscilla, o próximo alvo da minha fúria. — E o que você entende de amor e de fazer as coisas darem certo? Você nem sabia que a Gina tinha se cansado de você. Até onde sei, vocês dois têm dificuldades nessas áreas. Talvez pudessem só ficar do meu lado e guardar pra vocês mesmos os conselhos que não pedi.

Um silêncio desconfortável toma conta do lugar. Minhas palavras saturam o ar, a mágoa abafa o ambiente.

Eu me viro para me endireitar no assento, mas não me sinto bem. Mas é verdade, não é? Eu estou certa, não estou? Todo mundo quer analisar minhas ações, mas e quanto às deles?

— Hã, é isso que você acha? Da... gente? De mim? — sussurra Chance. Ele olha para Priscilla, que já saiu da mesa, a bolsa no ombro.

Já não sei como me sinto a respeito de nada. Mas tenho muito medo de admitir isso, então fico quieta.

A APOSTA DO CORAÇÃO 255

Com o celular na mão, ela aponta para mim.

— Por que você veio? Você nem liga mais para as aulas de reforço ou pra gente. Eu me cansei das suas palhaçadas, pra sua informação. É cansativo. Lidar com você se tornou cansativo. Baixa a bola. — As palavras dela são frias.

Chance faz questão de que eu o veja, a dor em seu rosto gravada em meu cérebro, em minha alma. Eu... estraguei tudo.

No entanto, odeio dar o braço a torcer, ainda mais quando há alguma verdade no que digo.

— Eu só... não acho que o que estou dizendo seja tão absurdo. Queria que vocês vissem o meu lado.

Chance apoia o queixo na mão, a tristeza dele se transformando em algo que não sei distinguir.

— Boa sorte pra fazer sua vida e seu legado... valerem a pena, Sasha. De verdade. Desejo tudo de bom nesse caminho sem graça e solitário que você tem pela frente. — Ele empurra a cadeira e se levanta, saindo com Priscilla. Nenhum dos dois olha para trás antes de ir embora.

O tempo continua passando.

Fico na sala da srta. T até o zelador chegar e acender as intensas luzes brancas do ambiente escuro. Nós nos cumprimentamos quando ele começa a recolher as bolinhas de papel e jogá-las no lixo. Eu me levanto, minha bunda e minhas pernas formigando por passar tanto tempo sentada. Pego minha mochila num rompante e o envelope pardo cai no chão.

Ezra.

Eu me abaixo devagar para pegá-lo. Meu dedo corre pela aba traseira e, sem muita resistência, o envelope se abre. Estou tentada a me sentar de novo, mas o zelador está com um esfregão na mão.

Dou dois passos trêmulos em direção à porta.

256 DANIELLE PARKER

— Boa noite — digo ao sair da sala. Ele assente com educação e continua seu trabalho.

Estou com muito medo de ver o que tem dentro do envelope. E se for algo que vai terminar de destruir meu coração e me fazer chorar aqui, tão perto do zelador? Estou a uma interação humana de desmoronar. Consigo sair e dou de cara com um corredor vazio.

Já posso abrir o envelope aqui.

Eu o viro de cabeça para baixo e tiro várias fotos foscas e em preto e branco... fotos de mim.

Dizem que se você se encontrasse na rua, não seria capaz de reconhecer a si mesma. Que a visão do nosso verdadeiro eu é tão distorcida que não somos capazes de nos reconhecer. Sem falar que raramente nos vemos como os outros nos veem. É assim que estou começando a me sentir. Para quem estou olhando? Quem é essa pessoa me olhando de volta?

A primeira foto é de algumas semanas atrás, do lado de fora do escritório do diretor Newton. Quando nos reconectamos. Estou com um sorriso bobo, mas relaxada, segura de mim mesma de uma forma que agora me parece muito estranha.

As próximas fotos são perto do mar, no dia do nosso primeiro beijo. Quando as vejo, meu corpo me trai; a náusea toma conta do meu estômago.

A contradição dessas duas Sashas é como a noite e o dia. Estou bem nas fotos. Ótima, na verdade. Ezra conseguiu capturar um lado brincalhão de mim que eu meio que tinha esquecido que existia. Pela primeira vez em muito tempo, olho para mim e vejo... alegria.

É muita ousadia do Ezra usar sua arte para me lembrar disso... que eu poderia ser feliz. Que eu *estava* feliz, com ele.

Eu me sinto triste de novo e tenho dificuldade de respirar ao pensar nas coisas que dissemos um ao outro hoje. As palavras dele sobre meu pai e o legado ecoam em meus ouvidos. O que meus pais iam desejar para mim? Não seria a bolsa? Se não for, então afastei as três pessoas de quem mais gosto a troco de nada. Não posso aceitar isso. E, ainda assim, tudo aquilo que achei que queria agora parece não fazer sentido. Sinto a dor percorrer todo o meu corpo, começando no meu coração e se espalhando das pontas dos dedos das mãos até os dedos dos pés. A dor de perder os melhores amigos não uma, mas duas vezes na vida.

CAPÍTULO 34

Depois de vinte e quatro horas sem notícias dos meus amigos, acho que talvez, só talvez, tenha descoberto como resolver o que fiz. Pego o celular e escrevo uma mensagem sincera para Priscilla e Chance em nosso grupo.

> **Sasha** 14h45:
> Estarei no Spudsy hoje para nossa penúltima Sexta-Fritas. Por favor, será que vocês poderiam vir me encontrar? Sei que fiz merda e quero pedir desculpas.

Assim que as aulas acabam, corro para o Spudsy.

— Mesa para um? — pergunta a anfitriã. Ela faz parecer tão deprimente. Abro um sorriso forçado.

— Para três, por favor. Posso me sentar ali? — Aponto para o sofá em que nos sentamos desde a primeira vez que viemos; quando, por mais que a vida parecesse incerta, eu

A APOSTA DO CORAÇÃO 259

tinha amigos que me amavam e se preocupavam comigo, e eu me importava com eles.

— Sem problemas. — Ela sorri e me conduz pelo restaurante cheio até o nosso lugar.

Dez minutos depois, peço nossas comidas favoritas.

Vinte minutos depois, o pedido chega.

Quarenta e cinco minutos depois, o garçom vem perguntar se está tudo bem, e abro outro sorriso amarelo. É assustador perceber o quanto estou ficando boa nisso.

Verifico meu celular de novo. Sem chamadas perdidas, sem mensagens novas. Fui a última pessoa a mandar uma mensagem no nosso grupo. E também fui a última a, bem, ferrar com tudo.

Um pavor intenso me invade, seguido por uma onda de tristeza. Empurro a cesta de batatas fritas para longe, incapaz de encarar qualquer coisa além de sentimentos profundos.

Depois de uma hora olhando para a porta e para o celular, pago a conta, deixo uma boa gorjeta e saio.

Ao caminhar para casa, percebo, de forma simples e dolorosa, que, sem as pessoas que amo em minha vida, não tenho uma coisa boa. Só tenho uma nota máxima em uma apresentação da qual ninguém vai se lembrar.

CAPÍTULO 35

No sábado de manhã, a mágoa da semana inteira ainda pesa em mim. Só tenho energia para me afundar nos lençóis, me esconder. Minha mãe bate na porta e eu não respondo. Ela olha para mim, meus olhos inchados, a bagunça na mesa, e entende. Sou grata por ela me conhecer bem o bastante para ir trabalhar sem me perguntar se vou acompanhá-la.

Em algum momento no início da tarde, ouço a porta da frente abrir.

Minha mãe se aproxima do meu quarto.

Toc, toc.

— Querida — chama ela. — Você está aí?

Eu gemo baixinho.

— Sim. Eu só... não estou me sentindo bem. — E é verdade.

Afundo na cama. Acho que não vou mais para a escola. Talvez eu não me forme. Para quê? Meus melhores amigos me odeiam, e a situação com Ezra está... mais complicada do que nunca. Ou acabou. Não tenho certeza do que é melhor.

A APOSTA DO CORAÇÃO 261

Ainda posso sentir as mãos dele na minha pele. Ele disse que me ama há muito tempo. Será que ainda me ama depois do que eu disse? Eu mereço esse amor? Se falei a verdade, por que me sinto tão culpada por nossa conversa? E por que o título de oradora ainda está na minha cabeça?

Em algum momento no final da tarde, minha mãe bate de novo com um pouco mais de entusiasmo.

— Olha, querida, eu pensei...

— Mãe, eu só preciso ficar sozinha, por favor! Vou sair dessa deprê logo, mas hoje eu preciso ficar sozinha, tá? — Minha voz falha, traindo minha dor.

— Tá bom, entendi... eu volto depois, então — responde ela, depois de um tempo. E, antes que eu possa dizer qualquer coisa, ouço os passos da minha mãe ao sair de casa.

Que bom. Agora ela também deve estar chateada comigo.

Afundo nos cobertores de novo e me permito flutuar no mundo dos sonhos, o único lugar onde pareço estar segura.

Por volta das sete da noite, saio do quarto para me jogar no sofá. Eu me aconchego nas almofadas, mas a mudança de local não faz meu cérebro ficar mais alegre. Durmo por mais trinta minutos, até que ouço minha mãe chacoalhar seu enorme chaveiro e abrir a porta devagar.

— Ah, que bom, você está acordada. — Ela entra com um saco de papel enorme nas mãos.

Faço o possível para me sentar, mas até meus ossos estão cansados.

— Que cheiro bom — admito. Meu estômago ronca. — O que é?

Ela se aproxima e coloca a sacola na minha frente.

— Abra e veja.

Pode deixar, mãe. Começo a salivar com o cheiro que sai da embalagem. Rasgo a caixa branca enquanto ela se dirige para a cozinha.

Montanhas de arroz branco, legumes, kimchi, tempura e bulgogi me cumprimentam. Dou outra olhada rápida na sacola e, sim, é do Sushi Time, nosso restaurante favorito. É como uma bênção embrulhada em um saco. Quando eu era mais nova, meus pais e eu costumávamos ir lá em ocasiões especiais.

Mordo um pedaço de tempura de camarão e mastigo rápido demais. É delicioso; é crocante. Esta comida é tudo de que preciso para voltar a me sentir bem.

Minha mãe sai da cozinha e se senta perto de mim. Está com o rosto vermelho, os olhos um pouco inchados. Isso tem algum significado e, quando começo a decifrar o que está por trás de tudo, meu coração para.

Sinto o ar fugir do meu peito ao perceber — tarde demais, é óbvio — por que minha mãe foi até o restaurante, a refeição especial que trouxe para mim, os pedidos incessantes que ignorei. A forma como deixei tudo e todos que eram importantes escaparem de mim. Tenho sido tão cega.

Meu coração se contorce e depois parece sair do peito. Hoje é aniversário do meu pai.

Eu esqueci... como posso ter me esquecido?

Sushi Time era o restaurante favorito dele.

Era lá que eu e minha mãe íamos últimos quatro anos para celebrar, homenagear e nos lembrar dele.

Nossa tradição.

Meu pai, que sempre me deixou soprar as velinhas do bolo de aniversário. Meu pai, que sempre passava um momento "comemorando nós três" durante seus aniversários.

Meu pai, que enfiava um segundo cartão de aniversário dentro do cartão de aniversário principal para que você soubesse o quão importante era o dia do seu nascimento.

O dia dele, hoje.

É por isso que ela estava ali, é por isso que ela tentou falar comigo, e sou inundada por essa percepção.

Minha mãe se levanta e acende a vela no altar da estante. O fósforo assobia e a sala se ilumina em suaves tons de amarelo. Eu desabo no sofá, esquecendo a comida.

Como pude ser tão egoísta?

Começo a chorar.

Não são lágrimas sutis. Choro alto, exasperada, o tipo de choro que causa dor de cabeça. Quase não consigo respirar. As lágrimas são abundantes, por Ezra, por Priscilla e Chance, pelos meus pais e por mim. Choro até exorcizar toda a minha dor.

Minha mãe se senta ao meu lado e me entrega um lenço, pousando uma das mãos nas minhas costas, me confortando. Quando as lágrimas diminuem, ela me puxa e me envolve em um abraço. Os braços dela me passam a sensação de força.

— Desculpa. Eu me odeio por isso. Não queria ter esquecido. Eu só... — Minha voz falha. Esta é a última coisa no mundo que eu queria.

Ela dá um tapinha nas minhas costas, seu toque capaz de curar.

— Ah, querida — diz ela. — Você está bem? Pode falar comigo.

Eu balanço a cabeça, respondendo que não. Ela segura minha mão e faz carinho, seu jeito de me convidar a falar, a me abrir.

E é o que faço. Conto para ela. E quando começo a falar, não consigo parar. Começo com o projeto do legado e meu objetivo de ganhar o título de oradora da turma para o papai. Então Ezra. Ezra, o motivo de eu ter ido ao baile e a mente brilhante por trás do convite para o espetáculo de Alvin Ailey.

— Não queria deixar você preocupada. Eu me envolvi tanto com a escola e em me formar com êxito que acho que deixei o título escapar das minhas mãos. Desculpa. Não quero decepcionar você. Tenho tentado tanto. Estou sempre tentando....

— Xiiiu — diz minha mãe, e agora está chorando comigo.

— Eu tenho... nós temos muito orgulho de você, não importa o que aconteça, sabia? — Ela agarra meu queixo e me faz olhar para ela. — Não poderíamos ter pedido por uma filha melhor. — Ela me abraça, e eu a abraço de volta.

Minha mãe respira com dificuldade, enxugando as lágrimas com um sorriso discreto. Ela faz uma pausa e seu olhar fica mais suave.

— Você poderia ter me contado do Ezra.

Há muitas coisas que eu gostaria de contar para ela, coisas sobre as quais nunca conversamos. Mas por onde começar? Devo dizer que a vida pode ser injusta, que acho injusto ela não ter terminado os estudos? Que estar empatada com Ezra me levou a um dos relacionamentos mais confusos da minha vida? Que sinto falta de Ezra e tenho medo de tê-lo perdido para sempre? Que não sei qual é a minha situação com meus amigos, que nossas vidas estão indo em direções tão diferentes que nem sei se nossa amizade vai continuar?

— Eu sei. Desculpa. Tudo o que eu mais queria era ajudar vocês e fazer o que vocês não puderam fazer na escola...

— Mas não consigo mais falar. As lágrimas estão de volta. São como aquelas chuvas fortes de verão.

Minha mãe acaricia minhas costas, fazendo círculos com a mão.

— Você se dedica demais, o tempo todo. A culpa é minha.

Arregalo os olhos.

— Não, a culpa é minha. O que eu faço importa...

— Não importa mais do que quem você é. Você é muito mais do que um título — diz minha mãe. Ela aponta para os produtos de limpeza ainda no balcão da cozinha. — Você acha que sou só uma faxineira? — pergunta ela com a voz trêmula.

— Lógico que não, mãe. Eu não quis dizer isso.

Ela segura minhas mãos.

— Eu não quero nunca que você pense que se resume às suas notas. Você é tantas coisas, para tantas pessoas. Incluindo eu. E o seu pai. Tá? Então nunca se esqueça disso. — Nós duas rimos um pouco quando pegamos um lenço de papel. Parece que meu pai está aqui conosco.

As palavras da minha mãe me puxam e me prendem. Ela é tudo para mim. Não pelo trabalho que faz, mas por quem ela é, como escolhe levar a vida. Se eu puder ser como ela, se eu puder me lembrar disso, sempre estarei bem.

Ela segura meu queixo.

— Talvez seja bom você ter esquecido, sabe?

Eu me endireito.

— Como assim?

Ela olha para longe. As velas tremulam e a luz reflete nas paredes.

— Não quero que a gente se prenda tanto ao passado, às coisas que não podemos mudar. Talvez seja minha culpa. Talvez eu tenha me concentrado demais no passado. Você tem muitas coisas para aproveitar agora, neste momento. Ele iria querer que você fizesse isso, você sabe. Ser feliz e viver,

266 DANIELLE PARKER

e ficar tão ocupada vivendo a ponto de nem ter tempo para se perder nessas coisas pequenas. Lembranças são boas, mas não podemos deixar que elas nos assombrem.

Ela ri, o que parece feliz, triste e um pouco doido.

— Desculpa. Estou divagando. Seu pai iria nos perturbar por não aproveitarmos cada momento precioso. Teria ficado emocionado em ver você na noite do baile. Ficaria muito feliz em saber que você está aproveitando ao máximo esta vida.

Procuro uma resposta, algo que diga que entendo o que ela quer dizer. Cada palavra soa contraintuitiva para muito do que *somos*. Quem nos tornamos desde a morte de papai? Ela sabe?

— Ele ficaria bravo se tivéssemos... qual é a palavra? Arrependimentos. A vida é para os vivos — diz minha mãe baixinho.

Por mais que essa seja uma bela dose de sábios conselhos maternais, o jeito com que ela brinca com os dedos me mostra que, muitas vezes, aquilo que dizemos em voz alta para os outros também serve para nós mesmas.

— Você... você tem arrependimentos? — Minha voz está tão baixa que nem tenho certeza se ela me ouviu.

Ela balança a cabeça, respondendo que não, e leva um dedo ao olho, enxugando as lágrimas restantes.

— Alguns. Mas não quero mais ter. — Ela aperta minha mão. Eu abaixo os ombros e ergo a cabeça. Minha mãe se levanta e vai até a cozinha, onde a ouço remexer alguma coisa por um minuto.

Ela volta trazendo uma vela acesa em um bolo de chocolate com um redemoinho perfeito de glacê branco. O favorito do papai.

— Podemos assoprar juntas? — peço.

— Podemos. Não se esqueça de fazer um pedido. Ele ia querer que a gente fizesse. — A chama da vela é pequena, mas poderosa. Fecho os olhos com força e inspiro. Então sopro e faço um pedido.

CAPÍTULO 36

Hoje me sinto mais humana, mas ainda não voltei a ser eu mesma. Estou na minha mesa, encarando meu projeto do legado.

Ouço uma batida familiar na porta.

— Pode entrar!

Mamãe está ao lado da minha mesa, ansiosa, a emoção em seu rosto quase aterrorizante. Parece revitalizada, revigorada. Está com o cabelo preso em um elástico branco (calma, esse é meu?) e, pelo brilho em seu rosto, ainda está com um pouco de maquiagem — rímel e blush.

— O quê? Você está me assustando.

— Rá! Pessoas felizes não deveriam te assustar.

— E aí?

Ela tira as mãos de trás das costas e coloca uma pilha de fotos antigas na minha mão.

— Olha o que encontrei em uma caixa no armário. — Ela espia por cima do meu ombro. Mexo nas fotos do meu pai, dos meus pais, da vida deles antes... de mim. Como ousam ter vidas e interesses antes da minha existência? Mas essas fotos valem mais do que ouro.

— Puta merda — murmuro. Seu reflexo maternal entra em ação e ela me dá um empurrão gentil, mas firme.

— Olha a boca.

— Desculpe — digo. — Onde você...

— Estavam beeeeeem guardadas. Não sei se já te mostramos.

Olho as fotos depressa, ansiosa para ver tudo.

Há cerca de trinta. Então recomeço, desta vez mais devagar, procurando pistas. Cada foto parece registrar um momento que renderia histórias, uma tarde de risadas e segredos de família compartilhados. Não consigo parar de sorrir. Meus pais estão tão radiantes nessas fotos. E tão descolados. Meus pais eram descolados antes de mim? Acho difícil de acreditar, mas a prova está bem aqui, bem na minha cara.

— Mãe, seu permanente é muito da hora. E essa blusinha curta? Olha o tanquinho. — Ela está vestindo calça jeans escura e uma regata com um tom forte de amarelo que termina um pouco acima do umbigo. Os cabelos estão modelados com enormes cachos, a franja ainda maior.

— A gente se virava como podia. — Ela acaricia meu ombro.

A última foto é do meu pai, uma velha Polaroid, com *Lover's Point* rabiscado na parte inferior, com a caligrafia dele. É tão alto e bonito. Ele está com um sorriso brega no rosto, todos os dentes à mostra, o que raramente fazia.

— Eu tirei essa — explica minha mãe, orgulhosa. É estranho. Quase como um déjà vu.

Ou talvez não. Talvez seja o tempo fluindo.

— Espera aí. — Eu pulo da minha mesa e vasculho o fundo da mochila. Pego as fotos de Ezra, procurando por uma minha perto do mar. — Vem ver isso — digo para minha mãe. Ela se inclina.

— Rá! Praticamente gêmeos. Quando você nasceu, era mais parecida comigo. No mês seguinte, começou a mudar e, de repente, se transformou numa cópia dele.

Seguramos as duas fotos lado a lado, e somos como gêmeos. Bem, se meu pai usasse dreads longos e calça jeans skinny, ou se eu deixasse crescer o bigode, mas ainda assim. Nas duas fotos — nós dois próximos ao mar, curtindo o momento — a energia, o sorriso... estão ali, iguais.

Ao ver a alegria de meus pais, meu antigo sorriso, uma grande parte de mim quer rir de como fui boba. Quero ligar para Ezra. Quero abraçar meu pai. Quero fazer tantas coisas ao mesmo tempo, porque agora vejo tudo tão nitidamente, o que também me aterroriza. Porque agora, agora que sei que posso querer mais da vida, não posso voltar atrás. Tudo faz sentido: me sinto livre, leve e um pouco selvagem.

— Você está bem?

— É, eu só... acho que finalmente entendi. — Eu me viro para encará-la.

— O sentido da vida? — brinca minha mãe. Ou pelo menos acho que ela está brincando. Talvez não seja o sentido da vida, mas o sentido dos grandes pedaços da minha vida. Ou melhor, o que *eu* decido que faz sentido em minha vida. Essa epifania me faz estremecer. Meu rosto esquenta e sinto que poderia ir ao centro da cidade importunar os outros alardeando minhas descobertas rabiscadas em grandes cartazes de papelão.

— Mãe, você já pensou em namorar?

Ela ri.

A APOSTA DO CORAÇÃO 271

— Como você sabe que não estou namorando?

Fico de queixo caído.

— É brincadeira — diz ela. Vejo a oportunidade e a aproveito.

— Não, mas falando sério. Você não pensa nisso? Você não sente que, às vezes, sua vida parou?

Ela dá um passo para trás e repenso o que acabei de dizer. Será que foi pesado demais? Eu só...

— Eu... eu sei que a vida segue em frente, querida.

— Tá, mas você ainda vai seguir em frente? Eu não ficaria chateada se você quisesse namorar ou algo assim. Tipo, o que você gostaria de fazer se não estivesse limpando casas?

— As palavras saem da minha boca. A Sasha pré-revelação poderia se chatear se a mãe dela fosse em um encontro. Mas minha mãe pode acabar conhecendo um cara legal, não pode? Não quero que ela fique sozinha assim para sempre. Não é bom falar dessas coisas para se preparar? Porque minha mãe ainda é uma gata.

— Sempre adorei matemática. Talvez quisesse ser contadora. Ou enfermeira. Não sei, boa pergunta. É bom pensar nessas coisas, eu acho. Gosto de pensar no futuro. — Ela sorri e bagunça meu cabelo como se eu tivesse cinco anos. Endireito a postura e arregalo os olhos. Ela não está errada.

Mamãe faz uma pausa antes de falar:

— No que você está pensando?

— Eu... — O último mês passa pela minha cabeça. — Só me pergunto se podemos mesmo ter tudo, sabe? Sendo mulheres? Você já se sentiu como se tivesse que escolher uma coisa e abrir mão de outra na vida? Quem consegue ter tudo? Além da Beyoncé? — Não sei como articular meus pensamentos. Ao menos não por enquanto.

Ela só se inclina para a frente.

— Mas eu tenho tudo. Eu sempre tive tudo, boba. — Há um tom de brincadeira na voz da minha mãe que me faz pensar que ela realmente acredita no que está dizendo. O que me dá uma ideia.

Ela fica perto da minha mesa, mas já estou abrindo um novo documento do Word, batendo nas teclas. Tive um lampejo de genialidade e não posso deixá-lo escapar. Minha mãe me observa por mais um minuto, entende que estou concentrada e sai do quarto, fechando a porta.

Meus olhos alternam entre a minha foto e a do meu pai. Penso na semana passada, nos momentos dolorosos que causei e suportei, o que me leva a refletir sobre os últimos quatro anos. Então penso na minha vida como um todo, em toda a minha linha do tempo. Escrevo. Escrevo, e escrevo, e escrevo, me derramando nas páginas. Achei que conhecia meu legado, mas estava enganada. Depois deste mês e dessas apostas, entendo a mim mesma e ao meu legado melhor do que poderia imaginar. Não posso deixar de rir, porque, para minha surpresa, minha vida e meu legado não têm nada a ver com a bolsa.

CAPÍTULO 37

Minha vida parece um jogo de tetris. Estou fazendo o meu melhor para que tudo se encaixe, para marcar alguns pontos e ganhar. Por um lado, desde nossa conversa no aniversário do meu pai, minha relação com minha mãe está melhor do que nunca. Não lembro se já fomos tão sinceras e abertas assim antes. Estamos nos expressando melhor, estamos mais vulneráveis. Tudo bem que só se passaram dois dias, mas ainda assim. É uma base sólida para se crescer.

Por outro lado, tudo na escola é o mais puro caos e confusão. Priscilla e Chance ainda não estão falando comigo. O que, dã, é o mínimo, considerando que fui muito babaca com eles. Quando relembro nossa conversa, fico surpresa com meu comportamento. Posso ficar bastante irritada, mas ser cruel?

Enquanto isso, Ezra não tem vindo às aulas, e sou covarde demais para ligar ou mandar mensagens, por mais que passe todo o tempo olhando para as fotos e pensando nele. *O tempo todo.* Cada coisinha me faz lembrar dele: a luz que preenche uma sala ou certos cheiros. Que saco, às vezes eu até acho que ouvi o clique da câmera dele ao fundo. Para ser sincera, agora sei que foi melhor não termos nos beijado antes. Caso contrário, acho que não teria chegado tão longe na vida. Eu tirava sarro daqueles vídeos de R&B antigos dos anos 1990 que mostravam cantores sofrendo, sentindo falta da pessoa amada, mas agora consigo entender. Entendo de verdade. Estou cantando na chuva, esperando que meu amado volte para mim.

Porque estou ficando sem tempo: falta uma semana e meia para a formatura.

Depois da aula, pego meu celular e mando uma mensagem para minha mãe: *Onde você tá? Precisa de ajuda? A aula acabou mais cedo.*

Assim que a mensagem é enviada, balanço a cabeça. Minha mãe não é muito boa com mensagens; ela definitivamente é da geração que gosta de falar ao telefone. Acho que seria mais rápido enviar um pombo-correio ou um bilhete em uma garrafa. Quando alguém manda mensagem, ela responde a pergunta em voz alta, como se a pessoa estivesse na sala com ela, e não chega a responder de fato.

Enfio o celular no bolso e o aparelho começa a vibrar. Olho para a tela e vejo o rosto dela piscando. Uau. Que estranho.

— Alô? — atendo.

— Estou na escola técnica. Você pode dar uma passadinha aqui? — Sua voz vacila, quando não consigo ouvi-la.

— Hã, lógico que sim. Está tudo bem?

— Tudo bem, eu só... — Ela faz uma pausa, com medo de continuar.

— Chego em cinco minutos. Aguenta firme.

— Estou perto da biblioteca.

Chamo um Uber e tento evitar que meus pensamentos fujam do controle. Por que ela não está na casa dos Lawrence, trabalhando? Respiro fundo e tento me concentrar no que está à minha frente: as árvores, os prédios, o céu. Faço uma contagem regressiva começando no cem até o motorista chegar à escola.

Ele me deixa na frente da biblioteca e não vejo minha mãe. Ando pelo prédio, e o espaço enorme e silencioso aquece meu coração, mesmo que apenas por um momento. Há vários alunos concentrados em seus livros, fazendo anotações.

Empurro as portas dos fundos, que dão para um gramado bem-cuidado com várias cadeiras e mesas de madeira. Então eu a vejo, com um decote em V cinza e leggings pretas, a mochila floral apoiada no chão, na sombra.

— E aí? — digo ao me aproximar cautelosamente. Eu ocupo o assento vazio ao lado dela. — O que você está fazendo aqui?

Ela balança a cabeça como uma jovem tímida, com medo. Sua mochila espreita atrás dela.

Meu coração parece parar enquanto espero pela resposta. Ela exala.

— Tenho horário marcado para fazer as provas de nivelamento de inglês e matemática. — Ela aponta para a biblioteca. — Só para garantir que vou me matricular nas turmas certas, sabe? A última vez que estive aqui foi há tanto tempo... — A voz dela falha. Quantas vezes minha mãe se sentiu deslocada nesses espaços acadêmicos? Fico me perguntando.

Agarro a mão dela e procuro as palavras certas. Eu não fazia ideia de que ela estava pensando em aulas, ou escola, ou qualquer coisa assim.

Ela funga.

276 DANIELLE PARKER

— Estou assustada. Para voltar. Tentar de novo.

Meu rosto fica quente.

— Estou meio velha — continua ela. — Talvez seja tarde demais para mim.

— Nunca é tarde — sussurro, abraçando-a.

— Aiya, você vai me fazer chorar. Eu não quero chorar hoje. — Ela segura minha mão e afasta as lágrimas.

Eu enxugo o canto dos olhos.

— A que horas é a prova?

— Em cinco minutos. Mas não preciso fazer. A gente pode ir pra casa.

— Como você se sentiria se a gente fosse embora? — pergunto, quase chocada com o quanto pareço com Ezra.

Minha mãe revira os olhos.

— Nada bem. Tá. Eu vou entrar. Você está certa.

— Vou ficar aqui mesmo esperando por você — digo. Minha mãe esfrega os braços e, pouco a pouco, volta a se sentir confiante. A dominar o campus.

— Ok. Me deseje sorte — responde.

Eu aperto a mão dela.

— Você não precisa de sorte. Estamos com você — declaro, e nós duas sorrimos.

Ela pega a mochila, a coloca no ombro e entra no prédio. Ela está tentando. Sem arrependimentos.

CAPÍTULO 38

Estou correndo contra o tempo. Na quinta-feira, passo pela porta da sala da srta. T com as mãos ocupadas, incerta do meu próximo passo. Eu poderia recuar, me virar e ir embora. Poderia deixar as coisas sem solução e fingir que essa parte da minha vida, meus melhores amigos, nunca aconteceu.

Ou...

— Por que você está parada aí, srta. Sasha? — Ben me encara. Ele acena freneticamente enquanto o resto do grupo olha para mim. Dou um passo discreto para dentro da sala.

— Pode entrar, já começamos. — Ben gesticula para que eu pare de ser uma esquisita e entre logo, então avanço devagar.

Ando em direção à minha mesa de sempre e coloco as sacolas grandes no chão, meu coração batendo tão forte que sinto uma dor no peito.

— Sinto cheiro de comida! — grita alguém.

— Este é o último dia das aulas de reforço, certo? — Minha voz é baixa, mas vim aqui para tentar, então devo tentar.

— Trouxe umas guloseimas, para, tipo, comemorar. — Vascu-

278 DANIELLE PARKER

lho a sacola e tiro as caixas. — Tenho muitas batatas fritas e croissants. Uma combinação estranha, eu sei. Mas eu queria compartilhar um pouco da tradição com o grupo. — O olhar de Priscilla é frio, mas ela faz contato visual. Chance ergue a cabeça do livro. — Às sextas-feiras, nós três nos reunimos para comer batatas fritas e compartilhar as coisas boas de nossas vidas. Então eu queria fazer isso aqui. Os croissants são em homenagem a Chance, meu melhor amigo, que está dando um passo enorme e que requer muita coragem: ele vai para a Europa fazer um mochilão após a formatura, sozinho.

Minha voz está trêmula. Vejo as crianças trocarem olhares confusos.

— Eu queria comemorar, mas também me desculpar. — Enfio as mãos nos bolsos da calça jeans e olho nos olhos de todos na sala. — Desculpa, pessoal. Nunca foi minha intenção deixar as aulas de reforço em segundo plano e sei que tenho feito isso nos últimos meses, mas esse grupo me traz muita alegria. E, Chance, sinto muito pelo que disse outro dia. Não era minha intenção dizer aquilo, de modo algum. Eu te admiro tanto... por você se conhecer e saber seu valor sem precisar da validação de nada nem ninguém. — Nós nos olhamos, e eu juro que os cantos dos lábios dele se erguem, só um pouquinho.

Eu continuo:

— Priscilla, me desculpa. Você não tem medo de tentar, não tem medo de se expor, e eu admiro isso. Foi injusto e errado da minha parte insinuar que isso é ruim. Desculpa de verdade. Minha vida anda vazia sem vocês dois. E sei que não temos muito tempo juntos, então não quero desperdiçar com brigas.

O silêncio na sala é alto. Vou precisar entender se eles não quiserem mais falar comigo. As palavras têm poder. Não posso sair falando sem parar sempre que estiver chateada. Chance se levanta de sua mesa e Priscilla se aproxima. As crianças olham para nós boquiabertas, como se assistissem a um filme dramático na primeira fila.

Chance é o primeiro a falar:

— Também não quero perder tempo com brigas.

— Concordo — Priscilla entra na conversa. Damos um abraço coletivo.

— Então já podemos comer? — pergunta Heitor.

— Sirvam-se — digo, mas os alunos já se levantaram, enchendo os pratos.

A conversa toma conta da sala e, pela primeira vez em muito tempo, me sinto bem. Ótima, na verdade. Chance me passa um prato com batatas fritas, e esse gesto é tão lindo que eu poderia chorar.

— Tá, então vou dizer como funciona: vamos fazer um círculo e compartilhar uma coisa boa que aconteceu este ano. Que tal? — sugere Chance, projetando a voz. — Quem quer começar?

Khadijah começa a falar e o resto do grupo a acompanha. E é assim que passamos nossa última aula de reforço: compartilhando tudo o que há de bom em nossas vidas.

Quando a aula acaba, arrumamos nossas coisas com calma. Acho que cada um de nós guardou uma lembrança diferente da tarde, a última que passamos com as crianças.

— Então, o que você vai fazer em relação ao Ezra? — pergunta Priscilla.

Meu coração palpita.

— Ele é o próximo na grande turnê de desculpas de Sasha. Talvez a gente possa pensar no que fazer em relação ao título de orador. Se não for tarde demais. Não sei. Vamos entregar os trabalhos finais na semana que vem. Talvez...

Priscilla se levanta e joga fora o que restou da batata frita.

— E se você ganhar? E se você perder?

— Ainda não pensei nisso. Eu só... Primeiro preciso falar com ele. Precisamos só conversar. Eu acho que é um bom começo.

Chance acena em aprovação.

— Como Drake disse, só se vive uma vez. É melhor se entregar de coração.

É por isso que, no sábado à noite, acho que sei onde Ezra pode estar: na última palestra de Walker Ross. Estou com medo de vê-lo de novo, de falar com ele, mas tenho que tentar. Meu coração está batendo tão rápido que tenho certeza de que vai explodir, mas minhas pernas se movem e sou impulsionada para a frente.

Passo pela entrada, e qualquer pensamento em meu cérebro é abafado pela animação na sala. O espaço, que geralmente é rústico, está cheio de sofisticação esta noite, com toalhas pretas em mesas redondas e luzes cintilantes penduradas no teto. Tudo parece diferente da última vez que estive aqui.

Eu me viro, girando os pés em meus sapatos. Um mar de rostos, alguns que reconheço do Skyline, mas nenhum deles tem aqueles olhos castanhos sedutores ou aquela covinha singular. Nenhum é Ezra. Tenho que disfarçar a decepção.

— Senhoras e senhores, boa noite — cantarola uma voz melódica no microfone. Como uma onda, todos na sala dão um passo em direção ao palco.

O sr. Ross aparece e todos aplaudem.

A APOSTA DO CORAÇÃO 281

— Minha filha maravilhosa, Willa — diz ele, apontando para uma mulher de cabelos castanhos-escuros e óculos vermelhos descolados. Ela o ajuda a se sentar e, quando o pai está confortável, se acomoda ao lado dele. — Muito obrigado a todos por estarem aqui comigo esta noite. — A plateia bate palmas de novo. — A vocês, que tornaram este evento possível, obrigado. Achei que poderíamos fazer algo diferente, já que esta é uma reunião íntima com... o quê? Cem pessoas, eu acho, né? — Uma onda de risadas generosas ecoa pela sala. Eu sorrio. As luzes se apagam e no palco, à direita da filha, uma tela desce.

— Conhecer a mim e a meu trabalho é conhecer meu coração, as pessoas por quem nutro afeto. — O sr. Ross pega a mão da filha e a aperta quando a primeira imagem aparece na tela. — Minha Joanie, que Deus a tenha — diz ele. Ele e a filha compartilham um olhar que conheço muito bem... um olhar de amor e luto, de lembrança. — Serão dez anos sem ela nesta terra — diz ele em voz baixa. A filha abre um sorriso cúmplice, e ele se endireita.

A apresentação de slides começa com várias fotos do sr. Ross quando criança, retratos em preto e branco. Mais fotos se passam, de famílias grandes e crianças pequenas. Das montanhas. Ele conta anedotas rápidas relacionadas a cada imagem, Willa concordando com tudo.

Eu encaro as imagens, tentando me concentrar em suas palavras, mas minha mente começa a divagar, alguns pensamentos mais altos do que outros: *Espero que Ezra esteja aqui. Ele deveria estar aqui. Ele gostaria de ver isso, a vida de Ross documentada em fotos.* De repente, a paixão de Ezra pela fotografia, seu amor por capturar os momentos que destacam as alegrias da vida, que dizem "Eu estive aqui!" e fornecem provas de uma vida bem vivida, preenche cada centímetro do meu ser.

Um calor percorre meu corpo e uma animação cresce em meu peito.

Então outra lâmpada se acende, não na sala, mas em meu coração, e é brilhante — impossível de não ser vista. Percebo que as lembranças que Ezra tinha de mim nunca foram sobre dança, Nova York ou faculdade, mas de momentos em que me apoiava. Apoiava meus sonhos, minha felicidade, Ezra, torcendo por mim enquanto eu mudava e crescia, o tempo todo animado por mim. Ezra, querendo que eu encontrasse a mim mesma e minhas paixões. Ezra, ao meu lado. Mesmo durante as malditas apostas. Ezra de fato me ama do jeito que sou.

As luzes da sala se acendem e a tela branca do projetor é recolhida.

Sinto minha respiração acelerar, os batimentos mais fortes. Dou uma última olhada no lugar para ter certeza de que ele não está aqui, atrás de mim, esperando para ouvir tudo o que tenho tanto medo de dizer, mas que o meu coração sempre soube — minha epifania: *eu amo Ezra*. Sempre amei.

Uma urgência enche meu peito. Preciso dizer isso para ele antes que outro momento se passe. Observo a multidão, esbarrando em muitas pessoas, esperando encontrar o rosto que tanto adoro. Mas não o vejo. Procuro de novo, com muito medo de acreditar na realidade da situação.

O sr. Ross passa por perto e para quando me vê.

— Sasha, olá. — Ele se endireita na bengala. — É maravilhoso ver você de novo — diz ele. Eu aceno enquanto eles se afastam. Olho a sala uma última vez antes de decidir sair. E daí que ele não está aqui? Não vou desistir, não agora.

CAPÍTULO 39

— **Tá nervosa?** — pergunta Chance atrás do palco, as luzes intensas do auditório em seu rosto.

É sexta-feira, Noite do Legado dos Veteranos, e enfim a hora chegou — sou a próxima a me apresentar. Priscilla me lança um olhar preocupado, o suor escorrendo de seu rosto, e então responde por mim:

— Ela está apavorada. Não está vendo essas rugas na testa dela?

Priscilla nunca esteve tão certa na vida. Estou mais do que apavorada. Mas agora é tarde. Uma coisa é ter uma nova perspectiva sobre este projeto; outra bem diferente é entrar em pânico, desmaiar, reprovar e não me formar. Isso sim seria... Quer saber? É melhor eu interromper meu cérebro agora.

— Agradeço muito por vocês estarem aqui comigo. — Seguro as mãos deles.

Passei o ano pensando nesse projeto, trabalhando para viver este marco. Agora que estou aqui, pronta para declarar a mim mesma e meu legado para a escola, a sensação é

284 DANIELLE PARKER

completamente diferente do que eu imaginava. Mas é melhor, eu acho.

Estou prestes a dizer mais alguma coisa para Priscilla e Chance quando as palmas dos cerca de cem alunos e pais inunda meus ouvidos e a srta. T acena para que eu vá. Rezo baixinho. Este é um daqueles momentos em que penso que talvez esteja em uma espécie de matrix, porque, sem o meu consentimento, estou na frente do palco, com o microfone na mão.

Pigarreio e o microfone faz um ruído. Analiso os presentes. As pessoas sorriem de volta para mim. Ezra se remexe em meio ao público e se vira na minha direção. Eu me sinto mais forte por saber que ele está aqui, que vai ouvir meu discurso — e meu pedido de desculpas.

Respiro fundo e começo:

Querida jovem Sasha,

Você será questionada sobre seu legado, de como quer ser lembrada após se formar.

Dizem que a melhor maneira de refletir sobre o presente é voltar no tempo e conversar com uma versão mais jovem de você.

Então, é isso que farei.

Vou direto ao ponto, porque não há uma maneira fácil de dizer: a vida será cheia de desafios e de corações partidos, incluindo o seu. Eu gostaria de poder dar notícias melhores, mas não posso.

Você vai passar bastante tempo vivenciando essa dor, se perguntando como processá-la, pensando em formas de honrar aqueles que sofrem com você. Vai querer se lembrar daqueles que perdeu; vai se empenhar e dedicar tudo o que tem para eles, como suas notas e prêmios, para demonstrar seu amor. Esse, porém, não é seu legado.

Não que suas conquistas não sejam importantes.

Acredite em mim, elas são, e você deveria se orgulhar de tudo de que é capaz. Mas, em poucas palavras, você é mágica. Você é o troféu. Sua vida, sua genialidade, a forma como você existe no mundo, é única. E esse, querida Sasha, é seu legado.

Você nasceu do amor, da força, da coragem.

Você vem da resiliência, e também da alegria, do riso, da felicidade. Quanto mais cedo você perceber que não há presente melhor do que viver, de fato viver sua vida da melhor maneira possível, melhor será para você.

Você só tem dezoito anos e muito o que descobrir.

Sejam quais forem seus próximos passos, garanta que sejam dados em alto e bom som, com ousadia, com coragem.

Deixe seu amor ser seu legado.

E se você estiver aí, só gostaria de dizer ao meu primeiro melhor amigo, Ezra...

Em algum lugar na plateia, uma cadeira se move, rangendo no chão. As pessoas na multidão esticam o pescoço para me ver melhor. Ok, cérebro. É só focar de novo. Você já fez muitas apresentações antes.

Ezra, o que quero dizer é...

Uau. Tudo bem, isso é muito mais difícil do que filmes ou livros fazem parecer. Eu quero dizer "eu te amo e peço desculpas", mas, hum, as palavras estão... Cadê elas?

*Desculpa. Me perdi no raciocínio. Estou um pouco...
um pouco nervosa.*

Não, garota, continua! Não ouse estragar tudo agora.

*Ezra. Amigo. Melhor amigo. O que estou tentando
dizer... Nossa, está quente demais aqui.*

Alguém ri na plateia. *Meu Deus, você está mesmo fazendo isso.*

O que estou tentando dizer é... Ezra...

Olho para o local onde ele estava parado, mas não o vejo. O pânico e o nervosismo desligam meu cérebro. Ele... ele não está mais aqui. Enfio o microfone no suporte e não preciso olhar para a frente para sentir a energia na sala. Saio do palco, a respiração ofegante. Ele não está aqui. Não quer ouvir o que tenho a dizer.

Passo por vários alunos e chego ao pátio, onde um telão mostra o que está acontecendo lá dentro. Expiro alto e então me permito rir de mim mesma e, pela primeira vez, é bom. Eu tentei. E, lógico, o final foi um pouco difícil, mas o começo foi muito bom.

Depois de vários outros alunos, Chance sobe no palco e apresenta seu projeto do legado. Ele faz um discurso poderoso sobre aprender e viver uma vida dedicada à mente. É quase esotérico demais, porque é o Chance. Mas então ele faz algo inesperado no final. Começa a cantar. E canta bem. Muito bem mesmo. Quem diria que esse menino sabia cantar tão bem? Eu não fazia ideia. Quando ele termina, a plateia aplaude sem parar.

— Puta merda, foi incrível — diz Priscilla assim que Chance sai do palco. Nós nos reunimos no fundo da sala principal. — De verdade. Isso foi épico. De onde veio isso? — pergunto.

Chance dá de ombros.

— Sei lá. Eu só queria botar um pouco mais de tempero. Se for para fazer a apresentação, posso muito bem dar um pouco de emoção aos fãs. — Alguns alunos com quem nunca falei passam por nós e acenam para Chance.

— E você conseguiu! Cumpriu todos os requisitos para se formar! Estou orgulhosa demais de você. — Eu o abraço.

— Pois é, mas não vou decorar meu capelo — diz ele.

Priscilla ri, irônica.

— Até parece que eu ia deixar você fazer isso sozinho. Dou risada.

— Já volto — digo, já me afastando dos meus amigos. Preciso encontrar Ezra. Entro na sala, perto da multidão de pais e professores.

Como se o universo soubesse que estou procurando alguém com respostas, um arrepio percorre minha espinha, fazendo com que eu me vire. Lá está ele, quase o mesmo de que me lembro — alto, negro, bonito. Só que agora o cabelo e bigode pretos estão salpicados de cinza.

— Sasha, olá. Que surpresa agradável. — A voz dele é igual à de Ezra, melódica e rouca, porém mais grave.

— Dr. Davis?

— Ao seu dispor. — Ele ri. — Você está fazendo a mesma cara que Ezra fez ao me ver.

— Não sabia que você estaria aqui — digo. — É maravilhoso ver o senhor.

Dr. Davis assente.

— Sim, digo o mesmo. Esses projetos do legado são... interessantes? Impressionantes? A sua geração certamente é diferente da minha, mas envolvente mesmo assim.

Sinto um calor se alastrar em meu peito. Quanto tempo faz desde a última vez que falei com o dr. Davis?

— Ezra já se apresentou? — pergunto.

— Já sim. E nunca tive tanto orgulho de dizer que ele é meu filho. Acho que deveria demonstrar isso mais vezes, dizer com mais frequência — salienta dr. Davis, mais para si mesmo do que para mim.

Como perdi a apresentação dele? Aff. Deve ter sido quando Priscilla, Chance e eu estávamos no carro dela, carregando nossos celulares.

— Ele... está por aqui? — pergunto, esperançosa de que o dr. Davis não consiga perceber o desespero ou a urgência em minha voz.

— Estava.

— Ele foi embora?

Meu coração para.

Dr. Davis assente discretamente e coloca a mão no queixo.

— Foi um discurso muito sincero.

Puta merda. Estou morrendo de vergonha.

Dr. Davis ri sozinho.

— Ele acabou de ir embora. Acho que faz quinze, vinte minutos. — Merda. Merda. Merda. — Ainda estou aqui porque vou fazer o discurso de encerramento esta noite. Deveres dos ex-alunos.

Eu suspiro.

— Entendi. Por acaso você sabe...

Ele sorri.

— Ele foi para o hospital. A mãe começou a ter contrações. Acho que Ezra vai virar irmão mais velho amanhã de manhã.

Uma mistura de felicidade e tristeza toma conta de mim. Meeeeerda. Quinze ou vinte minutos? Que piada cruel.

— Não se preocupa, você terá seu tempo. — A expressão no rosto dele é gentil. Ele franze um pouco a testa. Faço um grande esforço para esconder minha decepção.

Priscilla e Chance correm até mim, e Priscilla agarra minha mão.

— Isso foi grandioso. Então, assim, não surta, mas você precisa ver isso. — Ela ergue o celular e vejo uma pequena imagem de uma garota que se parece comigo no palco. Priscilla aperta o play e lá estou eu, fazendo meu discurso no celular dela. — Você já está nas redes sociais.

— Quem postou isso? — Pego o celular da Priscilla e dou um zoom na tela. — Ah, caramba, foi o perfil da nossa escola. — Devolvo o celular a ela e reprimo a vontade de gritar.

CAPÍTULO 40

É nossa última Sexta-Fritas, apesar desta ser uma tarde de sábado. Então, estamos fazendo um banquete para celebrar o fato de termos feito as apresentações da Noite do Legado ontem e uma festa de despedida para Chance. Estamos na casa dos pais de Priscilla (eles fazem questão de que Priscilla lembre-se disso), no quintal, deitados sobre cobertores na grama, apoiando a cabeça nos travesseiros. O sol de junho está alto e quente, uma pequena amostra do que o verão nos reserva. Se hoje serve de amostra, a vida vai ser incrível. Lá dentro, os pais dela estão bebendo vinho e fazendo espaguete ao som de um jazz suave, a rotina de todo sábado.

Priscilla passou a manhã toda assistindo a vídeos ensinando a montar tábuas de comida (tive que pesquisar *tábua de comida* no Google: aparentemente, é só uma forma mais chique de servir a comida). Portanto, temos uma tábua com batatas fritas (óbvio), além de tacos, pizzas e sobremesas, todos servidos de forma meticulosa, que faz você se perguntar se é para comer ou só ficar olhando. Olhamos e tiramos fotos da comida, e depois comemos como rainhas e reis adolescentes.

Entre mordidas, eu pego minha bolsa.

— Olha, trouxe presentes pra vocês. — Pego duas caixas prateadas embrulhadas com perfeição, arrematadas com um laço preto de enfeite. Entrego uma para Priscilla e outra para Chance.

Chance pega o pacote.

— Devo abrir agora ou mais tarde?

Priscilla não espera.

— Agora, sempre agora. — Antes que eu possa responder, os dois rasgam a fita e encontram seu tesouro.

Priscilla segura o presente.

— Fala sério, isso é incrível.

Chance fica boquiaberto.

— Ok, por favor, me diga que você tem uma também. — Ele aponta para a camiseta preta que fiz com nossos rostos.

No Natal passado, dirigimos uma hora até uma das lojas JCPenneys restantes e tiramos fotos no estúdio de retratos, com as mãos apoiadas nos cotovelos, como se estivéssemos em algum catálogo de moda vintage. Peguei uma das fotos e usei como estampa nas camisetas. Ficou bom, como a capa de um disco meio hipster.

— Continue procurando, Chance. Tem mais uma coisa aí pra você.

Ele ergue o caderno Moleskine preto, a luz do sol criando um brilho nas bordas.

— Para suas viagens. E seus pensamentos. Volte e me ensine os segredos do universo. — Chance abre um sorriso enorme, segurando os presentes contra o peito.

Pegamos a comida em silêncio, a marca da verdadeira amizade, onde podemos tagarelar e rir em um minuto e sentar e ficar entediados juntos no seguinte. Pego uma batata frita e a mergulho no molho. Uma gota de ketchup cai e mancha minha camiseta.

Tento limpá-la com um guardanapo.

— Quer saber quantas curtidas você ganhou na última hora? — pergunta Chance, quebrando o silêncio.

Eu estremeço.

— Viralizar não... não é muito a minha. — Pego uma batata frita e mergulho no molho ranch. — Tá, tudo bem. Fala rápido. Não quero deixar a fama subir à minha cabeça.

Priscilla pega várias batatas fritas e as enfia no buraco de um donut, como se estivesse fazendo um taco, apesar de ter donuts fritos na tábua de sobremesas.

— Prova isso. É a combinação perfeita de doce-salgado. — Ela levanta o donut perto do meu rosto, mas eu faço que não com a cabeça. Sou um tanto tradicional quando se trata de misturar os carboidratos.

— Beleza, sobra mais pra mim. — Ela enfia a comida na boca. —Além disso, odeio entrar em detalhes técnicos, mas não sei se dá para dizer que o vídeo do discurso dela viralizou, dá?

Obrigada.

— Tecnicamente não viralizou, só que ainda assim é mais exposição do que eu gostaria — digo.

Não sei se devo me orgulhar ou me envergonhar. Tenho o WeTalk há seis anos, e todas as minhas postagens recebem no máximo vinte curtidas, sendo que cinco geralmente vêm das pessoas que estão aqui (Priscilla tem várias contas falsas que mantêm meus números acima de três). Minha apresentação do legado está alcançando cada vez mais pessoas. Algumas a acharam encantadora. Outras ficaram com vergonha alheia. Para ser honesta, concordo com ambos.

— Quatrocentos e onze até agora. — Chance ergue os ombros, como se estivesse orgulhoso ou coisa do tipo.

Eu me endireito, cruzo as pernas e me apoio em um dos braços.

— Quatrocentos! — grito. — Você acha... — Tenho um pouco de medo de dizer isso em voz alta. — Que Ezra pode ser uma dessas pessoas?

— Ou talvez todas elas? — pergunta Priscilla.

— Quatrocentos ia ser quase uma obsessão. — Chance se vira para mim, rindo. — Sem ofensa, mas seria uma quantidade absurda de visualizações do mesmo vídeo de trinta segundos.

Eu assinto.

— Não, eu concordo. Tipo... — *Será que Ezra pensa em mim como eu penso nele? Fica relembrando o tempo que passamos juntos? Será que quer conversar? Por que ainda não conversamos? Talvez quatrocentas visualizações seja um número alto, mas talvez ele tenha assistido para ter certeza de que, hum, eu estava falando dele.* — Quer dizer, é muito provável que ele tenha visto o vídeo, né? Me visto? — Confessando meu amor.

Priscilla me dá uma batata frita.

— Sim, é muito provável que ele tenha visto o vídeo. Ele não foi marcado? Sabe do que mais? Não responda. E não leia os comentários, aliás. As pessoas na internet falam qualquer coisa pra estragar o dia dos outros.

Enfio a batata frita na boca.

— Droga. Então por que ele não me ligou? Ou me mandou uma mensagem? Ou fez alguma coisa? Achei... — *Achei que poderia reconquistá-lo com um grande gesto.* — E agora? É... é isso? — Quando digo as palavras em voz alta, sei a resposta. Sim, nós terminamos.

É óbvio que pensei na possibilidade de aquele dia no carro ter sido nosso término — como não poderia? Nossa última conversa se repete como a música de um comercial irritante que não sai da minha cabeça. E a cada vez que ouço, murcho mais um pouco. Não foi legal. Aliás, a verdade é que *eu* não fui nada legal. Ezra tentou ser vulnerável e eu o decepcionei. Mas não sei, algo em mim pensou que... talvez...

— O amor é um grande mistério — diz Chance, desfazendo o misto de emoções em meu coração.

Como as nuvens no céu, a conversa varia, indo do que que achamos que sentiremos falta do ensino médio, como estarmos juntos, é obvio, para as coisas pelas quais ansiamos, como a liberdade. E tempo para descobrirmos quem somos de fato, tentar coisas novas, começar um novo capítulo.

Priscilla se senta e estica as pernas.

— Acho que quero te visitar na Europa, Chance. O que você acha, Sasha? Talvez a gente possa ir na primavera.

Bato palmas, empolgada. Sempre quis ir a Paris, viajar pela Europa, conhecer o mundo. Acho que agora tenho um bom motivo para isso. Eu me sinto um passo mais perto de ser capaz de fazer as coisas que quero na vida.

— Já posso começar a juntar dinheiro. Eu ia adorar. — Olho para a tábua de batatas fritas, que está quase vazia.

Os pais de Priscilla vêm nos cumprimentar e conversar sobre a formatura. Quando eles voltam para dentro, ficamos distraídos por alguns instantes. Priscilla pega um biscoito marrom-dourado com M&Ms coloridos e do tamanho de seu rosto.

— Você não é a única que trouxe presentes, Sasha. Comprei algo especial pra gente comemorar. — Ela vira o biscoito no ar.

— De uma padaria parisiense? — pergunta Chance.

— Quase. Do dispensário de maconha perto do supermercado. Aquele que parece uma loja da Apple, sabe? — Priscilla quebra um pedaço e estende o braço. — O quê? Não é ilegal.

Chance olha para mim. Sei o que ele está pensando. Está esperando que eu diga não para que ele possa recusar, já que eu recusei primeiro.

— *Não* é ilegal — repete Priscilla —, o irmão da Gina comprou pra ela e ela me deu.

Gina. Um nome que não ouço há algum tempo.

Eu me viro para Priscilla.

— Aliás, como anda isso? Você sabe, eu...

— Com Gina? Tá melhor. Sabe, a gente se dá muito bem como amigas.

Chance pega a última batata-doce frita.

— Só amigas?

— *Só amigas.* — Priscilla mexe as sobrancelhas. — Então, alguém topa?

— É de comer? — pergunto.

Priscilla já está rindo. Eu poderia passar horas racionalizando isso. De verdade. Mas decidi que hoje... não vou fazer isso. Simples assim.

— Tá bom. Vou comer. — Estendo a mão para pegar um pedaço.

— Chocada! — Priscilla fica de joelhos, os olhos prestes a explodir em seu rosto.

Chance se inclina para perto. Verifica minha temperatura.

— Você tá mentindo?

Priscilla se aproxima de mim. Eu pego o pedaço de biscoito.

— Por que não? Não vamos sair, certo?

— Certo! Isso mesmo. Podemos ser responsáveis e nos divertir. — Priscilla já quebrou outro terço do biscoito e está estendendo o braço para Chance.

Chance pega o biscoito e o examina rapidamente.

— Saúde — diz ele. Levantamos nossos biscoitos e damos um tapinha neles antes de enfiar na boca.

Nada mal. Não é bom, mas não é horrível. Com certeza a aparência é melhor do que o gosto, mas não importa, porque já está na minha boca. Dou o meu melhor para fingir entusiasmo enquanto como. Priscilla faz uma dancinha ao mastigar o dela. Chance — sempre clássico, diplomático — cobre a boca com uma das mãos enquanto mastiga e engole com educação.

Vinte minutos depois, não sinto nada.

— Então, andei pensando em cortar o cabelo — digo do nada. Quer dizer, mais ou menos, mas por que eu fui falar disso agora? Vai ver o biscoito fez algum efeito, sim.

— Quer que eu pegue o barbeador do meu pai? — pergunta Priscilla.

Ah. Hum. Eu hesito.

— Quis dizer em breve. Não necessariamente *agora*.

Chance analisa rápido minha cabeça.

— Eu poderia cortar, fácil. Ia levar uns dois minutos.

Por instinto, agarro meus dreads.

— Como é? Onde você aprendeu a...

— Cortar cabelo? Não me insulte. Eu sou um Bell. E o terceiro. É quase um rito de passagem lá em casa. Como você quer que eu corte?

Eu paro.

— Só, hum, talvez raspar um pouco atrás? — Antes que eu termine de falar, Priscilla está de pé, correndo em direção à porta de vidro deslizante.

— Paaaai, você sabe onde está o barbeador? — grita ela, alto o bastante para que todos na casa possam ouvir.

É assim que, dois minutos depois, me encontro sentada em uma cadeira dobrável preta, sob as luzes cintilantes do pátio. Minha cabeça está inclinada para a frente e meus dreads cobrem meu rosto.

— Não se preocupa, não vai doer. Você não vai sentir nada.

Chance liga o barbeador, e ouço o barulho dele. Começo a ficar nervosa e tenho a impressão de ouvir meu estômago roncar. Espera aí, ele roncou mesmo. Bem alto. Relaxo o corpo e penso no dia em que coloquei meus dreads, todo o tempo que levou para que crescessem, os cuidados que tive com eles e as diferentes formas que tiveram. Com um olho aberto, espio meus pés, o primeiro dread já no chão. Outros começam a cair, e dou risada, porque pela primeira vez não tenho medo de mudanças ou de crescer. E nunca serei definida por apenas uma coisa, nem mesmo pelo meu cabelo.

— Pronto, acabei. — Chance desliga o barbeador e o coloca no chão. Priscilla me entrega um espelho pequeno.

Eu me observo.

— Adorei — digo, passando a mão pelo lugar em que os dreads estavam. Eu me sinto mais leve. Balanço a cabeça, virando o pescoço de um lado para o outro.

— Ficou muito bom em você, Sasha — atesta Priscilla.

Ao menos acho que é a Priscilla. O rosto dela está meio engraçado. Quando foi que começou... a brilhar?

Chance solta um gritinho.

— Isso foi uma risada ou um choro? — pergunto. Cerro os lábios. Minha boca fica seca de repente. Tipo, *muito* seca. Eu sempre vivi assim? Uau. É tão difícil pronunciar palavras. Sempre foi assim?

— P. Preciso de água. E talvez um...

— Oi — diz ela.

Calma, quê?

— Oi? — respondo. Estamos juntos há um minuto. As luzes cintilantes atrás de sua duplicata, e o que era uma fonte de luz agora são três. Esquece, são quatro. Agora viraram quarenta. Inclino a cabeça para a esquerda e para a direita, as luzes se arrastando no ar. Não pode ser. Semicerro os olhos.

— Você viu aquilo? — Aponto para o ar. Ou para a luz. Ou para Priscilla?

Chance gargalha.

— Sacou? *D-o-i-d-o*. Doido! — diz. Priscilla ri. Ela ri tanto que leva a mão à barriga, abraçando o corpo. Deve ser contagioso. Porque em segundos estou no chão, gritando e ofegando tanto que certamente toda a cidade consegue nos ouvir.

Acho que nunca rimos tanto em toda nossa vida. Rimos tanto que eu choro, e por um instante não consigo respirar de tanto rir e chorar (e acho até que fiz xixi).

Um sino toca e me arranca da histeria.

— Você ouviu isso? Um sino? — Todos nos viramos. Então, sei que o som não foi fruto da minha imaginação. A mãe da Priscilla está ali, com um pequeno sino de metal na mão.

— O espaguete está pronto! — Ela abre um sorriso malicioso para nós, como se talvez também estivesse chapado com os amigos dias antes de se formar. Corremos para a cozinha e terminamos a noite com o melhor espaguete que já comi.

A APOSTA DO CORAÇÃO 299

CAPÍTULO 41

Nossa formatura é hoje.

Esperei o ano inteiro por esse dia. Passo a manhã me preparando, arrumando meus dreads e me maquiando, e até uso algumas das preciosas joias da minha mãe. Por volta do meio-dia, Priscilla e Chance aparecem na minha porta, mas quase não os reconheço. Chance está usando um smoking preto de três peças. Ele sempre foi bonito, mas caramba! Isso é outro nível.

— Olha só o mini-Idris! Arrasou! — Ele me empurra de brincadeira, mas está com um sorriso enorme no rosto.

Priscilla também me surpreendeu. Não por fazer algo extremo, como eu esperava, mas por não exagerar. Seu longo cabelo castanho está preso em uma trança frouxa do lado da cabeça, as unhas pintadas de rosa-claro, e ela está sem maquiagem. Na verdade, acho que só passou uma camada de rímel. Ela passa muito tempo cuidando da pele. Está iluminada. Sem joias enormes, sem diamantes, sem anéis, sem brincos. Priscilla, desmontada.

— Nossa, vocês dois estão lindos... Não é o que eu estava imaginando, mas gatíssimos mesmo assim — digo, deixando-os entrar.

— Sabe, eu pensei em encher a cara de maquiagem — comenta Priscilla —, mas quero que o dia de hoje seja sobre despir as camadas. Finalmente chegamos aqui. A última etapa, sabe? Eu queria que fosse... simples. — Ela acaricia meu ombro rapidamente. — Mas, também, meu chapéu de formatura é, tipo, *babado*. Espera pra ver. Tem três camadas. É tão alto quanto a Torre de Pisa.

Caímos na gargalhada. Levo a mão à barriga quando lágrimas começam a se formar em meus olhos. Não porque tenha achado muita graça de alguma coisa, mas porque essa sensação de união é maravilhosa.

— Hora da foto! Deixa eu tirar uma foto de vocês três. — Minha mãe chama do corredor. Ela vem em nossa direção, toda sorridente. Eu também dou uma olhada nela. Está deslumbrante, vestindo uma saia preta justa e uma blusa branca. O cabelo está levemente cacheado, e ela está usando maquiagem e seus brincos de diamante favoritos. Ao vê-la, sinto um quentinho no coração. Eu sou uma ocasião que a faz usar as melhores joias.

Assumimos nossas posições de sempre perto da estante: Chance à minha direita, eu no meio e Priscilla à minha esquerda. Mamãe tira várias fotos e depois fazemos poses bobas, costas com costas, e agachados com as mãos em posição de oração.

— Ok, não se atrasem. É melhor irem andando. Vejo vocês mais tarde, com suas tias — diz minha mãe, quando se sente satisfeita com as centenas de fotos que tirou (se enquadrou os pés e cabeças, vamos ver depois).

A APOSTA DO CORAÇÃO 301

— Espera — digo. Priscilla e Chance param na porta. — Priscilla, pode tirar algumas fotos nossas?

Minha mãe inclina a cabeça.

— Mas não quero que se atrase.

— Eu sei o que você está tentando fazer e não vai funcionar. — Eu a abraço e ficamos perto do nosso altar. Ponho o braço em volta do ombro dela, e ela coloca o braço em volta da minha cintura. Priscilla tira várias fotos e eu guardo esta ocasião em minha mente, em meu corpo, para sempre.

— Algumas com o papai também.

Olho para a luz, me esforçando para conter as lágrimas. Minha mãe pega a foto dele e o colocamos entre nós. Tudo parece pausar enquanto minha mãe e eu dizemos nossas orações. Sei que papai está cuidando de mim, de nós. Fico em êxtase com o quanto meu coração está cheio, quanto amor e apoio eu tenho e por quanto sou grata por ter chegado até aqui. Minha vida é perfeitamente imperfeita.

Minha mãe coloca a foto do meu pai de volta no lugar e eu me abaixo para abraçá-la. Eu a aperto com força na esperança de que ela possa sentir a intensidade da minha gratidão.

Ela me abraça de volta e sussurra em meu ouvido:

— Meu maior presente na vida é ser sua mãe. Temos tanto orgulho de você, Sasha. — Ela dá um tapinha nas minhas costas e levanta meu queixo. — Agora vá. Não se atrase para sua própria formatura — diz ao abrir a porta para Priscilla, Chance e eu.

Entramos no carro de Priscilla, provavelmente pela última vez em muito tempo, já que Chance viaja hoje à noite. Chance está sentado no banco da frente, a cabeça apoiada no encosto, a janela um pouco abaixada. A brisa salgada do mar entra e dança em meu rosto. É curioso, mas não tenho medo de fecharmos a porta para um capítulo de nossas vidas e abrirmos outra para o próximo. O lance dos finais é que eles também são começos. Seria fácil me perder na finalidade deste dia. Em vez disso, talvez pela primeira vez na minha vida, estou ansiosa para ver o que está por vir. Vou sentir falta deles. Vou sentir falta de nós três juntos, com certeza. Mas aprendi muito sobre o poder do amor, como ele pode transformar e mudar de forma. O amor é como uma forma de energia: nunca vai embora. E se isso acontecer, será que foi mesmo amor? Só penso naqueles que me amaram e como o amor deles sempre fará parte de mim e vice-versa. Quando penso em como quero me definir e na minha receita secreta para o sucesso, os ingredientes são basicamente os mesmos. Uma vida construída com amor.

Por muito tempo pensei que tinha que escolher entre minha mente e meu coração, mas descobri que preciso de ambos. Sem ou/ou. Meu valor como pessoa nunca estará vinculado às coisas que faço ou ao que sou capaz de realizar. Expiro. Sou digna. Sou o suficiente só por ser eu mesma.

CAPÍTULO 42

Ezra e eu estamos no palco, sentados lado a lado naquelas cadeiras dobráveis torturantes de metal. Não ficamos tão perto desde o espetáculo de Alvin Ailey. Tento fazer contato visual, mas ele está usando óculos escuros Ray-Ban, o rosto virado para a frente. A boca está franzida, a expressão superséria e concentrada. Não o vejo tão tenso desde, bem, desde nunca. Estou chateada comigo mesma por querer jogar conversa fora, porque é óbvio que não é a hora nem o lugar para isso. Então, olho para a frente, para a plateia, esperando pacientemente.

O diretor Newton se levanta de seu assento e para na frente do microfone.

— E agora, senhoras e senhores, é uma grande honra apresentar nosso orador da turma... Ezra Davis-Goldberg. — A plateia aplaude, e Ezra mexe em seu chapéu e respira alto antes de subir no pódio.

Abro um enorme sorriso, com todos os dentes à mostra, porque, que se dane, estou orgulhosa dele. E quem se importa se não nos falamos desde a discussão no carro? Este ainda é um momento especial para nós dois. Ele merece viver isso, se dedicou bastante e conquistou o título. Caramba, também estou orgulhosa de mim. Segunda oradora também é bom. Ezra dá um toque no microfone.

— Testando, um, dois, um, dois — diz, enquanto a plateia responde com gritos e vários alunos do último ano se levantam, berrando, as mãos em concha como megafones. Os celulares estão no ar, registrando o momento histórico, a conclusão deste capítulo do Skyline.

Sinto o corpo formigar, a pele arrepiada ao ouvir a voz dele. Brinco com as mãos assim que ele começa a falar.

— Senhoras e senhores, estimados convidados, professores, família, amigos e meus colegas graduandos, bem-vindos ao próximo capítulo. — Ele faz uma pausa enquanto todos aplaudem ruidosamente.

Faço o que posso para me manter séria, mas tem algo de charmoso — não, é mais do que charme —, algo hipnótico na maneira como Ezra se envolve com o público, sem uma nota de hesitação em sua voz, sem se preocupar com o mundo. Conversa e ri como se fossem velhos amigos, e não duas mil pessoas na plateia em um dos dias mais esperados de nossas vidas.

— Estou muito honrado por estar aqui hoje, diante de vocês, como orador da turma e em receber uma bolsa de estudos tão generosa — prossegue ele. — Me sinto muito sortudo, privilegiado até. Estou grato, muito grato. Se aprendi alguma coisa esse ano, caramba, esse mês, foi que estamos todos conectados. Que aqueles que vieram antes de mim me inspiram na vida, abrindo caminhos para que minha trajetória se tornasse mais fácil. Obrigado, pai, por ajudar a tornar isso possível. Eu me inspiro naqueles que não conheço, nos alunos que virão depois de mim. E tenho sorte de ser visto e desafiado por aqueles ao meu redor hoje. Agradeço à minha melhor amiga, você sabe que é você, por criar uma vida de dedicação e amor. Seu impulso, seu desafio, sua luz em minha vida me fizeram perceber o poder que temos de transformar não apenas nossa vida, mas também a daqueles que virão depois de nós. — Ele faz uma pausa e eu paro de respirar.

"Dito isso, anuncio, com empolgação e humildade, que doarei parte da bolsa de orador da turma deste ano para ajudar a financiar um programa pós-aula aqui no Colégio Skyline. O programa fornecerá funcionários para aulas particulares e atividades extracurriculares como fotografia, cinema e outras formas de arte, tudo para as crianças da comunidade. — Ezra faz uma pausa no exato momento em que a plateia vai à loucura. O diretor Newton assente, impressionado, mas não surpreso, enquanto os outros membros da equipe no palco se viram uns para os outros com admiração.

Estou batendo os pés e comemorando, um sorriso largo e caloroso no rosto. Meus olhos se enchem de lágrimas — o clube de aulas de reforço vai receber um financiamento para continuar existindo, agora com mais recursos. Penso em Khadijah, Juan, Ben e Hector e no que isso pode significar para eles. A alegria me domina.

Ele consegue sentir isso, porque continua, sua voz mais forte do que antes:

— Como dizem alguns, somos aqueles por quem esperávamos. Então, vamos nos formar!

É mais rápido do que eu jamais poderia imaginar, porque, em um piscar de olhos, é o que fazemos. Eles tocam a música, pegamos os diplomas e nossos chapéus voam no ar. Nós estamos nos formando. Nós nos formamos. Estamos formados.

Assim que a cerimônia termina, o caos organizado se instala no campo de futebol. Sinto medo de não encontrar minha família, mas, antes que possa entrar em pânico, Kum emo grita distintamente:

— SASHA-YA! — Como se eu fosse uma criança perdida em um shopping.

Ela e o resto da família correm até mim. Cada um de seus abraços é cheio de entusiasmo e alegria.

— Parabéns! Estamos tão orgulhosos de você! — gritam minhas tias, empurrando um grande buquê de rosas vermelhas na minha cara. Seguro as flores; são de tirar o fôlego. Juntos, tiramos umas cem fotos. E, embora eu esteja feliz e aliviada, algo me incomoda. Algo está faltando.

Vejo, no canto do olho, a família dele primeiro. A mãe de Ezra, o longo cabelo loiro, quase todo grisalho, voando no ar, com uma coisinha linda aninhada em seu corpo como se ela fosse um canguru. Dr. Davis, em um terno azul listrado, um olhar descontraído no rosto. Um homem de cabelo preto desgrenhado e óculos de armação redonda segura flores. Nunca o vi antes, mas deve ser o padrasto de Ezra.

Minha mãe percebe que estou olhando e me cutuca.

— Vá dizer alguma coisa. É grosseria ficar encarando. — Ela exibe com uma de suas expressões clássicas, que parece dizer "sim, é minha filha; sim, ela é meio sem-noção".

Sou grata pelo encorajamento.

— Tá bom. Vou lá dar os parabéns. Já volto.

— *Bali bali.* — "Depressa", minha mãe diz, com um sorriso no rosto.

Dou dois passos para a frente, endireitando a postura. Eu consigo fazer isso. Vou só dar parabéns e agradecer por ajudar o clube de aulas de reforço. É o mínimo que posso fazer. Afinal, é a nossa formatura; um parabéns aqui ou ali não precisa significar nada de mais.

Estou a cerca de um metro e meio de Ezra quando dois homens grandes com câmeras e uma mulher com um microfone param na minha frente, bloqueando meu caminho.

— Ezra Goldberg? Olá, somos do jornal do Canal Cinco. Você tem um minutinho? — Ouço a voz esganiçada da repórter enquanto me aproximo. Ela está com uma equipe inteira, então fico na ponta dos pés, fazendo o possível para dar uma olhada nele.

Ezra concorda e a mulher coloca o microfone na frente do rosto dele. Me sinto derrotada. Talvez esse seja um sinal para deixar para lá. Nós tentamos. Eu sei que tentei. Mas, ainda assim, avanço lentamente, e algo me puxa para mais perto dele, não para longe.

Um dos câmeras faz um sinal com a mão e a mulher se anima no mesmo instante.

— Estou aqui no Colégio Skyline com o orador da turma deste ano, Ezra Davis-Goldberg. Ezra, queremos ouvir sobre a doação e sobre o seu futuro, é lógico. O que motivou um ato tão altruísta? É bastante raro, você não acha?

Dou dois passos discretos para a frente e consigo ver melhor o rosto dele, a boca, os olhos. Ao meu redor, uma pequena multidão começa a se formar, também interessada naquela aparição diante das câmeras.

Ezra se endireita e sorri para a câmera como se já tivesse feito isso antes, a mesma confiança de quando estava no palco.

— Na verdade, é uma longa história, mas acho que posso dizer que tudo começou com algumas apostas.

Os olhos da repórter se arregalam e ela dá uma risada fingida.

— Apostas? Que estranho. Continue! Você doou parte de sua bolsa de estudos. Não entendi. *Você* ganhou alguma coisa com essas apostas?

Ezra fica sério. É óbvio que ficou surpreso com a pergunta. Alguém venceu? Isso significa dizer que alguém perdeu. Nós dois tivemos momentos de vitória e derrota. Nós dois tivemos momentos de amor.

Ah, que se dane. Não posso deixar mais nem um segundo passar. Não quero perder mais tempo, não com ele. Por que quanto tempo temos de verdade? Se eu tivesse que descrever os últimos meses em que estivemos juntos, diria que não nos conectamos por causa das apostas; foi por outra coisa.

Eu me aproximo.

— Meu coração! Ele ganhou meu coração! — grito. A multidão se separa, como se eu fosse Moisés no Mar Vermelho. Uma das câmeras se volta para mim. Ezra se vira e o mundo ao meu redor parece desaparecer. Não ouço mais nada e, de repente, somos só nós dois. Talvez sempre tenha sido só nós dois.

— Você pode me dar um segundo, por favor? — pede ele para a equipe de reportagem antes de vir em minha direção.

Eu avanço também, até que estejamos a um braço de distância. Assim, tão perto, todos os sentimentos dos últimos meses passam depressa por mim. Toda a felicidade que senti ao reencontrá-lo me inunda.

Ezra está parado na minha frente com uma camisa branca de botão, chapéu verde e a borla na mão. Um sorriso confortável se forma em seu rosto.

Engulo em seco.

— Me desculpa... — dizemos ao mesmo tempo, deixando as palavras escaparem. Ezra cobre a boca com as mãos, mas há um sorriso por baixo.

Seguro as mãos dele e as aperto de leve.

— Não, escuta, desculpa por tudo que eu disse. Eu...

Ezra apenas balança a cabeça.

— Não. Eu não fui justo. Não deveria ter pressionado tanto pra que você mudasse. O que você disse era verdade.

Sinto um nó na garganta.

— Não, *eu* não fui nada justa. Nunca tive a intenção de me afastar de você. Mas e o... o programa? Sua bolsa? Você tem certeza?

— Tenho certeza absoluta. Posso alocar metade dos meus ganhos para o clube de aulas de reforço e metade para... para mim. Para a faculdade. Vou tirar um ano sabático, mas depois quero tentar levar a fotografia a sério. Posso reunir meu portfólio no ano que vem. — Meu corpo congela. Ezra se aproxima e me sinto tonta. Ele continua: — sj, mesmo que a gente nunca mais se falasse, eu queria mostrar pra você, e pra mim mesmo, que entendo a importância de ajudar os outros. Aprendi com você. — Ele pisca e eu fico paralisada, envergonhada. — Quando vi o quanto você se preocupa com os alunos e o que eles conseguiram realizar, entendi a verdadeira importância do programa e do que todos nós conseguimos fazer. — Ezra sorri, e seus olhos brilham. — E meu pai me disse que falou com você. A propósito, gostei muito da sua apresentação do legado. Bem, e me marcaram mil vezes no WeTalk, mas isso não importa.

Eu assinto sem parar. É tudo o que consigo fazer.

Ezra cora, e sua covinha fica mais evidente.

— Desculpa não ter respondido antes. É o que dizem, uma ação vale mais do que mil palavras. Espero que você saiba que eu entendo. Bem, agora entendo melhor você e sua dedicação, vamos deixar assim. — Ele faz uma pausa e aperta minha mão de leve. — E eu sei como é se importar de verdade com alguma coisa. Com alguém.

Estou com um sorriso enorme e brega, mas me permito sentir isso.

— Só para esclarecer... e a melhor amiga no seu discurso? — Eu tenho que perguntar. Ele diminui a distância entre nós. Seu cheiro evoca memórias do tempo que passamos juntos, dos momentos em que estive pertinho dele.

— Ah, é só uma garota que conheci no quarto ano, sabe? Ela não sabia que eu existia, por mais que a gente lesse os mesmos livros na aula. Então, um dia, nossa professora nos deixou escolher onde queríamos nos sentar, e eu corri para pegar uma carteira bem ao lado dela. Acho que estou apaixonado desde então.

Puta merda — eu a conheço.

— Quem, eu? — pergunto.

— Sempre foi você.

Concordo de novo, meu coração palpitando.

— Então, você vai ficar por aqui ano que vem... em Monterey? Para o seu ano sabático?

— Vou. O diretor Newton criou uma nova função para mim... coordenador do programa extracurricular. Vou ajudar a criar os clubes de arte e garantir que seu programa de aulas de reforço continue funcionando no outono. Você...

— Também vou ficar por aqui. A Universidade de Monterey começa no final de agosto. Vou fazer algumas aulas típicas de calouros e talvez uma ou duas de dança.

Ezra me puxa para ele. Eu o abraço pela cintura.

— Estava pensando — começa ele — se a gente poderia tentar de novo...

Mas não o deixo terminar. Deslizo as mãos até o pescoço dele e o puxo para mim, minha boca ansiosa para estar perto dele de novo.

Há muita coisa que eu poderia dizer, tanto para contar e racionalizar. Poderia identificar o momento em que me apaixonei, os desafios e a frustração, o segundo em que soube que Ezra poderia ser a pessoa certa para mim. Mas espero que ele consiga sentir tudo isso nesse beijo. Que ele possa entender como a vida nos uniu, várias vezes. Como o amor verdadeiro nos trouxe de volta ao que de fato importa e, digamos, "nos guiou de volta na direção certa". Como o amor vai nos ajudar a crescer — a ser melhores do que jamais poderíamos imaginar.

Há fogos de artifício explodindo em meu coração. Isso, ele, nós, juntos, é a melhor aposta da minha vida.

EPÍLOGO

Eu... não me lembrava da escola sendo tão... pequena, como se eu estivesse em uma casa de bonecas ou algo assim.

Quase três meses se passaram desde a formatura e, pela primeira vez, estou de volta ao Skyline. As cadeiras, os corredores, as salas de aula, são menores do que eu me lembrava. Ou talvez eu tenha crescido?

Cheguei cedo, então espero na porta da sala de fotografia, admirando Ezra.

Ele anda de um lado para o outro com leveza, concentrado. Está usando sua roupa de professor — calça cáqui justa e uma camisa azul de botão —, de alguma forma mais bonito do que quando o vi há dois dias para o jantar de Shabat de sua mãe. Ezra raspou a cabeça neste verão, mas o cabelo já está crescendo bem, formando cachos. Rio sozinha quando vejo os marcadores vermelhos e verdes saindo de seu bolso de trás, as manchas de tinta nas mãos. Ele está mesmo curtindo esse lance de ser professor de fotografia.

Quando me vê, ele assente rápido e volta a ajudar Khadijah, agora no primeiro ano, com um rolo de filme. Assim que resolve tudo, ele caminha até a frente da sala e segura duas câmeras pretas antigas e enormes, faz um rápido resumo das duas e depois as passa pelo círculo. O número de alunos no clube de aulas de reforço dobrou. Até algumas pessoas do ano abaixo do nosso decidiram participar e se voluntariar. Os alunos mexem nos botões, a curiosidade estampada no rosto, a empolgação no ar. Ele fala por mais dez minutos antes de terminar a aula. Depois, as crianças e outros tutores saem correndo pela porta.

— Dá para acreditar que a gente era assim? — Entro na sala, onde Ezra está guardando as últimas coisas em bolsas elegantes de couro preto. Com suas câmeras em ambos os lados do corpo, ele se inclina para um beijo.

— Poucos meses atrás, eu estava aqui, um garoto tentando conquistar uma garota.

Seguro a mão dele e nossos dedos se entrelaçam, seu toque confortável e familiar me fazendo sentir em casa. Saímos da sala de aula e seguimos pelo corredor até o estacionamento dos professores.

— Para onde devemos ir? — pergunta Ezra. O brilho dos olhos dele faz meu coração derreter.

— Me surpreenda — respondo ao entrar no carro.

— Pode apostar. — Ele assente e também entra. O motor ganha vida e vamos embora, prontos para conquistar o mundo.

AGRADECIMENTOS

Um grande e sincero agradecimento à incrível equipe da Park and Fine Literary and Media. Ao meu extraordinário agente, o único Pete Knapp. Pete. Pete! Estou tentando escrever uma metáfora inteligente para descrever tudo o que você significa, todos os talentos que possui, todas as maneiras pelas quais você me ajudou a crescer, tanto pessoal quanto profissionalmente, mas não está nada fácil. Para simplificar: você é o melhor, de verdade. Obrigada por colocar a mão na massa comigo. Jerome Murphy, você entendeu essa história e esses personagens desde o início, e, consequentemente, me entendeu. Trabalhar com você foi uma honra. Muito obrigada, Stuti Telidevara, por manter tudo funcionando nos bastidores. Abigail Koons e Kat Toolan, obrigada por todo o trabalho árduo no departamento de direitos estrangeiros.

Bria Ragin, você não para de me fascinar. Por sua versatilidade, paciência, experiência, bondade e apoio. Você é uma editora incrível e tenho sorte de sermos uma equipe. Obrigada por sua visão e por ajudar Sasha e Ezra a voarem alto.

Sou grata por todas as pessoas maravilhosas da Random House Children's Books que ajudam a trazer histórias ao mundo. Obrigada a Wendy Loggia, Beverly Horowitz e Barbara Marcus.

Obrigada à adorável Trisha Previte e Kgabo Mametja por dar vida à capa. Agradecimentos infinitos a Cathy Bobak, Tracy Heydweiller, Alison Kolani, Colleen Fellingham, Tamar Schwartz, Jillian Vandall e Cynthia Lliguichuzhca. Publicar um livro é um esforço conjunto, e sou muito grata por fazer parte desta equipe.

Subo nos ombros de gigantes e sou eternamente grata por aqueles que abriram o caminho para que eu chegasse até aqui. Para Nicola e David Yoon, obrigada por suas palavras. Obrigada por me acolherem no mundo editorial e por acreditarem em mim e me darem esta oportunidade. Fazendo corações com os dedos.

Obrigada a Brenda Drake e à equipe, voluntários, mentores e pupilos, do passado e do presente, que fizeram do Pitch Wars um espaço tão magnífico e inspirador. Para minha turma de 2020: ei, nós conseguimos! Durante o ano de 2020! É um grande motivo de celebração.

Para minhas fadas-madrinhas/mentoras da Pitch Wars, a autora J. Elle e a editora Emily Golden: nem sei por onde começar. Sou eternamente grata a vocês duas por seus corações enormes, ideias brilhantes e seu amor por Sasha e Ezra. Obrigada por me guiarem.

Obrigada a Kacen Callender pela generosa crítica editorial ao meu primeiro e confuso manuscrito. Obrigada pelo carinho e pelas palavras de incentivo. Agradeço muito.

Agradeço a Elise Bryant por todos os textos, os conselhos sábios, as reuniões para assistir *Real Housewives* e por me mostrar que poderia fazer isso. Eu te devo muitos e muitos Susie Cakes.

Uma menção honrosa à minha colega escritora, Jade Adia. Estar no mundo editorial com você foi demais, mas ter você como amiga é um presente para a vida inteira. Mal posso esperar para esboçarmos nossos próximos projetos juntas no Forage.

Sou eternamente grata a Maurene Goo, Julia Drake, Samantha Markum, Elise Bryant e Jade Adia pelas generosas sinopses. Essa parte do processo foi aterrorizante para mim, e cada uma de vocês trouxe muita emoção e calor. Jamais esquecerei tamanha gentileza. Amo vocês.

Levei muito tempo para me sentir confortável o bastante para compartilhar meu trabalho (haha, brincadeira, ainda estou trabalhando nisso). A algumas das leitoras que me ajudaram em diversos estágios — Maureen "Mo Song" Porter, Mo e Sarah Li, Kassandra Garcia, Tina Canonigo, Lane Clark, Myah Hollis e Isadore Hendrix —, obrigada por toda a ajuda e por me animar.

Gosto muito das conversas em grupo e das mensagens de incentivo que recebo e que me permitem continuar. Preciso mencionar meu grupo de signos de terra, Tussanee Reedboon e Angel Valerio. Vocês me ajudam a manter os pés no chão e a crescer, me amam e riem comigo, e eu não poderia ter amigas melhores. Para o Hicksville Support Group/Bad Teachers Club, nos vemos em Joshua Tree na Zombie Haus. Para o Ladies Who Lunch — Kathy Koo, Raquel Laguna, Tina Canonigo e Elise Bryant (de novo!) —, mal posso esperar para celebrarmos nossas próximas grandes realizações da vida juntas.

Rachel Lawrence, irmã de alma, melhor amiga da vida, FingerPark Forever. Angel Maldonado, querido, obrigada por sua

A APOSTA DO CORAÇÃO 317

amizade. Jane Mina Akins, minha alma gêmea. Sasha Alcide, uma das pessoas mais brilhantes e engraçadas que conheço, admiro muito você. Jennifer Paschall Rodgers, obrigada pela orientação e pelos melhores exercícios de visualização da minha vida. Melissa Gonzalez, Michelle Kurta e Alexa Martinez, vocês são as melhores. Agradeço como todas vocês me ajudaram ao longo do caminho e tudo o que fazem para me manter em movimento. Obrigada por verificarem como estou, por mandarem cupcakes, mensagens de voz, cafés e por acreditarem em mim. Muito amor para minha família de Monterey e Seaside.

Aos funcionários e alunos da Alain LeRoy Locke High School e da Animo Jackie Robinson High School, especialmente Rachelle Alexander e Kristin Botello. AMO. VOCÊS. Aos meus colegas do Day One: sra. Ruff, sr. Walsh, sr. Mendoza, sr. Ramirez, srta. T, sr. Maldonado — uma vez santa, sempre santa.

Eu não seria nada sem minha família e seus muitos sacrifícios. Para minha querida mãe, mamãe, Ohmma, eu te amo mais do que palavras podem expressar. Eu me lembro de ir limpar casas com você (e com Emo) e ver o quanto você fazia para me sustentar. Sou eternamente grata. E por falar em família, somos das grandes! Aos Parkers, Husseys, Johnsons, Whites, Paks, Koppelmans, Browns, Sibonys e Christophers: Conseguimos! Este livro é um caso de família. ☺

Um agradecimento especial a Charles Koppelman, que dedicou sua vida à arte de contar histórias. Obrigada por compartilhar sua sabedoria comigo e me lembrar que tenho tudo sob controle (mesmo quando a vida me faz sentir o contrário).

Aos nossos amados que já se foram: papai, espero que você esteja orgulhoso. Eu *sei* que você está cuidando de nós e nos protegendo. Sinto sua falta a cada instante de cada dia. Tia Marie e meu primo Ryan, eu amo vocês. Tio Jeremy Pettas, a pessoa mais bondosa, obrigada por me ajudar a crescer em um momento tão crucial da minha vida. Srta. Ella, sentimos falta de você e de seus bolos. Dave Christopher, vou sentir falta de compartilhar livros com você. Muita. Tandy Messenger, você foi a primeira pessoa a me perguntar sobre minha escrita — me desafiando a ser responsável por meus sonhos. Obrigada por ter enxergado esse lado antes que eu pudesse vê-lo. Finalmente consegui. Sentimos saudades de todos vocês. ♥

Walker, você transforma minha tristeza em amor. Meu grande amor. Obrigada por compartilhar a vida comigo. E por me deixar contar minhas piadas horríveis.

Para Miles, minha maior alegria e amor mais profundo. Nas palavras de Lauryn Hill: "Sei que um presente tão grande só Deus poderia criar, e me lembro disso a cada vez que te olhar."

Muito obrigada para: minha terapeuta, por me ajudar a lidar com a vida. Solange Knowles, pela música que alimenta minha alma. Acho que ouvi "Things I've Imagined" pelo menos um milhão de vezes e, a cada vez, me sinto infinita. A todos os que trabalham na indústria de restauração e aos motoristas de aplicativos que ajudaram a alimentar minha família quando eu estava mergulhada em edições e porque odeio cozinhar. Diandra Linder pelas muitas leituras inspiradoras e reconfortantes. Chani Nicholas por me lembrar que sou mágica. Crissle West e Kid Fury e todas as pessoas incríveis que fazem parte do podcast *The Read*, nas minhas horas mais solitárias, eu sabia que ainda podia contar com vocês. Toni Morrison, a rainha, estou emocionada por termos existido ao mesmo tempo, no mesmo universo.

E a vocês, caros leitores, muito obrigada.

Beijos,

d.P.

Este livro, composto na fonte Fairfield,
foi impresso em papel Lux Cream 60g/m² na gráfica Coan.
Tubarão, Brasil, fevereiro de 2024.